VIVIR COMO SI YA HUBIERAS MUERTO

Amalia Marugán

Amalia Marugán

VIVIR
COMO SI YA HUBIERAS
MUERTO

bubok
EDITORIAL

© Amalia Marugán
© Vivir como si ya hubieras muerto

ISBN papel: 978-84-685-4312-3
Depósito legal: M-38621-2019

Editado por Bubok Publishing S.L.
equipo@bubok.com
Tel: 912904490
C/Vizcaya, 6
28045 Madrid

Dedicado a Patricia Fadón, Psiquiatra, primera lectora y mi hada madrina.

Agradecimientos desde el corazón a mis hijos por su entusiasmo incondicional, a mi hermano José Luis por sus acertadas críticas, a Isabel Larrea y María Lluch Rodríguez de Diego por sus aportaciones profesionales, a Pilar Regato gran doctora y mejor amiga, a María Ángeles Novillo por su generosa hospitalidad, a María Antonia Domínguez por este último impulso y en especial a mi redactor, generoso periodista y mentor Miguel Gómez Vázquez.

Y a todas aquellas personas que superan día tras día haber sido víctimas de la violencia sin sentido.

Índice

CAPITULO I

Una mujer delgada, más bien alta, de pie, junto a la barra de una cafetería, o mejor dicho pegada a ella, comía sola. Llevaba puesto un elegante traje de lino, con las arrugas típicas de haber estado muchas horas sentada. Su melena rubia, acompañaba un rostro claro y elegante. Extremadamente perfecto. Armónico en cada uno de sus rasgos. En esa edad madura en que es difícil situar a las mujeres y a los hombres. Una franja ancha, que se abre desde que se cumplen los treinta, y que según uno se cuide, puede llegar hasta los cincuenta, o más.

Verónica Solí, odiaba el ejercicio casi diario de aparentar naturalidad ante el hecho de disponer de más de una hora para comer. Tras dos pulguitas de jamón serrano y una cerveza, pidió el tercer café del día. Miró el reloj, solo habían transcurrido catorce minutos desde que había llegado al local. Qué fastidio de eficacia camarera. Te servían más rápido que en un restaurante chino.

Cuando se despegó de la barra, el recorrido hasta la puerta de salida del local, se convirtió en una pasarela. No la miraban por su altura, que la tenía, ni por su delgadez, que la padecía, sino por su aparente seguridad. Por esa firmeza al caminar, que la convertía en una mujer a la que admirar.

De vuelta al despacho, iba proponiéndose cambiar algunas cosas. No quedaba casi nunca con amigos y no le gustaba sentirse tan sola. Sola sí, pero no tanto. En el trabajo, todo consistía en estudiar a fondo cada caso, llegar a acuerdos, o preparar defensas, ganar y hacer ganar dinero. Empezaba a molestarle ser una abogada demasiado perfeccionista.

Tras preparar unas oposiciones de Judicatura, a las que no pudo llegar a presentarse, su vida se detuvo repentinamente cuando esa "mala suerte", que parece afectar solo a los demás, le tocó de pleno. Esa mala suerte de la que todos creemos estar exentos. Esa mala suerte que afecta a personas que nos parecen irreales, solo nombres en las noticias. Verónica fue uno de esos nombres que nuestros ojos devoran llevándonos las manos a la boca mientras leemos los detalles que relatan un brutal asesinato.

El tiempo no lo cura todo, simplemente transcurre. Habían pasado más de veinte años. Ahora trabajaba para una de las mejores firmas de abogados de Madrid, el despacho De la Villa–Garay. Y estaba viva.

Cuando preparaba cualquier caso, era metódica y exhaustiva. Rozaba la obsesión. Desplegaba un abanico de posibilidades y escogía, con los datos que tenía, con la documentación que podía obtener, con las pruebas que podía utilizar, la opción más beneficiosa o menos perjudicial para los propósitos de su representado.

La mayoría de los clientes tenía una visión de sus intereses, tan clara, que le decían lo que tenía que hacer. Ella les comprendía, les dejaba hablar y les daba la razón. Nada mejor, en un primer contacto, que escuchar y asentir.

Cuando queremos algo y nos dicen que sí, que lo vamos a conseguir, nos relajamos. Y a partir de ahí es cuando nos dejamos aconsejar.

Lo sencillo suele ser lo más eficaz y no compartía los puntos de vista que muchos de sus colegas tenían para un mismo asunto, que complicaban aún más las pretensiones de sus clientes. Su función era solucionar, la del juez dirimir y la del cliente esperar y confiar en ella.

La Calle Velázquez recuperaba su tráfico ruidoso, los interminables semáforos, el barullo de las compras, las mujeres y hombres guapos y bien vestidos, los repartidores de propaganda en la boca del metro, los vendedores de periódicos alternativos en los ceda el paso, los mendigos en las aceras...

En pleno Barrio de Salamanca, recorrer las calles te hace sentir tan exclusivo como los elegantes escaparates donde todo luce impecable.

El breve recreo concedido para el almuerzo había terminado.

En la segunda quincena de septiembre todo volvía a comenzar. El curso jurídico abría las puertas de los juzgados como el primer día de las rebajas en unos grandes almacenes. Ya era día quince y tenía la sensación de que agosto había pasado hacía meses. En tan solo dos semanas, la misma rutina, adquirida con los años, se pegaba a sus sentidos, haciendo que todas las acciones del día fueran hábitos.

Verónica decidió dar un breve paseo para regresar despacio al trabajo.

El vestíbulo, previo al interior de la portería, recibía a sus visitantes con paredes de mármol y espejos enmarcados con cenefas doradas, dándoles la bienvenida advirtiendo, en un breve y discreto letrero de rubrica obsoleta, que el personal de servicio entraba por la puerta lateral.

A ambos lados del ascensor, subían y bajaban los tramos de una escalera de mármol blanco. Los de subida, al despacho y a los pisos; los de bajada, a las salas de contadores y las calderas, a la casa del portero, a los trasteros y a los cuartos de limpieza. El ascensor era una antigüedad y solo podía usarse para subir. Aunque debido a la avanzada edad de algunos inquilinos de las viviendas, desde el segundo piso hasta el sexto, el portero hacia la vista gorda y dejaba usarlo a las personas mayores para bajar. Ahora bien, como a algún joven o a alguna de las asistentas que ayudaban en las casas, se les ocurriera coger el ascensor para bajar a la calle, no dudaba en echarles una reprimenda.

Don Antonio era el portero. Las zonas comunes y, por supuesto, la reliquia del ascensor, eran de su exclusiva competencia. Por las mañanas se ponía un mono de color azul y adecentaba el portal y la escalera. Por las tardes lucía su uniforme de traje negro con corbata y se sentía muy orgulloso de ser el que primero recibía a toda aquella gente famosa y de postín, que acudía a uno de los mejores despachos de abogados de la capital.

¡La de artistas y famosos empresarios que había conocido él! Y algunos, a fuerza de tanto entrar y salir del despacho, le llamaban por su nombre.

–Antonio, he llamado a un taxi; subo un momento que me he dejado el paraguas; si viene le dice que se espere; ¿Me hará usted este favor?

Así le habló, allá por los años ochenta, su tocayo, el torero más famoso que ha habido y que habrá en Madrid.

¡Dios mío, qué suerte había tenido con este puesto! Sin mencionar a las folclóricas, duquesas y marquesas que por allí habían desfilado. Claro que también venia gente anónima y muy adinerada, que solía, además, ser la más educada. Para Don Antonio, los famosos eran más estiraos. Los ricos sin renombre eran los que de verdad le trataban bien.

Depositario de la confianza de Don Julián De la Villa–Garay, de su hijo Gonzalo y también de Verónica Solí, mantenía un vínculo muy especial con ellos. No solo de confianza, sino de gran y profunda admiración, mezclada con un sentimiento infinito de gratitud. Al igual que le encantaba, a título personal, saber alguna anécdota de los famosos que por allí desfilaban, Don Antonio llevaba a rajatabla uno de sus refranes favoritos: "En boca del discreto, lo público es secreto".

Los abogados ocupaban toda la primera planta del edificio cuyas dependencias habían sido transformadas en despachos. Se accedía directamente a una amplia recepción, rodeada por cinco puertas. Tres de las cuales se correspondían con los tres despachos principales. El del Abogado fundador de la firma, Don Julián; el de su hijo, Gonzalo; y el de Verónica Solí.

Adentrándose por el pasillo, se repartían varios despachos, los aseos y una cocina, que hacía las veces de sala de recreo para el resto de letrados y secretarias.

Las paredes servían de exposiciones itinerantes de pintores emergentes. Se podían contemplar esculturas de artistas de reconocido prestigio y mobiliario de anticuario mezclado con diseños vanguardistas. Así, la primera impresión, que se tenía al ser recibido en el bufete de Don Julián De la Villa–Garay, era de solvencia y confianza. Sin duda, una muy buena imagen, que su hijo Gonzalo, había sabido mantener y mejorar.

El bufete De la Villa–Garay se había especializado, desde que la segunda generación tomó el mando, en el mundo fiscal, mercantil y procesal.

A primera hora de la tarde, los únicos ruidos que llegaban a través de la ventana abierta del despacho de Verónica Solí, eran los propios del mediodía. Le gustaba escucharlos. Pensar que solo unos metros más arriba, la gente vivía una vida normal. Esa normalidad a la que aspiraba, anhelaba y mitificaba por haberle sido arrebatada. Tenedores golpeando sus dientes metálicos sobre los platos, pequeños movimientos de muebles y algún portazo. Toda aquella sinfonía cotidiana que solo se apreciaba sin el pitido de los faxes, de los ordenadores, de los móviles, del hilo musical y del timbre de la puerta. Pero todo eso se eliminaba por completo al cerrar su ventana de doble acristalamiento que daba a un patio interior.

Sentada frente a su portátil, esperaba a qué se abriera su agenda, mostrándole las citas que tendría que afrontar esa tarde.

El delator tintineo de unas llaves en busca de las cerraduras, no podía ser de otra persona más que de Alice, la jefa de secretarias del despacho. Verónica no podía evitar pensar que lo hacía a propósito. De sobra sabía que la cerradura superior estaba abierta. Se veía la luz por debajo de la puerta ¿Qué más signos evidentes necesitaba para darse cuenta?

Con frecuencia colegas de otros despachos insinuaban a Don Julián que tenía que cambiar esa vieja puerta de acceso, con esas cerraduras que debían ser las originales de la finca, por un buen sistema de seguridad.

Nadie en Madrid tenía un despacho de ese prestigio, sin código de acceso y sin cámaras de vigilancia. Sin embargo, solo tenían contratado un sistema básico de alarma que conectaban los fines de semana y, a veces, hasta se olvidaban.

Don Julián asentía y decía que sí, que era un tema pendiente que en breve solucionarían. Pero no tenía ninguna intención de cambiar su vieja alarma. Sabía por experiencia que si alguien quería entrar a robar, lo haría, con o sin cámaras de vigilancia, con o sin códigos sofisticados de acceso. Prefería ponérselo fácil. A más confianza, menos destrozos. Las obras de arte se reemplazarían, y los documentos...

Bueno, los documentos parecían estar a salvo con las copias de seguridad. Para él, lo que solucionaba un caso no estaba dentro del despacho.

Por fin la puerta principal se abrió y la voz, de timbre elevado, de Alice retumbó en la recepción.

– Verónica...Verónica... Verónica.

– Alice... Alice... Alice.

– ¿Por qué no estás dando una vuelta con el buen tiempo que hace?

¿Adivino? Liada. Pero no hay excusa. Te pasas la vida en esa silla ortopédica. Llevas quince días en Madrid y todavía no te has tomado ni un medio respiro, vamos, ni una cervecita conmigo, para celebrar el regreso. Tú no tienes depresión postvacacional, tú eres una depresión postvacacional.

Verónica manteniendo la mirada en la pantalla de su ordenador intentaba ignorarla sin poder evitar esbozar una pequeña sonrisa.

Alice tenía muchas cualidades, hablaba inglés y francés tan rápido como el castellano y era capaz de ser cotilla trilingüe con la misma naturalidad con la que un desconocido te pregunta la hora. Lo malo es que te preguntaba la hora, el día, y hasta lo que te había costado el modelito que llevabas puesto. La solución cuando estaba en el trabajo era el mutismo. Otra cosa era al salir fuera.

–Mira Verónica, ya sé que me vas a decir que no, pero que tal un ¿cine, cena y copas? ¡Las tres ces? ¿No? No ¿Para qué me molestaré yo en preocuparme por tí?

Y tras cerrar la puerta del despacho de Verónica, se sentó en su puesto detrás del mostrador de recepción. Era su trinchera o su castillo, según se mire. El doble uso del deber y del poder. Sus indeterminados cuarenta y tantos años la distanciaban como coraza sabia del resto de las secretarias. Alice siempre era la primera en llegar y casi siempre la última en irse.

Y comenzó la actividad de la tarde cuando fueron llegando los letrados y las primeras citas.

Verónica tenía dos reuniones. La primera interna, con Gonzalo, para hablar de casos que necesitaban revisar, y la segunda con un cliente de mediática fama.

A las siete de la tarde, Alice, con su habitual diligencia, conectó el intercomunicador del despacho número tres.

–Tu cita de las siete y media acaba de llegar, solo con media hora de adelanto. Le ofrecemos... ¿Un cafetito? ¿El periódico? ¿Una abogada estupenda? ¿O le hago pasar?

–¿Ya está aquí? ¡Qué pronto! ¿Cómo es?

–Pues tiene una pinta fantástica. Lo he pasado a la salita. ¡Qué pena que tenga tantos problemas para librarse de su esposa y de su familia política!

–Ya veo que haces tus deberes y te lees todos los "confidenciales" que pasan por tus manos ¿No te da vergüenza?

–Sinceramente Verónica, no me da ninguna vergüenza. Yo diría que ha adelgazado bastante. En las últimas fotos que he visto de él antes del verano, parecía más rellenito. Estaba deseando verlo en persona. Me lo sé todo de él.

–Querrás decir que sabes todo lo que de él se publica. Venga, vamos a dejarnos de tonterías y haz el favor de no creerte todo lo que sale en la prensa del corazón, que tienes la cabeza a pájaros. Hazle pasar.

–¿Le hago pasar? ¿Así sin más? ¿Sin hacerle esperar un poquito? Va a pensar que estas desesperada ¡Qué no se te note tanto querida!

–¡Alice¡

–Yes *buana*.

Alberto Carraira, seguía rítmicamente con la puntera de su zapato la suave música que amenizaba la espera. Había llegado pronto.

Soportaba mejor ir al dentista que ir al abogado. Tener que hablar de Alejandra y de su mafiosa familia política, le ponía enfermo.

Alice le despertó de su estado de inquietud y le acompañó hasta el despacho de Verónica. Parecía nervioso.

Sonreía. Le estrechó la mano como alguien que ejercita ese rito social diaria y mecánicamente. Con calculada firmeza.

Antes de que Verónica le formulara su primera pregunta, Alberto se disculpó por su impuntualidad alegando tener prisa por saber en qué situación se encontraba y qué podía hacer.

–Señor Carraira, no quisiera importunarle, pero la prisa no es una buena aliada. Si ha venido aquí, sabe que intentamos, y casi siempre lo logramos, solucionar determinados temas sin tener que pasar por los juzgados. La finalidad de la negociación extrajudicial es ante todo eso, lograr que intereses opuestos se avengan. Utilizando para ello la mediación de un tercero. En este caso, la mía. Mi colega y amigo común David de Fontfría asegura que usted nos necesita y puedo garantizarle, que desde que nos haga depositarios de su confianza y hasta que sus intereses queden a salvo, utilizaremos todos los medios a nuestro alcance para conseguirlo. Y créame, tenemos muchos medios a nuestra disposición. Si está de acuerdo me gustaría que comenzara por el principio.

Durante los breves y precisos minutos en que Verónica Solí exponía su discurso, le dió tiempo a analizar cada uno de los pequeños detalles de la cara de su cliente. Tez bronceada y cabello negro. Tenía un tipo de cara, muy varonil. Su indumentaria elegante e informal delataba su profesión ¿Porqué la mayoría de los arquitectos que conocía vestían así?

Durante los breves y precisos minutos en que Verónica Solí, expuso su discurso, Alberto Carraira tuvo tiempo de analizar cada uno de los pequeños detalles de la cara de su abogada.

Antes de inclinarse hacia delante y apoyar los codos en la mesa, para comenzar a contarle a una perfecta desconocida alguno de los episodios más desagradables de los últimos trece años de su vida, el señor Carraira se preguntó cuántos años tendría esa mujer. No parecía mayor, pero sin duda no era una treintañera. Con unos rasgos que parecían dibujados a mano, daba confianza a la vez que despertaba curiosidad. Tenía lo que él llamaba una buena cara, inquietante, quizás demasiado proporcionada. Y para un arquitecto la belleza siempre es un aliciente. Respecto a su indumentaria, no cabía duda de que era abogada, todas vestían igual. Traje femenino de corte masculino, con alguna concesión al color en la camisa. Si se la hubieran presentado en la calle, habría acertado su profesión.

—Me casé con Alejandra Ripoll cuando yo tenía treinta y un años y ella diez menor que yo. Hemos vivido juntos hasta hace dos meses. No hemos tenido hijos y no los vamos a tener. Quiero separarme de mi mujer y ella no quiere ni oír hablar de divorcio. Por mi parte no hay una tercera persona, simplemente no puedo seguir con ella. Bueno, no es tan simple. Nuestra situación personal es de todo menos buena. Mi suegro, Eusebio Ripoll, al que imagino conocerá por la prensa, quiere hundirme, y mucho me temo que lo va a conseguir. El que yo, un arquitecto, según él mediocre, que ha conseguido reconocimiento profesional, solo y únicamente gracias a que me casé con su hija, quiera separarme de ella, está siendo un golpe más que humillante. Eso, unido a que conozco de primera mano, todos y cada uno de los chanchullos en los que está metido, hace que para él sea un personaje, digamos que molesto.

–Y si no es inoportuno preguntarle ¿Por qué no quiere separarse su mujer de usted?

–Entre otras cosas para llevarle la contraria a su padre. Es una costumbre que lleva practicando toda su vida. Tendría que remontarme trece años atrás, para que comprendiera la relación que extrañamente les une ¿Cobra usted por horas?

–Ya le he dicho que no tenemos prisa.

Dos horas de conversación, de recabar datos sobre la realidad económica del matrimonio, de las posibles divisiones y soluciones fiscales, llegaron a un punto muerto. Necesitaba documentación y estudio de todo lo que a borbotones había expuesto su cliente. Volverían a verse en unos días. Realmente la situación del Señor Carraira era delicada. Y no solo por lo que conlleva llegar a un acuerdo de separación, sino porque no resultaría fácil administrar toda la información que tenía contra su suegro, conseguir que le pagara lo que le debía y por añadidura que no se entrometiera en su divorcio.

Alberto había quedado con David de Fontfría a las nueve en el despacho de Verónica para salir desde allí juntos a cenar. Verónica le acompañó hasta la entrada del edificio, con la idea de saludar a su amigo común. Sin embargo allí mismo en la portería, una llamada de David le advertía de su retraso. Se verían directamente en el restaurante. Verónica le pidió que le diera recuerdos a su amigo de la facultad, mientras se despedían con el corto ritual de un apretón de manos.

Cuando Alberto abandonó la portería, Don Antonio buscó en las revistas de su garita la cara de ese hombre, le sonaba mucho y estaba casi seguro de quien era, pero quería comprobarlo. Alice le regalaba con algo de retraso las revistas que amenizaban la sala de espera del despacho. Las jurídicas se las llevaban los abogados jóvenes y las de cotilleo se las bajaba al portero.

Seguir al marido de la hija de su jefe estaba siendo un auténtico coñazo.

Ese arquitecto "guaperas" llevaba más de una hora en el despacho de los *abogaos*.

¡Vaya una vida perra que tenía! A sus treinta y nueve años, haciendo de espía de un tipo listo cuyo único mérito era haber dado el mejor braguetazo de España. Para eso había *quedao*, solo para seguir a un pijo desagradecido. Dentro de poco ya no podría vivir de su apariencia de matón.

Un colega, un chanclas de la trena, le ayudaba en este encargo. Cada uno por separado apostados frente al portal, esperando a que su objetivo saliera a la calle. La tarde se presentaba de lo más aburrida. Estaba empezando a sentirse mal, mediocre, gris, vulgar, corriente.

Necesitaba evocar uno de sus guardados recuerdos.

El primero no. Ese lo reservaba para bajones de ánimo del máximo nivel.

Mirando al punto fijo de la portería que tenia que vigilar esperaba apoyado en el quicio de una ventana baja, con las piernas cruzadas a lo largo y las manos metidas en los bolsillos del pantalón. Tras los cristales ahumados de sus gafas ocultando el brillo de sus ojos intensificados por la emoción de volver a vivir uno de sus "permisos" eligió el segundo de sus dobles entrenamientos.

Cuando salió de la prisión de Alcalá Meco después de una segunda condena por robo se merecía un premio. Solo tenía veinticuatro años y toda la vida por delante.

Llevaba semanas refugiándose en el parque de su niñez, un hospedaje gratuito y seguro. Su primera casa era la cárcel, su segundo hogar, una edificación abandonada, un antiguo palomar, que antaño formaba parte de un teatro, hoy desconocido, situada dentro de los Jardines de Fuente de Berro. Solo poseía la furgoneta que su padre le había dejado. Su Fiat Ducato blanca preparada para recibir a cualquier puta rubia, pija y delgada. En su interior, unas barras de extremo a extremo, originalmente diseñadas para transportar objetos largos sin ocupar la parte baja del compartimento, mostraban varias cuerdas atadas con nudos firmes acabados en pequeñas sogas abiertas esperando a ser usadas. La mampara enrejada que dividía la cabina de la carga, exponía diferentes bridas de sujeción colgadas de su huecos metálicos. El suelo estaba revestido con un protector de PVC y forrado con plástico impermeable. Los cristales de las ventanillas tintados de blanco y encima trozos de cinta americana cortada y pegada.

Aquél grito de su segunda víctima, aquél grito de la puta de la pamela, le puso en alerta.

Tenía que reclutarlas, callarlas, trasportarlas y destrozarlas.

Si todas desaparecían en el mismo lugar, le iba a ser imposible seguir entrenando en el mismo sitio. Pondrían vigilancia y no disfrutaría de ser él, el único dueño de los jardines una vez que llegaba la hora de cerrar sus puertas al público. Por eso tras días de inspección decidió dar una oportunidad a la víctima seleccionada en el parque Tierno Galván. Reunía todo lo necesario para tener un buen entrenamiento. Cerró los ojos un segundo para concentrarse en la imagen de aquella mujer de las gafas de sol, corriendo segura, figura atlética, coleta rubia, pelo liso, altiva, asquerosamente noble, de esas que tenían que desaparecer de este puto mundo.

No había sido buena idea salir a correr con las gafas de sol graduadas, los días empezaban a acortarse. En breve no vería con claridad. Apuraría los últimos minutos y saldría como siempre por la entrada lateral del parque haciendo un sprint, eso la haría ganar unos minutos antes de que cayera la noche. En plena madurez, se conservaba atlética y joven. Su cuerpo no aparentaba la edad real que tenía. Estaba en forma.

Aparcaba la furgoneta paralela a las vías del tren. El corto túnel peatonal de entrada al parque le hacia sombra. Después de salir del gimnasio era un ex presidiario sin obligaciones. Ya había recibido un buen dinero por dar una paliza de muerte al chivato que metió en prisión a su compañero de celda. Era el momento de disfrutar. Llevaba días preparando su ritual.

El pulso se le aceleró. Estaba excitado. La adelantó sin dificultad y esperó a recibirla con las puertas de la furgoneta abiertas. Las zancadas retumbaron bajo el efecto del arco que formaba la salida del parque por el túnel lateral anticipando su encuentro. No le dió tiempo a reaccionar. La velocidad de su carrera impidió la frenada ante el brutal puñetazo que recibió en el abdomen. Rodó unos metros desplomándose en el suelo. La recogió para lanzarla al interior del vehículo.

Cerró las puertas. Lo primero amordazarla, la cinta americana sería su mejor aliada. Le servía para casi todo, desde tapar las bocas, hasta sujetar los nudos de forma imposible de aflojar después de atadas las manos y los pies.

Sujeta a la rejilla de la cabina, presa, sin poder realizar ningún movimiento ni emitir sonido, abrió los ojos y supo sin equivocarse que su vida había terminado. Un frio estremecedor se apoderó de ella. Perdido todo control del movimiento, los temblores recogían el sudor helado de cada poro de su cuerpo.

Lo había conseguido ¡Es que era la leche!

El exterior estaba en calma. No quedaba apenas nadie en el parque. Recogió del suelo las gafas de sol y las guardó en su bolsillo. Estaba contento. Ya tenía saco para entrenar. Los días de vigilancia habían dado fruto. Antes de dirigirse a su destino cruzó de nuevo el túnel, escoró su figura detrás de un árbol y se puso a mear. Entonces la vió sin querer, sin que lo hubiera planeado. Aquella rubia, delgada, pija, altiva y despreciable, escuchaba música con sus walkman último modelo tumbada en el banco de abdominales del gimnasio al aire libre. Descansando como si estuviera en una playa tomando el sol.

Prácticamente de noche.

Ni en sus mejores sueños había imaginado tener dos sacos para entrenar, pero al pensarlo sintió algo parecido a la felicidad.

Andando despacio se agachó para coger la navaja que llevaba sujeta en su tobillo derecho. La sacó y no dudó en pegar su cara y su filo en el cuello de aquella puta de los walkman.

Paralizada con los ojos abiertos de par en par, obedeció las indicaciones. Sujetándola por el brazo pegada a su cuerpo, con la navaja pinchándole en el costado cuando llegaron a la altura de las puertas traseras de la furgoneta, la golpeó fuertemente en el abdomen con un gancho de izquierda que hizo que se derritiera a sus pies.

Alzada en brazos la metió en el compartimiento de carga. Los walkman seguían reproduciendo música. Los volvió a colocar en sus oídos.

La puta de las gafas de sol les miraba atónita.

Más cinta americana. Más ataduras. Doble placer. Sin duda era su día de suerte.

Atadas como objetos inertes. Fardos camino de "la casa del terror".

Sus miradas aterrorizadas se buscaban sin comprender y entendiéndolo todo. Iban a morir.

La mujer de las gafas de sol cerró los ojos y pensó en sus hijos. Sus dos adolescentes y amados hijos que estarían esperándola para siempre. Una pena aun más profunda que el dolor se apoderó de su alma. El miedo la tenía bloqueada. No podía reaccionar, no intentaba liberarse de sus ataduras, no ofrecería resistencia. Miraba a aquélla chica con los walkman inmovilizada junto a ella, a tan solo unos centímetros y se hundía aún más. Solo quería que todo terminara. Sospechaba que no saldría viva. Que no saldrían vivas. La sonrisa de su hija mayor en su cabeza. Los abrazos de su hijo pequeño midiéndose con ella en una estatura que no paraba de crecer ¡Por Dios! ¿Que sería de ellos? ¿Cómo iban a vivir sin su madre? Las lágrimas salían a borbotones ante el pánico seguro de una muerte inevitable. Era una marioneta en manos de aquella bestia humana con disfraz de hombre.

Su madre la había regañado por salir a correr tan tarde. En su interior gritaba ¡¡¡mamá!!! ¡¡¡mamá!!! ¡¡¡mamá!!!

¡¡¡Sácame de aquí¡¡¡ sin parar de intentar deshacerse de las bridas que la mantenían sujeta a la mampara. Cuando la furgoneta paró, cuando notó aquellos pasos que bordeaban el vehículo, antes de que se abrieran las puertas comenzó a agitarse todo lo que pudo. Limitados movimientos intentando liberarse. Ese hombre encapuchado desató a su compañera y la sacó estirándola por las piernas atadas, dejándola retumbar contra el suelo. Las puertas cerradas de nuevo, sola en el interior del compartimento de carga. Todo su estresado ser luchando por desatarse. Le dolían mucho las muñecas. Cuando volvió a por ella, tras el esfuerzo de dejar a su primera victima preparada para el combate, seguía ejerciendo presión, gritando en su interior.

La colocó mirando a la puta de las gafas de sol, para que no se perdiera ningún golpe del combate, para que viera con detalle lo que la esperaba a ella también.

Se acercó a su cara y vió la expresión que buscaba. Le quitó los auriculares para que escuchara el sonido de sus puños.

La baja intensidad de la única bombilla que alumbraba el interior del palomar tintaba cada rincón de un color amarillo sepia.

Con el cuerpo colgando de la viga, el animal ensayaba los golpes en el aire. La mujer le miraba implorando piedad. Miró a la joven con una complicidad aterradora.

Cerró los ojos y tiró con todas sus fuerzas de las muñecas. Las bridas guillotinaron las venas de sus muñecas con profundos cortes. El dolor era insoportable, pero seguía sin poder liberarse. La sangre empezó a fluir encharcando su sombra. Se estaba desangrando mientras le pedía a su madre que la perdonara. Mientras le decía que la quería más que a nada en el mundo. Mientras su último aliento de vida desaparecía, recordando el beso de todas las noches… que duermas bien vida mía.

Observándolas ¡era tan superior! Todo le producía placer. Qué fácil era ser feliz.

Desde planear, someter, asesinar…hasta imaginar cómo hablarían del posible sospechoso en las noticias, nadie sabría donde estaban las desaparecidas…Él, el invicto, el súper poderoso y nada reconocido as del crimen, necesitaba esa expectación, para vivirla desde su intimidad y regocijarse en la admiración que representaba el miedo en los ojos de sus víctimas, para sentirse soberbio, altivo, digno.

Aquélla noche fue una fiesta. Golpear el cuerpo sin sangre de la puta de los walkman también fue satisfactorio. Las vísceras como globos desinflados recibían sus guantes ejecutando las repetidas series. Directo, gancho de derecha, gancho de izquierda…

Se regocijaba en el olor de la muerte, ese olor que perduraría algunos días en el interior del palomar.

La manguera interna limpió los fluidos viscosos que desaparecían por la trampilla antes de tragarse a sus dos siguientes huéspedes.

Se recordaba fuerte, guapo, insuperable. Él seguía siendo así. Seguía estando en forma, seguía siendo un tipo duro.

Movimiento en la portería. El "guaperas" abandonaba el nido despidiéndose de una mujer que tenía toda la pinta de ser una abogada. Su colega haciendo fotos con la mini polaroid, desde su posición semioculta. Las indicaciones eran claras tenían que seguir al arquitecto y si se veía con alguien averiguar todo lo posible de ese alguien.

Vuelta al mundo real. Tampoco tenía una vida tan mala. Trabajaba para un tío que estaba forrado, aún era joven y lo mejor, tenía esos recuerdos insustituibles, que solo unos pocos podían evocar.

CAPITULO II

Después de la reunión con Alberto Carraira, Verónica decidió que era el momento de dejar de trabajar. Necesitaba salir del despacho y despejarse. Zigzaguear por las calles era un ejercicio relajante que servía para repasar las citas de la tarde. Tenía alquilada una plaza de garaje en un parking para residentes de la Calle Goya, esquina con la Calle Castelló, y desde allí, se iría en coche a casa. Alternaba los días en que usaba el coche y los que iba andando.

Sonó su móvil. ¡Cómo no! Era Alice, siempre Alice ¿Cómo sabía que se encontraba mal? ¿Cómo notaba que la saliva le llegaba demasiado espesa a su garganta, que las reuniones de la tarde la habían agotado? ¿Cómo adivinaba que necesitaba urgentemente relajarse? Alice era una mujer increíble. Pesada, extremadamente cotilla y buena. Más buena que un abrazo cuando se tienen ganas de llorar o que un trozo de chocolate cuando se acumula soledad.

Cambiando su habitual tono formal de voz, Verónica contestó la llamada.

–Dime querida ¿Dónde quieres que vayamos?

–¡Esa es la actitud, guapetona, donde tú quieras! No sabía si me ibas a mandar a paseo o si me lo ibas a coger. Estás como otras tantas veces. Estás que no estás.

–Lo sé, perdona lo de esta tarde, no sé, bueno si sé que me pasa. Me pasa todo. Ni siquiera me he despedido al salir. La verdad es que te he visto tan liada. Y no tenía ganas de despedirme ¿Ya lo he dicho, verdad?

–Si ya lo has dicho. No te disculpes, un día malo lo tiene cualquiera. Solo que tu llevas quince que no hay quién te trate.

Con el móvil entre la mejilla y el hombro, sujetándolo en equilibrio, con el cuello doblado hacia la derecha, Alice introducía con movimientos precisos los bolígrafos en su cubilete; la agenda de mesa haciendo tope con el teclado del ordenador; la grapadora en perfecta simetría a su lado cual centinela vigilante; y los díscolos clips esparcidos por la encimera formando un montoncito junto a la repisa del flexo ayudándoles con suaves empujones de sus dedos. Todo en su lugar, como un pequeño ejercito de combate alineado convenientemente bajo la trinchera del mostrador, hasta la vuelta al "rompan filas" del día siguiente.

–Por fin se ha ido Gonzalo, este hombre quiere ser igual que su padre. Estoy cerrando. Vamos Verónica, vámonos a cenar. Quedamos en Hermosilla directamente ¿quieres?

–Ya he pasado Goya. Bueno, me doy la vuelta. Tardo como diez minutos.

–Lo mismo que yo, la primera que llegue se deja invitar. Y, Verónica, no seas tramposa. No hace falta que te pongas a correr como una adolescente a la que se le escapa el último bus de la noche.

–Mira que dices tonterías, y lo peor es que a lo mejor te las crees.

Y aceleró el paso todo lo que pudo, hasta el límite en el que uno ya empieza a correr. Esas chiquilladas le hacían sonreír.

Alice llegó cargada con su bolso–maleta. Siempre llevaba encima un montón de cosas, algunas necesarias y según ella, todas imprescindibles.

Su estatura media y sus medianos tacones combinaban a la perfección. Tras un atuendo aparentemente formal destacaban unos originales pendientes, o un pañuelo chillón, o un color de pelo poco habitual. Siempre tenía un toque divertido, que a poco que uno se fijara en ella, despertaba una sonrisa.

El mejicano donde iban a cenar, para ser un lunes, estaba bastante lleno.

Desfile de camareros por los estrechos pasillos que formaban unas pequeñas pero acogedoras mesitas, adornadas con jarapas a modo de mantel y unas velas encendidas encerradas en bolas de cristal verde oscuro.

De pie, esperando a que se acercara el encargado de guiarlas hasta su reserva, Verónica parecía aún más alta de lo que era y aun más rubia, en contraste con la estatura media y el cabello oscuro de Alice. Formaban un dúo de atractivas mujeres.

–Buenas noches señoritas, les he reservado la mejor mesa del restaurante.

–Buenas noches Juanito, siempre nos reserva la mejor mesa y cada vez nos da una distinta ¿No le parece raro?– Advirtió Alice con una mueca burlona.

–Los hombres españoles son los que me parecen raros, si no ¿Cómo se explica que puedan andar mujeres tan bellas como ustedes solas por la ciudad? Síganme y si no les gusta la mesa yo mismo la coloco donde ustedes quieran– Les hablaba como si cantara, con ese acento mejicano tan alegre como menudo y delgadito era su porte y grande su bigote.

Mientras seguían los pasos de Juanito, Alice realizaba un ejercicio impulsivo mirando de reojo a las personas que se encontraban allí, a los hombres en concreto. Ella lo denominaba el "estudio de posibles" y esa noche no había ningún "posible" a la vista.

Sentadas en la mesa una vez ordenados bolsos y chaquetas, Verónica le preguntó a Alice:

–¿Qué?

–¿Qué de qué?

–¿Qué si ya has hecho algún fichaje de esos a los que mirar de reojo toda la cena?

–Verónica ¡no lo puedo evitar! Controlar a algún candidato a unas risas para el café es totalmente inofensivo.

–Inofensivo e infantil.

–Pero no inmoral.

Han vuelto la rubia y la morena–comentaba Juanito al cocinero–jefe del restaurante mejicano. Seguro que la rubia vuelve a felicitarte. Siempre lo hace, y tú te esmeras más cuando sabes que está aquí ¡Mira que nunca salir a darle las gracias! No se puede ser tan tímido, amigo ¿Qué es una mujer distinguida? salta a la vista, pero os llevaríais bien. A tí te encanta cocinar y a ella comer, poquito, pero comer.

Nicolás, el dueño del restaurante, el cocinero–jefe, seguía en silencio el discurso de su encargado, haciéndole gestos con su mano derecha, como el que aparta una mosca pesada, para que le dejara en paz. Pero a Juanito no le importaba, él seguía con su cantinela.

–Te digo una cosa, estás perdiendo una oportunidad. Eso de enviarle un tequila después de cenar de parte del cocinero, está muy visto. Deberías acercarte ahorita mismo y decirle, ¡qué sé yo! ¿qué si le apetece algo fuera de la carta? O te inventas un plato y se lo dedicas ¿No es buena idea? ¡Anda! Como no salgas, le digo que te has puesto malo, que hemos cambiado de cocinero y no sabrá que eres tú el que le dedica el plato. El mérito se lo llevará otro, el nuevo ¿No? Compadre, no hay nada que hacer contigo. Te diré algo, he salido con mujeres que no me gustaban nada en absoluto y no es tan malo y si además solo de verla te gusta ¿Qué mejor? Si quieres piropeo a la morenita y las invito luego del cierre a un cafelito ¿Te animas?

Nicolás se giró delante de las narices de Juanito y se puso en jarras. Ante ese gesto más que elocuente no había nada más que decir. Seguiría sirviendo las mesas sin volver a insistir. Ese jefe suyo era un caso perdido.

Tras la cena, siguieron unos tequilas por cuenta del cocinero, en agradecimiento por los piropos culinarios que habían recibido sus platos. Pero Nicolás no fue capaz de salir de la cocina. Quizá la próxima vez. Quizá en la próxima cena se atrevería a saludarlas. Su compadre tenía razón. Su admiración por aquella bella mujer era especial, precisamente porque no la conocía personalmente. Y le gustaba mucho mirarla de reojo desde su acristalada cocina. Si le hablara, si intimara un poquito con ella, aquellos sueños que tenía despierto sólo con mirarla, se desvanecerían. Nicolás, Nic, era un soñador y esa mujer uno de sus sueños preferidos. ¡Se parecía tanto a su desaparecida esposa! En el umbral de la puerta del restaurante en ocasiones creía verla a ella. Alta, delgada, elegante. Una bella y joven actriz británica que no dejó ninguna pista sobre su paradero. Todos los días se acordaba de Helen y todos los días la extrañaba.

Perder a alguien sin motivo instala en nuestro cerebro un mecanismo de tiempo en espera, paralelo al transcurso de la vida real. Ansías noticias que no quieres recibir. Deseando que la lotería cruel de la evidencia de esa muerte no se confirme nunca.

Siempre hay alguien que nos quiere en el anonimato. Siempre quién nos admira desde la distancia. Y aunque sean incapaces de mostrarse, de darse a conocer, hacen que notemos ese afecto, ese aprecio cercano, como si el aire que nos rodea cuando estamos próximos a esa persona fuera más cálido, más amable. Y por eso, Verónica no buscaba otro restaurante donde ir. Para lo poco que salía, prefería estar allí. Donde la comida traía algún ingrediente secreto, porque estaba particularmente buena, porque desde la cocina llegaban las especias más picantes y más sabrosas, las que salen de las ganas y de la dedicación.

Después de la cena, fueron a tomar un café cerca del mejicano. Llegaba la hora de la cenicienta y Verónica pronto querría irse a casa.

–Te acerco a casa, Alice.
–Es pronto aún ¿Ya tienes ganas de irte?
–Sabes que sí.
–¿Cómo andas? ¿Qué tal la terapia de este verano? No me has contado nada.
–Nada nuevo que contar, Alice. Sigo aquí ¿No? pues ya es bastante.
–¿Medicada?
–Si.
–¿Mucho?

–Cada vez menos ¿Sabes lo peor? Ya no puedo recordar cómo era mi vida antes ¿Te acuerdas de lo que me decían los médicos? Es como padecer una enfermedad crónica, uno llega a olvidarse por completo de que se puede estar bien, de que se estuvo bien tiempo atrás, y llega un día en que ni siquiera se echa de menos estar de otra manera. Estar mal forma parte de mi vida.

–Cariño, siempre te lo digo y hoy te lo vuelvo a repetir. Has tenido suerte, valor, y mucho coraje. Sé que te llegará. Que llegará el día en que solo te sentirás bien, y que el recuerdo que habrás borrado, será el de estar mal.

–Gracias Alice. Vámonos, contigo no tengo que fingir. Estoy agotada.

Fueron despacio, alargando el corto paseo que las separaba del parking de la Calle Castelló. El silencio más reconfortante habla de todo lo que uno siente, sin tener que decir nada.

Dejó a Alice en el portal de su casa y no se fue hasta que la vio cerrar la puerta.

Si hubiese estado la llave echada de la puerta de la verja, o la de la puerta de la vivienda de su casa, aquella noche…

A lo mejor hubiera podido reaccionar, gritar, llamar por teléfono a la policía…

El trayecto en coche fue corto, hasta Fuente del Berro, donde se encontraba la antigua casa familiar de los Solí, que a diferencia de la mayoría, contaba con una gran parcela, colindante con los jardines que daban nombre a la Colonia. Verónica no quiso renunciar a seguir viviendo en su casa. Eso no ayudó mucho al principio. Pero si las cosas hay que afrontarlas, no se debe huir de ellas.

No tenía servicio fijo y no quería tenerlo. La señora de la limpieza llegaba a las diez de la mañana, cuando Verónica ya no estaba, y se iba sobre las doce del mediodía, antes de que ella volviera, el día que iba a comer.

Tenía instalado un sistema de alarma exterior y otro interior. Al llegar al acceso de su garaje privado, desactivaba el exterior y volvía a activarlo en cuanto la puerta de la cochera se cerraba. Con un mando a distancia que llevaba en la puerta del coche, encendía las luces del interior y del exterior de la vivienda sin tener que salir del vehículo. Y sólo cuando todo estaba encendido y las puertas cerradas, salía de su BMW 5GT.

Por la puerta interior del garaje accedió directamente al salón. Lo atravesó hasta el distribuidor de la entrada y se quedo quieta, petrificada, mirando al suelo.

¿Qué era ese sobre? ¿Quién lo había deslizado por debajo de la puerta? ¿Por qué no había saltado la alarma?

No podía moverse. Sujetaba tan fuerte el bolso en la mano junto con las llaves del coche que estaba haciéndose daño. La chaqueta en la otra mano y todo su cuerpo y su mente concentrados en no perder el equilibrio.

El sudor comenzó a salir por cada uno de los poros de su piel.

Despacio se puso de rodillas y se sentó en el suelo.

Tenían que haberla seguido hasta casa, tenían que haber aprovechado el tiempo en que la alarma estaba desactivada mientras la puerta de la verja se abría, mientras que también se abría la del garaje ¿Cuánto era eso? ¿Un minuto? En un minuto, mientras ella entraba, alguien estaba deslizando ese sobre, que no podía coger, por debajo de su puerta. El sonido del motor de una moto, era lo único que recordaba cuando entró con el coche en el garaje. Poca, muy poca gente tenía su dirección particular, siempre daba la del despacho para todo. ¿Que podía contener ese sobre? Y presa de un ataque de pánico se arrastró por el suelo para cogerlo.

Cuando logró sacar del interior del sobre una foto tamaño polaroid, tuvo que acercársela mucho para poder verla bien.

Era Alberto Carraira saliendo del despacho y ella a su lado a punto de estrechar su mano para despedirse.

Había sido tomada esa misma tarde.

No era una fotografía, era una amenaza.

Su cabeza no paraba de pensar. No, no lo saben, no saben que me pondría así, simplemente quieren asustarme, no quieren hacerme daño, no me lo van a hacer, no pasa nada, no pasa nada.

Tienen que haberme seguido. Me han seguido.

Esto no va conmigo, es por él. Es porque soy su abogada.

No podía levantarse. Fue arrastrándose hasta los pies del sofá y apoyó la espalda.

Sacó el móvil de su bolso y marcó el número siete: llamada automática.

Un tono, dos tonos, tres tonos y colgó.

No tenía que haber marcado. Podía controlar la situación. No era para tanto.

Pero su cuerpo no conseguía moverse, estaba bloqueado, preso de una gran agitación.

Tenía que poner en práctica todo lo que había aprendido. No era una situación de peligro. No pasaba nada.

Por favor, Señor ¡ayúdame!

Y sonó su teléfono.

Lo miró y supo que se había equivocado. Ahora tendría que hablar. Un esfuerzo más. Allí, tirada en el suelo de su salón mirando el teléfono, o contestaba, o las cosas se pondrían peor.

–Estoy bien.–contestó intentando alargar las sílabas para aparentar una calma que no tenía–.

–Voy a verte.

–No.

–Está bien. Dime que ha pasado.

–Mañana. Perdóname. Perdóname, lo siento. Estoy cansada y he perdido el control.

–Todos lo perdemos. Pero para eso están los números privados, para recuperarlo ¿De verdad que no quieres que vaya?

–De verdad. Perdóname no pasa nada.

–Vale pues hablemos tranquilamente.

–De acuerdo.

Empieza por el principio ¿Dónde estás?

–En el salón de mi casa, con una foto que alguien ha metido por debajo de la puerta, saltándose las alarmas.

–Una foto ¿Qué foto?

–De un cliente.

–¿Y?

–Pues que me ha dado un ataque de pánico. Pensando que alguien podía tener tan fácil acceso a mi vida, de nuevo.

–¿Te han seguido?

–Creo que sí. La alarma estaba conectada cuando he llegado, habría saltado y me habría avisado. Solo son unos segundos los que tardo en quitar y poner la alarma exterior para aparcar. Es cuando han debido de entrar.

–Bueno, eso lo tendremos que estudiar con más calma ¿Vas a llamar a la policía?

–Te he llamado a tí.

–Pero llamarme a mí no es lo mismo y lo sabes.

–Desde luego que no, es mucho mejor.

–Mira Verónica, esta conversación la podemos tener en el salón de tu casa y de paso nos tranquilizamos. Déjame ir a verte. Hablamos y me voy. En cuanto vea que de verdad no me necesitas.

–De verdad que te lo agradezco, pero quiero meterme en la cama. Y decidir lo que tenga que hacer mañana.

Se pasó la mano por la frente y comprobó que no paraba de sudar. Estiró la manga de la chaqueta y se secó, emitiendo un breve suspiro de alivio.

–¿Quién es ese cliente?

–Uno con más problemas de los que yo pensaba.

–¿Le conozco?

–¿Y quién no? Es el arquitecto Alberto Carraira.

–Bueno, vaya por Dios.

–Siento mucho haberte llamado y haberte asustado para nada. De verdad que quiero descansar, a veces, me paso de la raya.

–No te has pasado, nadie en su sano juicio se quedaría tan tranquilo si descubriera que es tan fácil averiguar donde vive y acceder a su intimidad, aunque no hayan entrado en tu casa.

–Ya, pero en mi caso se complica un poco más ¿No?

–Solo un poco ¿Podrás descansar?

–Ya se me está pasando.

–Prométeme que vas a dormir, y si no puedes, me vuelves a llamar.

–Te lo juro. Y gracias. No sé cómo me aguantas.

—Te aguanto, porque cada vez me llamas menos y te recuperas más.

—No puedo seguir hablando, solo quiero, dejar que se pase. ¿Quedamos en el despacho y ordenamos ideas? ¿Te parece?

—Me parece perfecto, solo me preocupa que pases buena noche.

—¿Qué haría yo sin ti?

—Pues igual que ahora, dar ejemplo de entereza y de superación, a pesar de todo.

—¿Te he asustado, verdad?

—Inquietado, sería la palabra.

Mañana nos llamamos.

—De acuerdo, como tú quieras, buenas noches, Verónica.

Se incorporó lentamente y, miró a su alrededor. Todas las cosas estaban en su sitio. No había nadie en la vivienda. Solo querían advertirla. Seguramente no tenían ni idea de lo que ella sufría, seguramente solo querían amenazarla. Ni sospechaban el miedo que en su interior podía desatarse.

Cogió del cajón de las medicinas de la cocina una pastilla para dormir y una botella de agua. A cámara lenta, subió las escaleras, agarrándose fuertemente a la barandilla.

Llegó a su dormitorio, pasó directamente al baño y vomitó toda la cena.

Empezó a encontrarse mejor. El sudor comenzaba a desaparecer y se tornaba en un frio gélido. En pleno septiembre se puso un pijama de invierno. Se tomó el somnífero y comenzó a rezar, a rezar de forma mecánica. Sin parar de recitar sus oraciones preferidas. Era la mejor forma de tranquilizarse.

Rezaba el Padre Nuestro, el Dios te Salve María, el Bendita sea tu pureza y el Gloria al Padre. Y cuando terminaba, volvía a comenzar, no pararía hasta quedarse dormida.

Helen Mellor, actriz británica, veinticinco años, alta, rubia y delgada había preparado un almuerzo a base de comida mejicana para celebrar con su marido que la vida les sonreía, que estaban juntos en Madrid y que ambos tenían salud y trabajo.

Nicolás, Nic, por aquél entonces, un joven músico compositor de bandas sonoras acudiría a comer con ella. Bebieron coronitas, tomaron burritos y Helen le pidió que le hiciera una foto para que la recordara vestida como una chica española.

Se levantó viento mientras posaba sujetando su pamela.

Observándoles desde las escaleras de piedra, oculto tras la barandilla, la vió. Tan parecida a sus otras víctimas. Tan parecida a su madre y a sus hermanas.

La fortuna quiso que a los pocos días volvieran a coincidir. La reconoció enseguida. Ese color de pelo y esa figura haciendo footing. Era sin duda la puta de la pamela.

A las ocho y veinte de la mañana, recién abiertas sus puertas, los jardines de Fuente del Berro daban la bienvenida a unos pocos corredores y algún paseante de perro.

Guardaba unos metros de distancia, la seguía de cerca.

Que suerte había tenido, la puta de la pamela se dirigía directa hacia el palomar, era una señal, su oportunidad de probar de nuevo su valor. Él era el rey de la improvisación. Aceleró la zancada, ya casi estaban llegando tenía que actuar. Literalmente se le echó encima y la aplastó en plena carrera. La frenada de los cuerpos en movimiento deslizó la tierra como lija dura sobre el rostro y las manos de Helen. El peso del cuerpo de su depredador la dejó unos instantes sin respiración. Su gemido no fue escuchado por nadie. Semiinconsciente, sin saber que le había pasado, sintió como la elevaban y la obligaban a caminar a trompicones hacia algún sitio donde no quería ir por puro instinto.

Él ya lo tenía todo preparado.

Si no hubiera sido ella, hubiera sido otra.

El gancho colgando de la viga, las cadenas, las bridas, la trampilla, el olor…cuando su cuerpo se balanceaba como un saco, cuando vió como aquél encapuchado se ajustaba los guantes ejercitando a su lado los golpes que luego le daría, cuando supo que iba a morir, sacó fuerzas y gritó. Pidió ¡Ayuda! ¡Socorro!…pero nadie la escuchó.

La voz del locutor del combate tronando en sus oídos se interrumpió por culpa de aquél grito.

La puta de la pamela sería la última a la que dejaría sin mordaza. Ese grito obligó a darle unos buenos golpes en la mandíbula para que no pudiera hablar, pero a la vez consiguió un efecto no deseado, el saco se quedaba pronto sin ojos en los que ver la desesperación. KO por rotura mandibular.

Unos segundos antes de que la dejara inconsciente, Helen imaginó que "campañilla" la había escuchado, ella podría rociarla con polvo de hadas y hacer que saliera de allí volando. Era su magia infantil la que vino a consolarla antes de morir.

Huérfana desde corta edad, Peter Pan y los niños perdidos, era su cuento preferido.

Su mente voló hacia Nic para despedirse, para darle un último beso.

Volaba por encima de los tejados de la ciudad, de las luces de Madrid. Era ligera, libre, etérea.

Su cuerpo roto, ensangrentado y sólo, cayó en lo más profundo del foso tras un único asalto que reforzó la fe de su asesino en seguir entrenando.

Ese grito puso en alerta su sentido común. No podía volver a arriesgarse así. Mejor localizar a los sacos fuera del parque. Noquearlos y traerlos en la furgoneta hasta el palomar.

Los últimos tres combates fueron sus tres victorias más repetitivas donde las víctimas no tuvieron la más mínima posibilidad de defenderse.

Se había convertido en un asesino en serie.

CAPITULO III

Alberto Carraira esperaba a su amigo David de Fontfría para cenar en uno de sus restaurantes favoritos. La primera cita con su abogada no le había decepcionado. Aquella intrigante mujer le daba confianza y seguridad. Tenía el rostro perfecto. Y eso no dejaba de ser algo extraño.

Alberto y David tenían muchas cosas en común pero la puntualidad no era una de ellas.

David de Fontfría, el abogado que le había recomendado acudir al despacho de Verónica, nunca llegó a entender su devoción, su sumisión, por aquella niña mimada, déspota y fría que era Alejandra, su mujer. David le había intentado ayudar, pero tras estudiar su caso, se dio cuenta de que aquello le venía grande. No eran un matrimonio al uso. No tenían que afrontar los pagos de una hipoteca, resolver la custodia de los hijos, el régimen de visitas, ni el uso de la vivienda habitual, ni la propiedad de los coches. Su especialidad era el Derecho de Familia, pero aquel maremágnum de favores traducidos en comisiones, posibles estafas, líos de empresas, codicias y negocios sucios, escapaba de sus competencias. Era un hacha en lo suyo y a eso se dedicaba, no a engañar a amigos ricachones, aunque solo tuviera uno. Alberto debía dejarse aconsejar por un buen mediador, que le evitara perder su buen nombre como profesional, y sobre todo si fuera posible, le desvinculara por completo del imperio de los Ripoll.

Trece años había tardado en dar la razón a su buen amigo David. Trece años de humillaciones, despropósitos y menosprecios. Había firmado proyectos, planes urbanísticos, estudios económicos de viabilidad y todos los instrumentos necesarios para hacer negocios relacionados con el suelo. Suelo, que luego desarrollaba su suegro, Don Eusebio Ripoll, y del que se lucraban todos. Especialmente su única y adorada heredera, Alejandra Ripoll.

Alberto, esperaba cómodamente a su amigo en el ambiente relajado y selecto del local donde habían quedado para cenar. Intimo, sin caer en la exageración, decorado atemporalmente y poco bullicioso.

El restaurante comenzaba a recibir algunos comensales más.

Mirando a la gente, le parecía una puesta en escena. Los actores llegaban para su representación, se sentaban en sus puestos y recitaban su texto. Todo salía a la perfección. Pero ese mundo que él veía no era real, esa gente no tenía problemas reales, él sí. Se sentía oprimido, aplastado por la responsabilidad que podía llegar a tener en todos los temas en los que estaba metido su suegro. Él no era un actor como los demás. Antes era como los hombres y mujeres de las otras mesas. Antes tenía problemas normales, dentro de una existencia normal ¿Qué narices había hecho con su vida? ¿Cómo había podido fastidiarla tanto? Y cuando daba el último trago a un cava delicioso, entraba por la puerta David de Fontfría acompañando a cada paso un preciso movimiento para deshacerse de la corbata y guardarla en el bolsillo de su chaqueta.

–¡Ya estabas desesperado! Lo siento ¿Me excuso por el tráfico? ¿Por tener que aparcar? ¿O directamente hacemos como si hubiese llegado a tiempo?

–David, que tú no conduces.

–Bueno hombre ¡Cómo estás! Y no es una pregunta, es que se te ve fatal.

–Jo, tú sí que sabes animar a cualquiera. Pues aquí me tienes hecho un pincel, estupendamente. He vuelto a fumar, habré perdido unos cinco kilos, no duermo, y según tu amiga y, ahora mi abogada, estoy jodido. Bueno, no me lo ha dicho con esas palabras pero…

–Una vez comprobado que en tu vida reina la armonía, que tal si te relajas un poco, nos pegamos una cena estupenda, la pagas tú, y luego me invitas a unas cinco o seis mil copas.

–Mira que eres tacaño ¡macho! toda la vida igual.

–De eso nada, es solo que me gusta vivir por encima de mis posibilidades.

–La cara te va a llegar al suelo David, que si venimos aquí, es porque tú me enseñaste este restaurante.

–Tómalo como si mis servicios de guía gastronómico fueran retribuidos en especie. Por cierto, la última vez nos pedimos de entrada una escalibada y otro plato que no recuerdo.

–Tostada de salmón y gambas.

–Tito, no sé porqué quisiste ser Arquitecto, hubieras sido un gran opositor. ¡Lo que se ha perdido la Administración! Tienes una memoria de elefante.

–Lo que tengo es un hambre canina. Y haz el favor de llamarme Alberto, que ya ni mi madre me llama Albertito y menos Tito.

–Tú madre no te llama de ninguna manera. Pobre mujer, con lo que le costó acostumbrarse a una vida de papel cuché. Menos mal que no le has dado nietos.

–¿Menos mal? ¿Y eso porqué ?

–Porque tendría que pasar el bochorno de ver más a tu familia política. Por cierto ¿Cómo está el pibón de tu mujer?

–No tengo ni idea. Ha decidido insultarme solo por WhatsApp.

–Será para ahorrar y poder pagar al cirujano. Mira, ha cambiado tanto de cara, que en las últimas fotos tuve que leer el pie de página para convencerme de que era ella ¿No le ha denunciado?

–Al que van a denunciar es a mí.

–Pero si te arreglas con Miss Nariz Torcida, tu suegro te deja en paz, ¿No?

–No lo dudes. Pero no puedo con ella. Está peor que nunca y esto no va a cambiar. Su "problema" es no reconocer las cosas, el mío haberlas aguantado demasiado. He hecho la vista gorda esperando que cambiara. Unas veces porque estaba nerviosa, otras porque la dejaba sola si tenía que viajar, porque iba a una fiesta, porque no se quedaba embarazada, y así, un millón de escusas. Y yo me dejaba llevar.

–Pero ¿Tú la sigues queriendo?

–Eso es lo peor, no solo no la quiero sino que la estoy empezando a aborrecer. Dice que se corta las venas si la dejo.

–Pues dile que eso ya no se lleva y que además es una cochinada. Se pone todo perdido y luego la exclusiva sale una mierda.

–¡David, no seas bestia!

–No entiendo por qué se empeña en seguir contigo, tampoco es que estés hecho un queso, más bien, das algo así como…penita. Además tiene sus "fiestuquis", sus súper amigas y sus "cositas".

–Dice que sigue enamorada de mi…

El camarero se acercó dejando los entrantes tal y como se los habían pedido. Esqueixada de bacalao, tosta con salmón y gambas, habas a la catalana y por supuesto el jamón con el pan con tomate. David estaba de buen humor. Inevitablemente los temas pendientes iban a salir, pero se alegraba de que Alberto, contara así, tranquilamente, el relato de sus desdichas. Parecía más relajado. La cita con Verónica no le había sentado mal.

Salir a cenar un lunes, les hacía sentir como alguien que está de paso, trabajando en una gran ciudad, un poco perdido y un poco anónimo.

David no quería ser pesado porque igual no era el momento oportuno, pero decidió volver al tema que le preocupaba e interrogar a su amigo. Quería saber cómo le había ido con Verónica.

–Que quieres que te diga, sabe lo que hace, o al menos eso parece.

–¡Madre mía¡¡A que te estás volviendo rarito? ¿Qué pasa que, después de estar casado con Miss cirugía, plástica no te atrae ninguna mujer?

–¡Inteligente, agradable, guapa? Y seguro que con una corte de abogados detrás de ella. Hemos estado hablando y nada más. Mira David, como que no me apetece volver sobre el tema, por hoy he tenido bastante. Es lunes y hemos salido a divertirnos ¿No?

–Sé realista Tito, hemos salido a emborracharnos.

Y se emborracharon. Era la una de la madrugada y David insistía en tomarse la penúltima. Alberto, Tito, estaba medio grogui. Entre el cava, el vino y las copas se sentía cansado y algo mareado. Quería irse a su nueva casa y descansar. Convenció a David para que se fuera en un taxi, ya tendrían tiempo de volver a quedar.

Alberto tenía alquilado, desde hacía dos meses, un ático en la calle Hermosilla en pleno Barrio de Salamanca, en un edificio totalmente rehabilitado.

Había ido andando al restaurante y volvería andando a su nuevo hogar.

Después de lo que había ocurrido en la última fiesta a la que tuvo que acudir con su mujer, era imposible volver a convivir con ella. Alejandra, aquella jovencita con la que se casó, no era ni la sombra de lo que había sido. Ni ella, ni su olvidada sonrisa, ni su alegre manera de ver la vida. Las drogas se habían llevado todo eso a algún lugar del que Alejandra no sabía salir o del que no quería regresar.

Se cruzó cada vez con menos viandantes conforme se alejaba de la zona de los pubs. Y se fumó otro cigarro.

El portal de su casa estaba encendido con las luces mínimas, suficientes para ver la cerradura. Cogió el ascensor y subió directamente al ático B.

Al introducir la llave, la puerta se abrió sola sin necesidad de ejercer la más mínima presión. En menos de un segundo su corazón se aceleró con pulso fuerte y sus sentidos alcanzaron el máximo de alerta posible. Todo lo que vio al encender la luz fue desorden y caos. Los cojines del sofá estaban rajados; el contenido de todos sus cajones esparcido por el suelo; su ordenador no estaba en la mesa del escritorio; y en el único dormitorio de la vivienda, más y más desorden.

El ladrón se había cabreado al no encontrar nada y había decidido destrozarlo todo. Su cabeza empezó a pensar a gran velocidad. No era un robo común, no era un robo casual. Detrás seguro que estaba su suegro. Pero ¿cómo había podido sospechar que tenía aquella información? Él no se lo había dicho a nadie. A nadie. Estaba totalmente seguro. Y entonces, apoyándose en la pared, lo vio claro.

Esa tarde al salir del trabajo le habían seguido y habían visto como entraba en el despacho de los abogados. Su suegro lo sabía, sabía que tenía información para frenarle en caso de que quisiera hacerle daño ¡Hijo de puta! Menudo aviso le había dado. La guerra acababa de empezar. Ahora tenía que jugar bien sus cartas si no quería perder bastante más que un ordenador y unos cuantos muebles. Tenía que seguir hasta el final.

No sabía si denunciarlo a la policía. No sabía si tocar algo o no. Fue hasta la cocina, que daba a la terraza, intentando no pisar la ropa y los demás enseres que estaban esparcidos por todo el piso. Allí, encima de la mesa, había un sobre. Lo abrió y se quedó mirando una pequeña foto tamaño polaroid.

Se le veía saliendo de la portería del despacho de abogados junto a Verónica.

¿Seguían espiándole? ¿Tendría micrófonos en la casa? ¿El teléfono intervenido? Su suegro era capaz de eso y de mucho más ¡Pues no lo sabía él bien! A cuántas personas tenia pilladas, de cuántas tenía fotos, grabaciones de video y de voz, de lo más comprometedoras. Y ahora era su turno.

Necesitaba pensar. Salió a la terraza con la foto en la mano. Al fin y al cabo no le había pasado nada grave, era una simple amenaza. Encendió su tercer cigarrillo contemplando las luces de los edificios del barrio de Salamanca.

El corazón le comenzó a latir de forma más pausada, aunque las manos le temblaban. Se acostó en una de las tumbonas, echándose una de las mantas de exterior por encima y se quedó con los ojos abiertos mirando el cielo estrellado de Madrid. Tenía que hacer algo. Pero lo que fuera tendría que esperar. Menos mal que no le hizo caso a su madre y no había vuelto a la casa familiar. La hubiera puesto en peligro. Y bastante tenía ya la pobre con todos los escándalos que casi de forma permanente salpicaban a su familia política. El alcohol de la cena se estaba evaporando. Su estado de tensión comenzaba a disminuir. Si le estaban observando, si querían que diera un paso en falso, lo llevaban claro. No pensaba hacer nada. Tenía todas sus armas bien ocultas. A las ocho de la mañana vendría la asistenta. Hoy iba a tener mucho trabajo.

Y sin poder mover un músculo por la sorpresa, como por la tensión que había acumulado, se quedó dormido con la foto en la mano.

Pero no estaba solo. El ladrón, oculto tras un pasamontañas, lo observaba. Si se despertaba mientras buscaba su cartera para poner los micrófonos y para intervenirle el teléfono, le daría una buena paliza. Que ganas tenía de dar unos buenos puñetazos.

Desde que tenía uso de razón, el estar así observando a sus víctimas, le producía una excitación previa al desenlace que le hacía sentirse superior. Todo indicaba que aquél arquitecto guaperas iba permanecer dormido el resto de la noche. Está vez no había tenido suerte. Esta vez, el estar escondido, no iba a proporcionarle ninguna satisfacción.

Él siempre había sido así. Solitario, calculador, malvado. Ocultarse formaba parte del ritual. Un despiadado cazador sin alma que disfrutaba con el sufrimiento de sus presas. Ese arquitecto le recordaba una de las palizas que dio siendo solo un adolescente. No se parecía nada físicamente a aquél compañero de clase, pero era idéntico en altivez, en la manera despreocupada de vivir, en ser socialmente admirable, guapo, atractivo…ejemplar. Fue en la época del Instituto. Con solo catorce años.

Aquel alumno rubio y de ojos azules con el que tenía fantasías sexuales, era "el popular", el que siempre llevaba los últimos vaqueros de marca, el último modelo de reloj y el corte de pelo de moda. Él, sin embargo, era "el hortera", siempre con ropa de mercadillo, con un reloj regalo de propaganda y al que su propia madre cortaba el pelo.

No tenía amigos. No se relacionaba con nadie.

Ese día cuando terminaron las clases, hizo un esfuerzo y se acercó al objeto de sus fantasías para ofrecerle un cigarrillo con la pretensión de poder entablar algún tipo de contacto. Recibió un gesto de desprecio, riéndose en su cara, delante del grupito de pijos al que nunca podría llegar a pertenecer. Se sintió tan humillado que solo atinó a escupir con furia lo más cerca que pudo de las zapatillas de marca de aquél miserable de mierda que lo tenía todo. Era viernes por la tarde y las pandillas de jóvenes, como un rebaño obediente, se dirigían sin necesidad de pastor al lugar de quedada oficial, a los bancos de madera del parque que bordeaban el estanco de chuches y prensa. Mientras sus compañeros comían pipas y fumaban a escondidas algún que otro cigarrillo él esperó a que se hiciera de noche. Oculto tras la verja del portal de la casa del apuesto rubio de ojos azules. Frio, calculador y paciente.

Le vio acercarse con esos andares de soy el mas guapo de clase que tanto envidiaba.

Se oyeron gritos que pronto callaron. Nadie hizo nada. Cosas de gamberros.

Sangraba por la nariz, por la boca, tenía los ojos completamente cerrados por los golpes y no podía parar de llorar suplicándole que le dejara en paz mientras recibía una brutal paliza. Agachándose le susurró al oído:

— *Lo próximo que te fumaras será mi polla como te chives ¿Vale?*

Le dejó tirado en el portal propinándole, para terminar, una patada en los genitales que le hizo perder el conocimiento.

Aquél muchacho rubio, guapo y popular, no lo delató y a mitad de curso pidió por favor a sus padres que le cambiaran de Instituto.

Como le gustaría que se despertara el arquitecto de mierda y darle unos buenos golpes, pero tendría que conformarse con ponerle los micrófonos, pincharle el teléfono y salir de allí sin hacer ruido.

Alberto descansaba inmerso en un profundo sueño. Y así pasaría el resto de la noche.

A primera hora de la mañana el timbre de la puerta le despertó. Milagros, la asistenta siempre tocaba el timbre antes de entrar con sus llaves. La cara de sorpresa cuando abrió, fue seguida de un grito mudo al ver el estado del salón. Con la boca abierta, tapándosela con la mano, despacio, esquivando los objetos y ropas esparcidos, llegó hasta la cocina y con una interrogación en el rostro miró a su señor, que se levantaba de una tumbona con una pinta horrorosa.

–No se preocupe Milagros, que ya ha estado la policía. Puede ponerse a ordenar con toda tranquilidad. Ha sido un robo vulgar. Ayer por la noche cuando volví de una cena me encontré esto así. Se han llevado el ordenador y algo de dinero que tenía en el dormitorio. Lo peor es que les ha dado por destrozarlo todo. Iré a comprar muebles en cuanto tenga un rato. Un par de sofás y unas lámparas de pie, nada que no pueda sustituirse. Coja unas bolsas de basura y tire todo lo que está roto. Hoy mismo llamaré a una empresa de seguridad para que instalen una alarma. Aunque la policía me ha dicho que es tirar el dinero, que una vez que ya han venido, no van a repetir. Sobre todo teniendo en cuenta que no hay nada de valor que llevarse.

Adelantó unos pasos dirigiéndose al baño y con voz calmada le dijo:

–Voy a darme una ducha y me voy al Estudio.

Y sin que la pobre mujer pudiera articular palabra, desapareció de su vista. Milagros, se preparó una tila antes de ponerse a recoger. Vaya cachazas que tenía este señor. Ella temblando y él tan pichi que se iba al trabajo. ¡Ya te digo! me pasa esto a mí y… ¡no voy a trabajar en una semana que me dura el susto!

¿Y si ella hubiera estado allí cuando entraron a robar? No podía dejar esa casa, le pagaba muy bien el señor y hasta hoy, no le daba casi trabajo. ¡Si hasta las camisas las llevaba a la tintorería! Solo hacía un poco de limpieza y ordenaba, llevaba tan poco tiempo asistiéndole, solo dos meses. Si se lo contaba a su marido seguro que la obligaba a dejarlo. Mejor no contarle nada y seguir el ejemplo del señor. Había sido un simple robo y además iba a poner una alarma.

Antes de salir de su alborotado ático, Alberto se acercó a la cocina, cogió de las manos a Milagros y le dijo que no se preocupara, que sería mejor no comentar nada de lo que había pasado, porque en el edificio se iban a asustar y correría la voz. Y todo lo que les podía pasar entonces es que otros ladrones intentaran robar, pensando que tenían algo de valor. Al fin y al cabo eso es lo que le había dicho la policía que hiciera. No decir nada. Es más, él por no involucrarla no les había contado que ella trabajaba allí y que tenía llaves, no fueran a sospechar.

–Le juro por mi "Cristo" que no se va a enterar *naide*, Don Alberto.

–No hace falta que me jures nada, sé que no lo vas a hacer. Confío en tí. Estas cosas se cuentan y la gente las hace más grandes. Están deseando que pase algo malo para convertirlo en algo peor. Imagina a la prensa lo bien que se lo iba a pasar ventilando que me habían robado. Capaces de inventarse un montón de mentiras. Mira, hoy haces todo lo que puedas y no vengas el jueves. Te doy el día libre. Dile a tu marido que me he ido de viaje y ya te vienes el martes de la próxima semana. Por el dinero no te preocupes, te pago igual que si vinieras. Te has llevado un buen susto y además vas a tener trabajo extra.

–¡No señor yo vengo el jueves como *toos* los días! Bueno si *usté* quiere. Y no me da más dinero que ya estoy bien *pagá*. Por la basura no se preocupe, por el tirarla, que ya me bajo yo a los cubos y no ve *naide* tanto como voy a sacar, que al portero aunque sea discreto, esto no se lo querría perder.

Era lista esta mujer. Él no había caído en las bolsas de basura, en que el portero le iba a preguntar cómo es que tiraba tantas, pero Milagros era mucha Milagros.

Si la policía había dicho que era mejor hacer como si nada hubiera pasado, pues eso, a no dejar ni una pista. Anda, que si su señorito les dice que tiene ella llaves y la tienen que interrogar, es que se muere. Solo de pensarlo se ponía nerviosa. Que buen hombre Don Alberto, que bien se había *portao* con ella. No, si cuando el señor cura le recomendó que fuera a pedirle trabajo a su madre, a la Señora que llevaba el Caritas del barrio, no se había *equivocao*. Que señora más educada, y su hijo no iba a ser menos. Si se lo dijo el Cura. Has entrado en una buena casa. Ahora que no te de por beber y por fastidiarla. Tilas, era lo que tomaba y tilas, lo que seguiría tomando ¡El vino *pa* los borrachos! Ella ya no estaba en esa lista.

Milagros oyó como se cerraba la puerta de la entrada de la casa, su señor se había marchado. Acercándose las manos a la nariz inhaló con fuerza. Qué bien olía ese hombre ¡Cristo de los Gitanos! Si ella fuera joven y soltera no se le escapaba.

Se preparó la segunda infusión y se puso a recoger.

Alberto bajó hasta el garaje por las escaleras de servicio. Quería evitar que alguien viera desde la portería que el ascensor se cogía en el séptimo y que bajaba hasta la planta menos uno. Si le estaban vigilando, que esperaran.

Se acercó a su coche, abrió la puerta del copiloto y levantó el felpudo. Los Mercedes tienen un contenedor a modo de cajón bajo el asiento y, allí, al levantar la tapa, estaban colocados, sin ocupar casi espacio, un pen drive, una grabadora y una copia de las llaves de su nueva casa.

Volvió sobre sus pasos y subió con bastante más esfuerzo las escaleras hasta el ático. Cogió el ascensor y mientras bajaba, se quedó pensando en cómo le había mentido a la pobre Milagros. No tenía nada claro que hubiera hecho bien en no denunciar el robo, pero algo le decía que estaba haciendo lo correcto.

Eran las nueve de la mañana, saludó al portero como si no hubiera pasado nada. Se acercó a su mostrador y le dijo que le dejaba una llave del Ático. Que seguramente iría un técnico a instalar una alarma: "Ya sabe, los áticos son los más vulnerables, se puede entrar por la azotea sin que nadie te vea". Confiaba en que le echara una mano, luego le daría una propina por las molestias.

Refrescaba un poco y se subió la solapa de la americana. Tenía trabajo que hacer y no iba a darle el gusto a su suegro de no aparecer.

Caminaba tranquilo por la acera de los pares de la calle Hermosilla, por la que sin dejarla, llegaría hasta el Paseo de la Castellana, y a tan solo unos metros más, al edificio del Grupo Ripoll. Su suegro era tan hortera que había hecho colocar en la azotea una enorme R que podía verse girar desde muchos metros a la redonda ¡Cuanta modestia!

La segunda planta del edificio que albergaba las oficinas del Grupo Ripoll, era la planta técnica, el Estudio de Arquitectura que Alberto dirigía. Allí se elaboraban las propuestas de recalificación, los estudios de viabilidad, los planes económicos, los proyectos de urbanización, de edificación, y todos los instrumentos de planeamiento necesarios para llevar a cabo una actuación urbanística. La llamaban la planta limpia porque era la única donde no se llevaban a cabo negocios sucios. En las demás era otro cantar. La primera planta se dedicaba a los temas financieros. La compra de suelo. Relaciones con los bancos. Asuntos con hacienda. Atención al cliente. De la tercera hasta la quinta, despachos y más despachos que coordinaban las distintas vertientes de los negocios familiares, además de una cafetería para el personal, y un pequeño gimnasio. Y en la última, el gran despacho de Don Eusebio Ripoll, los despachos de sus asesores más cercanos y una inmensa sala de juntas.

Antes de que Alberto saludara a sus jóvenes arquitectos, Don Eusebio Ripoll ya sabía que su yerno estaba en el edificio.
–Señor, ha entrado andando desde la calle, directo a la segunda planta.
–Bien. Gracias Matías, avíseme si sale del edificio.
–De nada señor.

De vez en cuando se metía la mano en el bolsillo de la americana para comprobar que todo estaba en su sitio. Esos pequeños avances electrónicos guardadores de secretos, eran sus salvavidas.
Y lo curioso es que a él nunca se le hubiera ocurrido grabar las conversaciones o hacer copia de los documentos y los pocos emails que hacían referencia a los chanchullos, comisiones y delitos de todo tipo que su amado suegro realizaba. Fue el mismo Don Eusebio el que un día, en un ataque de sinceridad y de mira como soy más chulo que nadie y soy intocable, le dijo que en este mundo de los negocios grandes, en el mundo de la primera división, los equipos tienen que estudiar las técnicas del contrario y conocerlas de primera mano. Si te van a hacer la cama, que sepas con quien te vas a acostar ¿No? No te fíes de nadie. Guarda tus secretos y no cuentes en qué proyectos estamos trabajando, más de uno, solo por joderme, vendería la información que pasa por mis manos. Solo por joderme ¿Entiendes? Ni siquiera por llevarse un dinero. No le gusto a nadie porque

soy un triunfador y aquí a la gente lo que les gusta es verte mal para maltratarte. Hazme caso. A mí solo me respetan porque me temen. Hazte respetar. Si no tienes secretos no tienes nada. Y si los tienes, has ganado, puedes usarlos de muchas maneras ¿Sabes cuales son los que más valen? Los que se han quedado guardados en un cajón. Muy muy al fondo. Por esos, se han pagado fortunas y ni siquiera han visto la luz. Por esos, ha muerto gente, lo que yo te diga, sin saber lo que contienen.

Ante esa lección magistral de cómo gestionar la información, cuando su suegro le convocó inesperadamente a una reunión tras otra como miembro de su confianza, Alberto comenzó a tener una nada desdeñable colección de grabaciones que guardaban los secretos más corruptos de todos los que intervenían en el desarrollo del proyecto turístico más especulativo de los últimos tiempos.

Como de costumbre, una vez dentro del Estudio, Alberto se sentía cómodo. Iba acercándose de mesa en mesa, mirando las distintas pantallas de los ordenadores de los técnicos que se encargaban de lo que ahora era la segunda fase de su proyecto estrella. Un complejo situado a ciento sesenta kilómetros de Madrid, en la provincia de Cáceres. Una isla artificial de más de cien hectáreas dentro de un pantano gigantesco. Un golf de dieciocho hoyos, un centro deportivo, una Marina, un centro de equitación, zona de pesca, piscinas naturales y artificiales, sendas peatonales y carril bici. Dos hoteles de cinco estrellas y todo tipo de instalaciones deportivas. Construidas las primeras viviendas unifamiliares, casi doscientas, ahora entraban en la segunda fase, en el grueso de la operación inmobiliaria. Nada accesibles para el común de los mortales. Con unos precios que justificaban lo que se ofrecía a un público muy selecto.

Naturaleza, deporte, relajación, salud y bienestar. Absoluta privacidad e inmejorables sistemas de seguridad.

El Estudio nunca había dejado de trabajar desde el principio del proyecto, pese a las denuncias de los ecologistas y a la lentitud en la obtención de los múltiples Informes favorables que hubo que conseguir.

Pesaron más los argumentos del Grupo Ripoll, que toda la fuerza de la naturaleza.

Riqueza para el pueblo, generación de empleo, empuje turístico y el justificante, por excelencia, del interés general. Obtuvo todos los permisos necesarios y antes de que la primera máquina entrara en los solares, Eusebio Ripoll, ya tenía vendidas las primeras viviendas.

La expectativa de enriquecimiento de los distintos términos municipales afectados por el magno proyecto fue más que evidente desde un principio. Los habitantes de los pueblos cercanos, con cien y doscientas personas censadas, estaban frotándose las manos. De estar perdidos en un punto indefinido del mapa, a ser un lugar de paso de, Ferraris, Mercedes, BMW y demás, la cosa cambiaba mucho. Eso, y el que les hubieran garantizado, a los que estaban sin trabajo, un contrato indefinido en alguno de los múltiples servicios que ofrecía el complejo del Golf.

Ripoll Resort quería llamarlo el muy cretino, menos mal que hizo caso del equipo de comerciales, contratados para la venta, y cambió el nombre por el de Valdemar Golf, que sonaba mucho más selecto y menos pomposo.

Eran las once de la mañana, Alberto descolgó la línea interna que le ponía al habla directamente con su amado suegro.

Don Eusebio se quedó mirando el parpadeo de la lucecita de la línea fija.

–Hola Tito, dime ¿Qué tal va todo? ¿Has hablado con Alejandra? Me llamó anoche y le prometí que hoy mismo la llamabas. Entra en razón, va a hacer una locura y tú serás el responsable. Dale una oportunidad, dáosla los dos, sois jóvenes y tenéis toda la vida por delante.

–Señor Ripoll, le llamo para decirle que voy a instalar una alarma en mi casa. Más tarde le daré el código de acceso por si necesitara pasarse por allí a coger alguna cosa.

–¡No me toques los huevos, Tito y déjate de idioteces! ¿Qué me importa a mí que pongas una alarma? Como si te quieres comprar un perro. Lo único que te pido es que hables con mi hija y que dejes de hacerla sufrir. No eres padre y no tienes ni idea de la vida. Por un hijo se hace lo que sea. Y deja de llamarme Señor Ripoll, llámame Eusebio, que somos familia.

–Pues deje de llamarme Tito y llámeme Alberto, que aunque político no soy hijo suyo, y solo dejo que mi madre se tome esa confianza. Lo de su hija es un tema de su hija y mío. La última vez iba tan puesta que no sé si recordará lo que hizo.

–¡Mira cállate! ¡Cállate que no quiero oírte! Si busca esa mierda es porque en casa no tiene lo que tiene que tener.

–Pues a mí me vino con esa mierda puesta de su casa, Señor Ripoll.

–Sube un momento que quiero hablar contigo.

–Baje usted querido suegro, que aquí hay trabajo que hacer, trabajo de verdad. Además, si sabe perfectamente con quién, cómo y dónde estoy en cada momento ¿De qué íbamos a hablar? ¡Ah! sí de Alejandra. Pues mire, mejor dejamos el tema para otro momento. Que es que hoy he dormido algo incómodo ¿Sabe?

−¡Que blando eres hombre! Dormir a la intemperie en septiembre, tampoco es para tanto ¡Y a ver si dejas de fumar!

Que cabronazo era, le acababa de reconocer que era él quien estaba detrás de todo, y estaba tan tranquilo.

Ya se encargaría él de ponerle nervioso.

Don Eusebio Ripoll era osado, desconfiado y vengativo. La prensa rosa, le dedicaba grandes portadas y él siempre les correspondía con algún suculento cotilleo. Hombre vanidoso, que de una modesta familia, había creado un imperio, bien sabía, que cuanto más se sube, más fuerte es la caída. No iba a consentir que ese mequetrefe de yerno suyo, ese arquitectucho de pacotilla, le humillara. Le bajara del escalafón social por el que tanto había luchado. Pero, ¿qué se había creído ese mindundi? Menudo braguetazo pegó con su hija.

La culpa había sido suya. No tenía que haberle dado ese capricho a su princesa. Pero si cuando se casó, solo era una niña. Loquita por él sí, pero una niña. Si la hubiera mandado al extranjero de viaje con sus amigas a gastarse una fortuna en compras, se le hubieran pasado las ganas de casarse. Pero la tentación de hacer una boda por todo lo alto, con todos aquellos ilustres invitados, disputándose el puesto de cuál había sido elegido el más elegante y cuál el peor vestido, quién estaba y no estaba en aquella interminable lista, pudo con él. Eso, y el de darle a su hija un marido arquitecto, con el que acallar las estrafalarias últimas apariciones de su nena en la prensa, que no había podido vetar.

Don Eusebio Ripoll, empresario, padre de familia, amante esposo y de otras muchas esposas, manipulador de yerno y firme candidato al infarto por sus múltiples excesos, no solo culinarios, estaba en pie de guerra. Su batallón de asesores, estaban preparando una campaña de desprestigio contra Alberto Carraira, que podía acabar con sus huesos en la cárcel. Iba a hacer exactamente lo que en tantas otras ocasiones había hecho. Conseguiría hundirle. Y si con ello tenía que hacer públicas, algunas irregularidades empresariales, nada mejor que echarle toda esa mierda a su hijo político. Luego los tribunales harían el resto. Mientras, el daño que le causara sería irreparable.

Creía tener las espaldas bien cubiertas.

Alberto, su distinguido yerno, había sido su hombre de confianza, o eso al menos, es lo que él había hecho creer a todo el mundo. Sacaría a la luz una nueva trama falsa de deslealtades. Ese arquitecto, que no tenía donde caerse muerto; ese niño bien venido a menos, que en realidad solo poseía, cuando se casó con su hija, un título universitario y un rancio abolengo sin fortuna; le había traicionado. Se había aprovechado de él, enriqueciéndose de manera ilegal e intentando implicarle en tramas de corrupción. Y todo para poder divorciarse de su hija, manteniendo el mismo tren de vida que ahora tenía.

Un auténtico hijo de puta es lo que era. Y él, ofendido y dolido por defender el bienestar de su princesa, iba a demostrar a todo el mundo que clase de persona era ese arquitecto yerno suyo. Sólo si se echaba atrás y no se separaba de Alejandra, solo en ese caso, le dejaría en paz. Su adorada hija quería seguir casada con ese impresentable y él aunque mil veces había intentado convencerla de que no se casara primero y de que no continuara con él después, movería cielo y tierra para conseguir lo que su princesa quisiera.

Pero lo que Don Eusebio ignoraba, lo que no podía ni imaginar, es que detrás de esa imagen de intelectual complaciente y algo despistado del marido de su hija, existía un hombre calculador, que durante los dos últimos años, había recopilado y clasificado todo tipo de información que lo exoneraba de las múltiples operaciones que les habían llevado a ganar cantidades indecentes de dinero y en las que su querido suegro le iba a intentar implicar. Era buena persona pero no era tonto, y con las alarmas puestas ante un peligro que pronto sabía se iba a manifestar, Alberto había preparado su plan de protección.

En el mundo de Don Eusebio todo se cerraba a través de un apretón de manos, la confianza mutua, el pacto entre caballeros. Esa confianza que no puede verse plasmada en papel, entre otras cosas, porque es totalmente ilegal.

A fuerza de repetir las mismas operaciones impunemente, estaba convencido de que todo el mundo tiene un precio. Con dinero se puede comprar hasta la conciencia de los que se creen decentes. Las sofisticadas medidas de seguridad que en sus orígenes tomaba, para que nadie pudiera estar al corriente de aquellos negocios a puerta cerrada y a maletín abierto, fueron eliminándose. Su impunidad le hacía osado.

CAPITULO IV

Tras su ajetreada noche y la reciente conversación con su suegro, Alberto Carraira, intentó concentrarse en el trabajo de la manera más normal posible.

Deteniéndose delante de cada pantalla de ordenador de la sala de diseño, hacía las correcciones necesarias en los planos de la segunda fase del residencial Valdemar Golf. Los técnicos que estaban a su cargo vivían la mañana como una más. La planta limpia del edificio Ripoll bullía en actividad. Hacer un macro proyecto de ese nivel requería de arquitectos, aparejadores, técnicos en instalaciones, calculistas de estructuras, expertos paisajistas y demás profesionales que debían trabajar de forma coordinada. Sonando como una gran orquesta dirigida exclusivamente por él.

La primera fase ya estaba vendida y los beneficios reinvertidos. En la segunda es donde realmente se enriquecería el grupo promotor, el Grupo Ripoll. Pero en realidad su cabeza estaba puesta en el bolsillo de su americana. ¿Dónde guardar sus secretos? ¿Dónde ocultar toda aquella información? Los sobornos, las amenazas, las cantidades indecentes de dinero pagadas a funcionarios públicos, a políticos sin escrúpulos, los trapicheos con los directores de entidades bancarias. Su Plan de Protección. O su P.P. las mismas siglas que utilizaba para actuaciones urbanísticas, de los Planes Parciales. Necesitaba un lugar seguro donde depositarlos.

Tenía que hacer algo y lo tenía que hacer ya.

Sin tener que justificar ausencias, que para eso era el Director Técnico, se despidió con un simple, ahora vuelvo, y salió andando tranquilo a la calle. El guarda de seguridad de la puerta principal volvió a llamar a Don Eusebio.

–Señor, su yerno, sale del edificio.

–Bien, gracias Matías, avíseme si regresa.

–De acuerdo Señor Ripoll.

Don Eusebio estaba inquieto, tanta calma por parte de su yerno, le ponía nervioso. Cogió el móvil y llamó a su chofer, guardaespaldas, matón y antiguo colega de prisión. El Viti.

–¿Estás con él?

–Andando por la Castellana, señor.

–El muy hijo de puta está tramando algo.

–No se preocupe señor ¿Vale? Somos sus ojos y sus oídos. Lo que diga y lo que haga lo sabremos nosotros al mismo tiempo que él.

–Tu colega, el que fue a casa de la abogada, sabes que respondes por él, si me falla, son tus huevos los que mando cortar ¿Te queda claro?

–Jonás es más que un colega, es de fiar ¿Vale? Si hay que responder se responde. Viene del trullo. Y con tal de no volver a entrar, hace lo que haga falta. "Que le voy a decir yo, que usted no sepa".

Don Eusebio, mantuvo un pequeño e incómodo silencio antes de continuar la conversación.

–¿Qué te ha contado de ayer?

–Nada señor. La abogada salió con otro vejestorio del bufete y se fueron a cenar. Y cuando llegó a su casa dejó quitada la alarma el tiempo suficiente para que el Jonás metiera la foto, de ella con el "guaperas" por debajo de la puerta. Me tiene que dar el parte con detalles esta tarde ¿Vale? Pero la policía no fue a su casa. Y me dice que la señora abogada se ha levantado temprano y se ha ido andando hasta su despacho.

–Pues vaya con la abogada, que tía con más sangre fría. Para que te fíes Viti, aquí el más tonto está acostumbrado a las amenazas. Y luego van de legales ¡menuda gentuza!

–Para mí que el "guaperas" va al despacho de la "sangre fría".

–Pues luego me cuentas. ¡Ah! Viti, él ya sabe que le seguimos, hazlo bien. Y si ves algo raro, me llamas. Esta tarde os quiero a Jonás y a tí en mi despacho, tengo que saber qué coño tiene ese hijo de puta contra mí. Lo de la foto no ha hecho más que ponerlos sobre aviso y lo que tienen que estar es acojonaos ¿Me entiendes? ¡Acojonaos vivos!

El mal humor invadió los pensamientos de Don Eusebio.

"Que le voy a decir yo, que usted no sepa…, que le voy a decir yo, que usted no sepa" Este hijo de puta cualquier día se va a ir de la lengua y me va a destrozar la vida. A mí no se me hacen esas insinuaciones ¿Qué va a decir? ¿Que nos conocimos en la cárcel? Mucha gente importante pasa por la cárcel y luego van, escriben un libro y a mear fuera. Voy a tener que darle un toque de atención a este Viti, para que agache la cabeza y se deje dar por culo si hace falta.

Alberto llegó al despacho De la Villa–Garay seguro de que le estaban siguiendo. Saludó a Don Antonio, el portero, y subió andando por las escaleras hasta el primer piso.

¡Qué pronto ha vuelto éste! Pensó Don Antonio. Y aquellos tipos del día anterior volvían a merodear por los alrededores de la finca ¿Quiénes eran? ¿Guardaespaldas?

Cuando Alice se encontró con el rostro de Alberto Carraira frente al mostrador de recepción, se quedó sorprendida, y solo atinó a buscarle en las citas de la mañana, pero no estaba. La agenda del ordenador central no tenía ningún aviso para Verónica.

–Disculpe, perdone que la moleste, pero tengo cita con Verónica Solí y se me ha hecho tarde. Soy Alberto Carraira.

Alice estaba segura de que no estaba citado, no solo porque ella misma hubiera tenido que apuntar esa cita, sino porque además, había cenado la noche anterior con Verónica y le hubiera dicho algo. Pero ante el evidente convencimiento manifestado por Alberto no pudo más que poner cara complaciente y asentir.

–Si señor Carraira nos vimos ayer, le recuerdo perfectamente. Un momento, por favor.

Y dejando su puesto, Alice se metió a hurtadillas en el despacho de Verónica.

–¿Qué pasa Alice, lo de llamar a la puerta, cómo que no se lleva?

–Esta aquí.

–¿Quién está aquí?

–Él. Alberto Carraira. Me ha dicho que estaba citado contigo y que llegaba tarde, pero no es verdad, no hay nada en la agenda que…

–Dile que pase.

–Vale, voy, luego me cuentas que tal…

–Alice ¡Hazle pasar!

–*¡Yes buana!*

De pie junto a la puerta cerrada del despacho de Verónica. Alberto llevó su dedo índice a la boca y emitió un leve susurro. Sacando la foto de su bolsillo, la colocó despacio encima de la mesa de Verónica.

Con un breve gesto, Verónica le indicó que se sentará y abriendo su bolso le tendió la misma foto para que la cogiera.

La cara de sorpresa de Alberto buscaba una respuesta en Verónica.

–Gracias por venir señor Carraira. Le estaba esperando.

–Disculpe el retraso, unos días por pronto y otros por tarde no consigo ser puntual con usted.

–Bueno, seguro que en la próxima reunión es puntual, es lo que toca ¿No?

Verónica levantó el teléfono intercomunicador y pulsó la tecla del número 2, el despacho de Gonzalo De la Villa–Garay, el hijo de Don Julián.

–Hola Gonzalo, puedes decirle a mi secretaria personal, que venga ¿La tienes secuestrada o qué? Estoy con el Señor Carraira y necesito que escriba unos documentos urgentemente que le tengo que dictar.

–Pues…la he mandado un momentito a Notaria y… no creo que tarde, ya te la intento localizar yo, y perdona por robártela.

–Gonzalo, no podemos comenzar la reunión hasta que venga, así que mientras la esperamos, si puedes te acercas un momento y aprovechas la ocasión para saludar al Señor Carraira.

–De acuerdo Verónica, voy en cuanto pueda a tu despacho.

Verónica cogió un folio de la impresora y escribió ¿Teléfono intervenido? ¿Micrófonos? Y lo hizo girar sobre la mesa en la dirección de Alberto. Le tendió un bolígrafo y esperó. Por toda contestación, recibió un SI, rodeado por un círculo.

–Tenemos que volver a empezar por el principio, señor Carraira.

–Me parece bien.

–¿Ha hablado ya con su esposa sobre nuestra reunión de ayer? Debería ponerla al corriente de su intención de separarse definitivamente y de cómo liquidar su régimen económico matrimonial. Estas decisiones no suelen sentar nunca bien a la otra parte y cuanto más pronto lo sepa, y lo sepa por usted, mucho mejor ¿Cree que estaría dispuesta a tener una cita en nuestro bufete? Puede que explicándole un tercero la situación, no lleguen a un contencioso y consigamos alcanzar un mutuo acuerdo.

Y así de esa sutil y creíble manera, comenzaron un dialogo que nada tenía que ver con las verdaderas intenciones de su visita. Algo tenían que hacer mientras llegaba la secretaria personal de Verónica.

El número 7 del teléfono al que la noche anterior llamó ante la situación de amenaza que había vivido, era el número privado que se correspondía con la persona que estaban esperando.

Gonzalo sabía que siempre que Verónica reclamaba o necesitaba a su secretaria personal, lo que en realidad sucedía era algo muy distinto. Primero, porque ninguno de ellos tenía asignada una secretaría personal y segundo porque, por el motivo que fuera, su seguridad, la seguridad de su cliente, o la del despacho, estaba en peligro.

Llamaron a la puerta y sin esperar respuesta, Gonzalo entró.

–Mucho gusto en conocerle señor Carraira, soy Gonzalo, el hijo de Don Julián De la Villa–Garay. Verónica, no sabía que tenías una cita que requiriese a tu secretaria. Les pido disculpas.

–Pues estaba bien claro en las citas de la mañana. Esperemos que no tarde mucho.

Mientras mantenían esta falsa conversación, Verónica le tendió el folio y las fotos a Gonzalo, quien no tardó en hacerse una idea bastante aproximada de la realidad.

Sonó el intercomunicador. Era Alice anunciando que su secretaria había llegado y preguntó si la hacía pasar. A Verónica no le sorprendió que acudiera tan pronto a la llamada, seguro que andaba cerca, lo tenía que haber imaginado.

–No, Alice, no la hagas pasar. Total solo llevamos media hora esperando a mi "secretaría"–y esta última palabra la recalcó bien, para que Alice se diera cuenta de la situación y ponerla en alerta.

–¡Jo! Vaya humor que te gastas. "Tu secretaria" va para tú despacho. Solo pretendía no molestaros.

–Vale, Alice, disculpas aceptadas.

Marlen Bastida Hernández de Mena, a la que todos llamaban Mena, era una mujer especial. Considerada como una de las mejores detectives tanto en su círculo profesional como por la policía, para Verónica era algo más. Era su ángel de la guarda.

En conjunto no destacaba por ningún rasgo llamativo. Equilibrada físicamente; no era ni alta ni baja; ni gruesa ni delgada; ni guapa ni fea. Común, normal, difícil de describir. Rasgos más que óptimos para pasar desapercibida. Solo su abundante y rizada cabellera castaña, que recogía oportunamente con un pasador de pelo podía hacerla diferente. Si bien estaba dotada de una singular habilidad para los detalles y para la anticipación. Desde muy joven se dio cuenta de estas peculiaridades. Siempre recordaba la primera vez que siendo niña viendo en la televisión una película antigua, en blanco y negro, donde bailaban Fred Astaire y Ginger Rogers, en una escena en la que se dejaban caer sobre un sofá la bailarina de repente llevaba un pantalón corto sustituyendo a la falda de idéntica tela y tamaño usada durante todo el numero de baile y que de igual y sorprendente manera volvieron a desaparecer en la siguiente toma sustituidos de nuevo por la falda cuando los protagonistas se levantaban para ser aplaudidos. Observaba más que el resto de los mortales de forma natural, sin tener que esforzarse. Hubiera sido una perfecta script para los rodajes evitando errores en objetos que están en una posición y cambian en la toma siguiente, como le ocurrió cuando viendo la película Forrest Gump, este llega a la casa de su antigua amiga y descubre que tiene un hijo, y la plancha que sale al fondo de plano nos muestra su imagen en vertical y en la siguiente toma está en horizontal. O en Pretty Woman donde Julia Roberts desayuna en albornoz tomándose un croissant para acto seguido tener una tortita entre las manos. Podía describir los lugares, las características físicas y todo aquello que fuera a ser objeto de un informe o de una prueba con tal precisión como si tuviera delante una fotografía. Ese era su "don". Al principio se enfadaba ante la torpeza de esas faltas para ella imperdonables, ahora simplemente disfrutaba viendo que los detalles eran sus aliados. También se anticipaba. No sabía muy bien cómo pero lo hacía. Terminaba las frases de los protagonistas de las películas como si acabara de leer el guión. Adivinaba la trama a los pocos minutos. Y si esto le supuso más de un cabreo inicial, asumido su "don", esperaba a ver como eran capaces los actores de interpretar lo que, para ella, ya era algo evidente.

Exteriormente su indumentaria mostraba a una mujer práctica. Vaqueros como uniforme y dobles prendas en la parte superior. Camisas superpuestas para tener más bolsillos y el bolso en bandolera con cremalleras interiores y exteriores.

Y esa mirada de no perderse detalle que inevitablemente la acompañaba siempre.

Cuando Mena entró en el despacho, Gonzalo la presentó a Alberto como la secretaria personal de Verónica, mientras que Verónica escribía en un folio: *Regístrale y saca los micrófonos o lo que quiera que lleve encima.*

Entre tanto, Gonzalo y Verónica, comenzaron una conversación sobre la regulación de los acuerdos económicos matrimoniales, citando un rosario de artículos vigentes en la Ley del divorcio. Mena, por su parte, indicó por gestos a Alberto que se pusiera de pie y que vaciara sus bolsillos.

Sabía por experiencia, que lo más fácil era poner unos micrófonos de última generación, parecidos a pequeños botones de plástico, en la cartera. Los localizadores se podían camuflar con tanta facilidad como intervenir la línea telefónica de un móvil. La manera más fiable era tener el móvil muy cerca.

Y sin tener que hacer ningún truco de prestidigitador Mena vació la cartera del señor Carraira, dejando dos pequeños artilugios técnicos encima de la mesa.

Alberto mostró en la palma de la mano su pen y su grabadora, y los guardó de nuevo en el bolsillo de su chaqueta.

Ante la cara de sorpresa de los presentes, Mena sacó de su bolso una pistola nueve milímetros parabelum y se lió a culetazos con los juguetitos electrónicos que había encontrado entre los enseres personales de Alberto Carraira.

–Bueno chicos, ya podéis hablar tranquilos, aquí no hay nada más que hacer. Tu llamada de ayer me ha destrozado la noche, Verónica, no he pegado ojo ¿Estás bien? Disculpe. Usted es el de la foto ¿No es así?

Vaya personaje, pensó Alberto ¿Pero de donde había salido esa mujer?

–Soy Alberto Carraira, encantado de conocerla y de que me haya quitado toda esa chatarra de encima.

–De chatarra nada señor Carraira, quien quiera que le este siguiendo sabe lo que hace. Ha sido una lástima tener que destruirlos así. Pero no estaba la cosa como para seguir escuchando más artículos del código civil, recitados aquí por mis ilustres compañeros.

–Ley de divorcio.–dijo Verónica.

–Lo que tú digas–apuntó Mena. Me llamo Marlen Bastida, soy la detective de aquí los abogados, y me puede llamar Mena, todo el mundo lo hace.

–Pues encantado de nuevo, Mena. Y si no es mucho pedirle ¿Podría guardar el arma?

–No se preocupe, la mayoría de las veces la uso, como hoy, de martillo. No me va eso de disparar, aunque en las clases de tiro fui la primera de mi promoción.

Gonzalo interrumpió aquél intercambio de confidencias y centró el tema.

–Bueno creo que será mejor que os deje trabajar. Debo de tener a mi cita de la mañana a punto de hacerse el harakiri, la he dejado quejándose de que nadie le hace caso. Y va a resultar que tiene razón. Encantado Señor Carraira. ¡Señoritas! luego nos vemos.

Un breve silencio dio paso a un detallado parte de acontecimientos ocurridos en las últimas veinticuatro horas.

Alberto les relató todos los hechos de su noche anterior, incluida la improvisada cama en la terraza. Cómo habían destrozado su casa, robado su portátil, cómo engañó a Milagros, la asistenta, para que creyera que lo mejor era no decir nada, como había sacado su "Plan de Protección" del Mercedes y cómo había mantenido aquella conversación telefónica con su querido suegro y le había reconocido que sí, que era él el que *velaba* por su seguridad.

No había llamado a la policía y no pensaba hacerlo. Ahora sabía que había hecho lo correcto. Si Don Eusebio creía tenerlo pillado, en realidad el que lo tenía pillado era él. Necesitaba ayuda y, después de la demostración de calma e inteligencia de Verónica, sabía que estaba en las manos adecuadas. A su suegro no le amilanaba la policía ni los juzgados, a su suegro había que hablarle en el único lenguaje que entendía. Tenía muchas cosas pendientes que hacer esa mañana. Contratar una alarma y llamar a Alejandra eran dos de ellas. Hacerle llegar el mensaje exacto que le estaba llegando a Don Eusebio Ripoll, era la más importante.

Ahora ya no le podía escuchar. Pero sabía que estaba en el despacho de los abogados ¿Intentando separarse de su queridísima hija? También. Aunque esa no era la intención principal. Había llegado el momento de compartir y custodiar sus secretos, y desde luego, aquella abogada y Mena, su peculiar detective, parecían las personas idóneas para conseguirlo. No podía arriesgarse a llevar consigo toda aquella información.

Esas pruebas podían llevar a Don Eusebio Ripoll a un lugar que ya conocía, por el que pasó, siendo muy pocas las personas en este mundo que conocían ese pasado y del que salió, con nuevas amistades. Si a Don Eusebio le ponía nervioso el ánimo templado de su yerno, no era para menos. La estrategia era clara. Alberto le daría más que motivos para verse en la cárcel, privado no solo de su libertad sino de su mediática fama. La humillación de estar en boca de la prensa podría con él, lo hundiría mucho más que entrar en prisión. Si fuera necesario se encargarían de ir filtrando a los medios, toda aquella trama de delincuencia urbanística, protagonizada por los altos cargos de un gobierno corrupto. Si tiraban del hilo eran tantos los implicados, que no iba a quedar títere con cabeza. Y la cabeza más visible y conocida por el inmenso público, que seguía expectante los triunfos de un hombre hecho a sí mismo, era la del Señor Ripoll.

A cambio, Don Eusebio no solo debía consentir un divorcio que ya lo era de hecho, sino garantizar la no implicación de su yerno en todos los chanchullos urbanísticos de los que él y su grupo de cargos públicos sobornables, eran los únicos responsables.

Se acercaba la hora del mediodía. El despacho de abogados se quedaría vacío, era el momento de ver y escuchar, toda aquella documentación.

Tenían que estar presentes Don Julián De la Villa–Garay, su hijo Gonzalo, la detective Mena, Alberto Carraira y Verónica. Todos los que orquestarían una estrategia para inculpar a Ripoll y su séquito de implicados, y exculpar y desvincular de los negocios sucios, y de su matrimonio, a Alberto Carraira.

Verónica pidió a Alice que encargara un frugal almuerzo para cuatro personas mientras esperaban a que llegara Don Julián. Era preciso ponerle al corriente del caso "Carraira".

Don Julián De la Villa–Garay llegó después de la comida.

Tras las presentaciones de cortesía, Alberto relató de forma breve los motivos que le habían llevado hasta el despacho de abogados.

No quería seguir con su mujer, una drogadicta egocéntrica, consentida hasta el absurdo por su padre, convertida en una mujer sin dignidad, con la que no podía cruzar un par de palabras sin caer en los reproches. Se fue de casa porque la convivencia era insoportable.

Don Eusebio le había advertido que si dejaba a su hija, él mismo se encargaría de hacerle la vida imposible. Y esas amenazas las tenía grabadas, con esa voz chirriante y barriobajera que usaba su suegro en la intimidad, aliñadas con un montón de soeces insultos, gritos y graves recordatorios vejatorios dirigidos a su familia política.

Horas de grabación, donde Don Eusebio charlaba tranquilamente con Alcaldes, políticos de todo rango, puestos municipales de alto nivel, acordando y sellando alianzas para, en nombre de la utilidad pública o del bien común, enriquecerse sin el más mínimo escrúpulo. Prueba de ello eran las actuaciones urbanísticas llevadas a cabo en el macro proyecto Valdemar Golf. Desde el inicio de dicho proyecto, no había habido ni un solo acto administrativo, ni político, que fuera legal.

Todos los invitados a compartir los secretos mejor guardados del Grupo Ripoll, estaban reunidos en la Sala de Juntas. Eran las tres de la tarde.

Entonces, Don Julián se levantó y dirigiéndose a Verónica le preguntó:

–¿Sabe el señor Carraira donde vamos ahora?

–No, esperaba a que estuviéramos todos listos para comunicárselo.

–Muy bien Señor Carraira ¡sígame! Iremos nosotros delante y le voy poniendo en antecedentes.

–De acuerdo. Don Julián, cuando usted quiera.

El edificio de la Calle Velázquez, esquina con la calle Gurtubay, había sido propiedad de la familia De la Villa–Garay desde su construcción. Sometido a varias reformas por el paso del tiempo y acomodándose a las nuevas necesidades de sus diferentes ocupantes, guardaba un secreto que solo unos pocos conocían.

La escalera de servicio interior, que en los pisos originales salía de la propia cocina y en el despacho de abogados del cuarto de archivos, no se utilizaba por los demás inquilinos de la finca, entre otras cosas porque se había cerrado, argumentando, cosa cierta, que con el mantenimiento y la limpieza de la misma subían los gastos de comunidad. Ya no se vivía con el lujo de antes. El servicio doméstico usaba la misma puerta principal que la de los moradores de las viviendas. Sin embargo, el despacho de abogados, aunque tenía cerrada la puerta interior de acceso a dicha escalera, nunca había dejado de utilizarla. Solo los miembros de plena confianza del despacho sabían que seguía en uso. Y así, sin tener que salir del edificio, trasladaron la reunión a un entorno completamente diferente.

Alice ya había avisado a Don Antonio, el portero, de que los abogados iban a reunirse, en lo que todos conocían como "La Cámara".

Antonio sabía perfectamente lo que eso suponía. Alguien importante requería atenciones especiales, alguien del famoseo tenía un secreto que guardar, o alguien del despacho corría riesgo. En cualquier caso su misión estaba clara. Debía prepararlo todo y estar alerta.

Abandonando la portería, bajó la escalera hacia su domicilio.

Sin embargo una vez fuera del alcance visual de cualquiera que se asomara para buscarle, cruzó un primer patio interior y desapareció entre los laberintos de puertas de almacenes y cuartos de contadores. Unos minutos bastaron para llegar a La Cámara. Comprobó que todo estaba en orden. Solo los abogados y él podían desactivar la clave de acceso y superar la autorización del lector dactilar. La alarma quedó desconectada, las luces se encendieron y el aire comenzó a renovarse. La única persona del despacho al corriente del traslado de la reunión, que no se movería de su puesto, sería Alice.

El recorrido que Alberto estaba realizando tras los firmes y seguros pasos de Don Julián lo mantenía expectante.

Cuando salieron del despacho por aquella puerta antigua y medio desvencijada de la sala de archivos y bajaron la escalera de peldaños originales de la finca, se sintió algo intimidado. Descendieron cuatro tramos de escalera y todavía Don Julián no le había dicho adonde se dirigían. Intuía que estaba en los sótanos del edificio. Por unos pasillos estrechos, a modo de pasadizos, recorrieron varios metros, siempre en la misma dirección, hacia la izquierda. Dejaban a su paso paredes blancas envejecidas por la falta de uso con un olor añejo a humedad.

–No se preocupe Alberto, enseguida llegamos.

–No estoy preocupado estoy, si me permite la expresión, alucinado.

–Este recorrido lo han hecho otros clientes antes que usted. Solo queremos protegerle y estar protegidos. La gente hace verdaderas barbaridades cuando se siente amenazada.

–¿Estamos accediendo por los sótanos al edificio colindante, no es así?

–Así es. Originalmente ambas fincas eran solo una. Luego, con el tiempo, el edificio de la Calle Gurtubay fue separado del de la Calle Velázquez. Las herencias hacen que los bienes se dividan. Pero cuando hicimos la obra de segregación, vimos la oportunidad de tener un espacio realmente privado donde atender a nuestros clientes, digamos, con necesidades especiales.

–Vamos, como yo.

–Hemos llegado. Aquí sus pruebas quedarán custodiadas.

Una puerta de aspecto idéntico a las que dejaron a su paso por los corredores, sin identificación que la hiciera sospechosa de dar paso a ninguna dependencia singular, cortaba el recorrido del pasillo.

Don Julián sacó de su bolsillo una llave normal y la abrió.

Una puerta oculta tras la primera, indicaba el paso a las nuevas tecnologías.

Una clave de acceso, una huella que apoyar sobre una pantalla táctil, el sonido hidráulico de desbloqueo de los cierres metálicos y, abierta.

La gran sala preparada para recibir a doce personas, apareció ante Alberto, como si le estuviera esperando. Acogedora pero fría. Una gran mesa central en forma de herradura. El proyector situado en lo alto del techo conectado a un ordenador.

La pared de la derecha albergaba en hileras brillantes cajas de seguridad dispuestas de suelo a techo. Pudiendo acceder a las más altas, gracias a una escalera volada que se deslizaba sobre sus rieles. Cada caja tenía una cerradura. Parecía que estaban en un Banco de Suiza. Por eso la sala se llamaba La Cámara. Por eso y porque todo lo que allí se escuchaba quedaba grabado automáticamente en un nuevo registro cuyo depositario era el despacho y su correspondiente copia de seguridad en otro servidor cuyo proveedor, Data Center, guardaba a kilómetros de distancia. De las cajas libres, el ordenador central asignaba a través de un programa aleatorio cual sería la siguiente en utilizarse. Prácticamente la totalidad de las cajas ocupadas custodiaban formatos electrónicos cambiando la finalidad inicial de protección de documentos por registros de audio y video. La pared estaba formada por seis paneles, tres superiores y tres inferiores, cada uno de ellos contenía ocho cajas en línea horizontal y ocho en vertical, como en el juego de los barquitos hundidos. A Alberto Carraira se le asignó el Panel 6 Caja 1C.

En la pared de la izquierda, dos puertas cerradas. Una de acceso a los aseos, la otra a un apartamento con una pequeña cocina abierta a un amplio dormitorio decorado como una habitación de hotel. Este pequeño apartamento permitía pasar la noche a dos personas con todo tipo de comodidades. Sus paredes revestidas con paneles de madera oscura contrastaban con la blanca y fría cámara que tenía al lado. Presionando el panel central se llegaba al "cuarto espía". Desde él se podía ver todo lo que ocurría en la Cámara sin ser visto. Un cristal blindado, el mismo que se utilizaba para proyectar las imágenes, servía de pared divisoria entre ambas estancias.

–Bienvenido a nuestra cámara de seguridad. Aquí se guardan los secretos, confidencias, pruebas y todo tipo de miedos que nuestros clientes no desean compartir, salvo que sea necesario.

–Don Julián, estoy impresionado.

–Lo que se tiene que sentir es seguro. Los abogados y la detective Mena vendrán enseguida.

–Una curiosidad como Arquitecto ¿Para salir?

–Podemos hacer el mismo recorrido hasta el despacho, o salir a la calle por el portal número cuatro de Gurtubay, donde Don Antonio, el portero, presta también sus servicios, pero solo para limpiar.

Don Julián guió a Alberto por los espacios de La Cámara.

–Es sorprendente que algo tan sencillo, pueda ser tan eficaz. Don Julián, el dormitorio es impresionante. Me entran ganas de quedarme a descansar aquí. Estas últimas veinticuatro horas no es que lo haya hecho precisamente.

–Si lo necesita no dude en comunicármelo. Avisaré al portero para que sepa que se queda. Otros clientes también han sido huéspedes de la Cámara.

–Es bueno saber que puedo estar tranquilo si llegara el caso. Le agradezco su hospitalidad.

Llegaron Gonzalo, Verónica y Mena.

Una vez acomodados intervino Mena, antes de que lo pudiera hacer Alberto. Sacó su móvil y lo conectó al portátil de la sala proyectando en la pared blanca, que servía de pantalla, la foto de un hombre.

–Este sujeto es el que ha pasado la noche a la vera de la casa de la letrada Solí. Seguramente el mismo que deslizó por debajo de tu puerta la fotografía con el Señor Carraira saliendo ayer del despacho, Verónica. Esta mañana te ha seguido hasta el bufete. No te sorprendas, desde que me llamaste activé un dispositivo de vigilancia para protegerte.

–No me sorprendo. No tengo las más remota idea de quién es–dijo Verónica.

–Imagino que ninguno de los presentes lo sabe tampoco. Por eso, he pedido a unos colegas policías de la comisaria Centro, que se acercaran y le pidieran la documentación. Por los datos que me han facilitado, se llama Jonás Sanz Heredia. Está en libertad condicional y tiene un historial, digamos, bastante prometedor para su corta edad. Ha sido chapero, camello… Y a sus treinta años, lleva más de media vida entrando y saliendo de su casa, Alcalá Meco. Este tema le viene grande porque nunca ha trabajado para un grupo de este nivel. Pero está dentro y alguien lo ha introducido.

La pantalla mantenía la imagen de un hombre joven, racial, con cara más bien afable. Como de recién llegado a una ciudad grande, despistado, algo paleto e inofensivo.

–Ahora les voy a enseñar a nuestro segundo aspirante a matón del año.

La pared proyectó un rostro completamente diferente al anterior. Algo más mayor, se veía a un hombre de rasgos duros, atlético, bien vestido pero sin clase, con cara de pocos amigos.

–Es el Viti– dijo Alberto Carraira– Es el chofer de mi suegro.

–Su nombre completo es Víctor Melchor Heras, y es algo más que el chofer de su suegro. Se ha convertido en su sombra señor Carraira. Ha llegado con usted al despacho y puedo asegurarle que sigue fuera, esperándole. Desde que mis compañeros de la brigada le han pedido la documentación, no ha parado de llamar por teléfono. Le hemos puesto nervioso, de eso no cabe duda, y lo que está claro es que, hasta poco antes de deshacernos de sus aparatitos electrónicos, andaba más tranquilo.

Su historial tampoco tiene desperdicio. Tiene treinta y nueve años y, desde la mayoría de edad penal hasta cumplidos los veintiocho, su hogar ha estado prácticamente entre rejas tanto en Madrid como en Huelva. Ha cometido todo tipo de delitos. Debutó un veintiséis de noviembre de hace veintiún años con un primer atraco a un banco a mano armada, al que han seguido otros robos y peleas con resultado de lesiones, tantas como pelos en la cabeza. Ex – boxeador profesional, entra a formar parte del personal de confianza de Don Eusebio Ripoll, hace más de diez años.

Mena hizo una breve pausa, ordenó rápidamente la información que tenía y continuó con su exposición:

Desde entonces no ha pisado la cárcel. Don Eusebio le ha proporcionado el empleo estable que necesitaba. Extorsionar, dar palizas, amenazar de muerte y cobrar por ello, debe de haber sido para él, un sueño hecho realidad. De todas estas últimas actividades ha habido denuncia, pero posteriormente y con una brevedad pasmosa, todas las víctimas la han retirado. Ninguna se ha ratificado en rueda de reconocimiento y, es más, han suplicado al Ministerio Fiscal para que no actuara de oficio. Sospechoso, desde luego. Increíble hasta donde llega el poder de Don Eusebio Ripoll ¿Por qué entra a formar parte del equipo de imprescindibles de su suegro? Lo estamos investigando, pero lo que tenemos claro es que les une una relación mucho más fuerte que la meramente laboral. Un tipo así no se conoce a través del departamento de recursos humanos. Nadie con la reputación de Don Eusebio tiene a sus órdenes a semejante energúmeno si no es porque le debe algo.

*Su nombre completo es Víctor Melchor Heras… Tiene treinta y nueve años… Debutó un veintiséis de noviembre de hace veintiún años… Ex – boxeador profesional…*Verónica sintió un estremecimiento profundo. Un vértigo interior recorrió su cuerpo. Tenía que mantener la calma. Evitar las náuseas que su estómago comenzaba a generar. Reprimir el sudor que se apoderaría de sus manos. Respirar tranquila. Aparentar normalidad. No dejarse llevar por el pánico… *Tiene treinta y nueve años… Debutó un veintiséis de noviembre de hace veintiún años… Ex – boxeador profesional…*el eco de las palabras de Mena se instaló en su cerebro.

Sabía que aunque quisiera ponerles freno sus pensamientos la golpearían sin cesar, como la golpeaban en sus repetidas pesadillas, sintiendo el dolor de sus huesos estirándose cada vez más, rezando por perder por completo el conocimiento. Pidiendo a gritos morir muda de terror. Desamparada, sola, ensangrentada. Las imágenes de un rostro deformado en el espejo, un rostro que nunca terminaba de estar completo. El olor de los quirófanos. Las interminables noches de hospital en las que creía que entraban en su habitación extraños que la atacarían. Los tubos nasogástricos que se arrancaba inconscientemente porque no quería vivir…

Debía concentrarse en las palabras de su cliente, en Mena, en Don Julián…, en lo que decían y hacían, salir mentalmente del pozo al que se estaba arrojando si no cortaba de forma brusca sus pensamientos. Su existencia se basaba en el esfuerzo permanente de vivir con normalidad. Cogió aire por la nariz y despacio lo expulsó por la boca. Cerró los ojos dos segundos. Ahora no, ahora no voy a perder el control.

Todos los presentes seguían en silencio el discurso de Mena. Alberto estaba comenzando a entender porqué su abogada, en la primera cita, le dijo que tenían muchos medios a su alcance. Ya lo creo que los tenían.

–Mena, no voy a interferir en tu trabajo,–dijo Don Julián. De sobra demuestras lo bien que lo sabes hacer. Pero estoy preocupado por Verónica, y discúlpeme señor Carraira, usted es nuestro cliente y desde luego que le quiero protegido, pero ella es mi letrada y está en peligro por una situación de la que aún desconozco el alcance y no sé si merecerá la pena arriesgarla así.

Don Julián miró a Verónica directamente a los ojos y esbozando una leve sonrisa le dijo:

–No soy condescendiente contigo Verónica, es solo que después de conocer a vuestros acompañantes, me vais a tener que convencer de que el caso merece la pena, de lo contrario, será otro miembro del despacho el que lo tenga asignado. Y no dudo de que la tengas vigilada y protegida por los mejores miembros de tu equipo, Mena, pero no quiero que corra peligro. No soy demasiado mayor para hacer frente a un grupo de delincuentes al mando de uno de los tipos más sospechosos de este país, pero sí lo soy para perder a un miembro imprescindible de mi bufete.

Tras el discurso de Don Julián, el brillo natural de los ojos de Verónica se intensificó. Aquellas y otras muestras de cariño provenientes de su jefe le hacían sentirse realmente admirada y protegida, como si de un padre se tratara. Y haciendo un esfuerzo por aparentar la mayor normalidad posible le contestó con una dicción algo más lenta y más artificial que la que habitualmente la caracterizaba:

–Don Julián, le agradezco su preocupación, me llevaría toda una vida intentar corresponder a su cariño y no lo conseguiría…. Sin embargo, si a usted no le molesta hablaremos más tarde, una vez estemos todos al corriente de la información que vamos a compartir de la mano de Don Alberto.

–Me parece bien Verónica. De acuerdo. Si todos estamos listos, es su turno Señor Carraira, muéstrenos porqué estamos aquí y tómese su tiempo, yo necesito que me expliquen las cosas despacio, sin omitir detalles. Y si se nos hace tarde, aplazaremos esta reunión. Pero no tenga prisa.

Don Julián miró fijamente a Mena y esta entendió que algo le preocupaba. Algo que ella no había dicho pero que intuía.

–Un breve inciso, discúlpenme –dijo, Mena. Cogió una especie de nintendo que había dejado abierta sobre la mesa, y mirando a Alberto le dijo:

–Señor Carraira desde este momento todas las llamadas que haga o que reciba, a través de su móvil podrán usarse como prueba en su defensa, le he intervenido el teléfono. Y he bloqueado la posibilidad de que alguien más lo manipule, sin que yo me entere. Con su consentimiento, la intervención telefónica se admitirá como prueba, en caso de que acabemos en los Tribunales.

Y Alberto, satisfecho sobremanera con aquel equipo que estaba entregado a su causa, inició el descubrimiento de secretos activando su grabadora.

CAPITULO V

A las tres de la tarde, el Viti llamó a Don Eusebio para decirle que todavía estaban en la calle, que se les echaba encima la hora de comer, y de pasada, que la policía les había pedido la identificación.

–Viti, si quieres cabrearme, lo estas consiguiendo ¿Qué es eso de que la policía os ha interrogado?

–Nos han pedido la documentación al Jonás y a mí, nada más ¿Vale? Por aquí viene mucha gente importante. Igual el portero se ha *mosqueao* y les ha llamado. Llevamos rondando toda la mañana.

–Y ¿Qué les habéis dicho?

–Pues la verdad, que estamos esperando al Señor Carraira y que somos sus guardaespaldas.

–Muy bien Viti, has estado rápido ¿Os han preguntado algo más?

–No señor. Tengo que decirle que hemos perdido el audio y el localizador. Salir no ha salido porque no hay otra puerta a la calle, y desde hace más de una hora que no escuchamos nada.

–¿Qué? ¿Pero qué mierda me estás contando?

–Estaban hablando de llamar a la señorita Alejandra para escribir un no sé qué acuerdo y de pronto se ha ido, se ha dejado de escuchar, no sé como…

–Y digo yo Viti ¿Cuándo pensabas decírmelo?

–Y señor, se han ido yendo todos los *abogaos* del piso, pero el "guaperas" y la "sangre fría" siguen dentro. Han venido unos repartidores de comida, para mí que les queda bastante.

–Mira Viti, asegúrate de que están en el edificio. Confirmas que siguen en el despacho y te vienes para acá. Le dices a Jonás que se quede para seguir al "guaperas" que a la abogada por ahora la vamos a dejar tranquila. Ya le daremos lo suyo si hace falta. Me están esperando para una comida de negocios aquí, en nuestra cafetería. No me molestes hasta, por lo menos, dentro de dos horas, y cuando vuelvas, si todavía no he terminado, te esperas. Que tenemos que organizarnos.

Don Eusebio se acarició la cabeza con las dos manos echando para atrás unos cabellos cada vez más escasos llegando con los dedos entrelazados hasta su nuca, expulsando lentamente el aire por la boca. Este Viti, menudo energúmeno está hecho, contesta de fábula a la policía y luego ni llama para decir que se habían quedado con el culo al aire. Y si no, mi yerno va listo si piensa que voy a consentir que Alejandra firme un convenio de separación. Los convenios los firmará conmigo, si le dejo. Que está por ver. Antes se queda viuda la niña.

Diez años atrás, después de la fiesta de inauguración de uno de los hoteles que el Grupo Ripoll estaba construyendo en Huelva, Eusebio Ripoll, Don Eusebio, fue detenido. De las dependencias policiales, el juez le envió a prisión. Salió bajo fianza en apenas siete días, consiguiendo que la noticia no trascendiera a los medios a cambio de favores.

En aquella maldita inauguración, el alcohol ayudó a Don Eusebio a desinhibirse y a sentirse como el joven arrogante que ya no era.

Una de las azafatas, contratada especialmente para ese evento, le estaba poniendo cachondo desde que comenzó la fiesta. Tenía claro que iba pidiendo guerra y se la iba a dar. La convenció para que le siguiera a una de las suites del hotel. Tenía algo que enseñarle. La mayoría de los invitados ya se había ido. Pero las azafatas, incluida ella, tenían que quedarse hasta el final del evento. ¡Menudas tetas tenía bajo la blusa! manteniendo apretados los botones que pedían que alguien los liberara. Cuando entraron en la habitación la muy zorra le dijo que solo accedería a complacerle si a cambio le daba un buen puesto en el hotel. Él le dijo que le daría el puesto que quisiera

a la vez que le magreaba los pechos y le rompía la camisa. Pasaron una hora juntos y los fluidos íntimos de Don Eusebio compartieron el cuerpo de aquella joven, que recibió, además de la agresividad verbal de su acompañante, un rosario de golpes que no esperaba. Cuando terminó con ella, sacó de su cartera un fajo de billetes y los tiró encima de la cama. Para un rato no había estado mal, pero él no contrataba a putas en sus hoteles.

Esa misma noche la policía le detuvo acusado de violación y de un delito de lesiones. Se sometió a las pruebas médicas. El informe forense no dejó lugar a dudas. La joven se presentó en comisaria llena de moratones y con la ropa destrozada. Las evidencias estaban en su contra. Los testigos aseguraron que Don Eusebio se había tomado alguna que otra copa de más. Y mientras todo se aclaró y finalmente pudo salir a la calle, compartió con el Viti una misma celda toda la semana.

A partir de ese encuentro, Don Eusebio solo frecuentó los clubs de alterne compaginándolos esporádicamente con alguna de las esposas económicamente necesitadas de sus más allegados.

Le ofreció un trabajo al Viti a cambio de su silencio. Él prometió no contar nada, le faltaba muy poco para cumplir la condena y saldría en libertad condicional. A los dos les convenía el trato. Un guardaespaldas leal y sin escrúpulos, a cambio de un secreto.

El primer encargo que recibió en su nuevo puesto de trabajo fue localizar a la azafata y asegurarse de que no volviera a presentar ninguna denuncia más en contra de Don Eusebio.

El Viti le dijo a Jonás que se subía al despacho de los *abogaos*, para confirmar que los pollos estaban en el gallinero. Que le esperara cerca de la puerta.

A Don Antonio, el portero, esa forma de entrar en el portal no le gustó nada. Ni "buenas" dijo siquiera cuando pasó por su lado. Y cuando le preguntó a donde iba, le dijo que a buscar a su señor, al despacho de los *abogaos* ¡Qué señor, ni qué señor! lo primero se saluda y después se presenta uno, y se dice adonde va.

Cuando el Viti se acercó al mostrador de recepción, donde Alice charlaba con otra secretaría del despacho, soltó a bocajarro, sin ninguna palabra de cortesía, que estaba buscando al Señor Carraira.

Menuda pinta de matón que tiene el chulo este, pensó Alice.

–Lo siento ¿señor…?
–Soy su chofer.

Pues señor chofer, el señor Carraira no está en el despacho.

–Mire señora, llevo esperándole un buen rato y le aseguro que no ha salido del edificio ¿Vale?

–Mire señor, le puedo asegurar que no está y que hace más de una hora que junto con su abogada abandonaron el despacho ¿Por qué no le llama por teléfono y así sale de dudas?

Por un momento no sabía que hacer, si ponerse a abrir puertas, o dar media vuelta largándose por donde había venido. Aunque lo que realmente le pedía el cuerpo era darle un buen par de puñetazos a aquella sabelotodo vejestorio que se creía tan lista.

–¿Si no necesita nada más? Señor chofer…

El Viti salió sin despedirse, dirigiéndose de nuevo a la calle. Bajó los escalones haciendo mucho ruido. Tan rápido como le permitían sus ágiles piernas. A Don Antonio, al verle atravesar la portería, se le vino a la cabeza otro de sus refranes: "Cuídate de perro rabioso y de hombre sospechoso".

Alice, descolgó el teléfono intercomunicador del bufete y marcó el número cero dos veces. Al segundo tono le contestó Verónica.

–Dime Alice ¿Qué pasa?

–Ha venido un tipo, con pinta de matón, preguntando por el señor Carraira y diciendo que era su chofer. Cuando le he dicho que hace más de una hora que os habíais ido se ha marchado muy enfadado. Me ha dado escalofríos.

–Imagino quién puede ser. No te preocupes. Espera un momento, Alice.

Verónica, interrumpió la reunión y manteniendo a raya sus pensamientos, indicó a Mena que le mandara por email a Alice las fotos del Viti y de Jonás.

–Mena está enviando dos fotos a tu correo. Siento que te hayas puesto nerviosa. Pero no te preocupes que sabemos quiénes son.

–Que quieres, parecía que se iba a meter en los despachos y no sé, me insultaba con la mirada.

–¿Las tienes?

–Espera que le doy a enviar y recibir….Si, aquí viene una y…la otra, ya. ¡Madre mía! Es este sin duda. Trajeado, moreno y con esa cara de mala bestia…

–Abre la otra foto.

–A este no lo he visto en mi vida.

–Alice. Si vuelve a aparecer nos avisas, y quédate tranquila, un equipo de Mena los tiene vigilados. No les vamos a perder la pista.

–¿Y qué hago si viene otra vez o aparecen los dos amiguitos juntos?

–Ahora mismo pongo al corriente a Mena, si vuelven los amiguitos, su equipo de vigilancia subirán también. Por ahora, no va a pasar nada.

El Viti estaba muy cabreado. Que le pillaran en falta era algo que llevaba muy mal.

–Jonás, nos la han jugado. El "guaperas" y la "sangre fría" se han pirado. No sé cómo se nos han escapado pero se han ido. Verás cuando se lo digamos al jefe.

–Será cuando se lo digas al jefe, que aquí el currito eres tú.

–Vamos Jonás, no me toques los huevos tú también ¿Vale? Vámonos a las oficinas que tenemos que dar el parte.

–¿Podemos parar un momento a pillar algo de comer? Si nos van a leer la cartilla, por lo menos, que no parezcamos unos muertos de hambre ¡Que necesito papear!

Jonás llevaba razón. Don Eusebio ya le había dicho que tardaría en esa comida de negocios. Tenían tiempo para descansar.

Caminando llegaron a la esquina de la Calle Goya con la Calle Velázquez. Se sentaron en una concurrida terraza donde, mientras unos pedían la comida, otros ya estaban por los cafés.

El Viti miraba las mesas de la cafetería ¿Cómo es posible que hubiera tanto turista en Madrid? Tres chicas extranjeras, no paraban de hacer ruido y reír en alto. Haciéndose fotos con el móvil. Si pudiera les iba a poner él la cara como una foto. Pero algo había aprendido en el trullo. Lo de pegar, tenía que dejarlo solo para las peleas. Pegar por pegar, le había costado muy caro. Él era de puño fácil. Echaba de menos los combates, pero ya no tenía edad de competir y eso le tenía amargado. Treinta y nueve años son muchos para el boxeo. No quería reconocerlo pero tampoco estaba en tan buena forma física. No es que se hubiera abandonado por completo, seguía yendo al gimnasio con relativa asiduidad, pero su trabajo con Don Eusebio le mantenía más tiempo en estado de reposo que en acción.

Una de las chicas se levantó y le pidió por gestos que les hiciera una foto a las tres juntas. Se levantaron las otras dos y allí, de pie, muy cerquita de Jonás, les hizo la dichosa foto. Pero que pesadas. Si es que van pidiendo que les partan la jeta. Antes de irse les dieron las gracias en inglés, y una de ellas hasta le tocó el hombro, introduciendo un micro en su chaqueta sin que pareciera más que un amistoso gesto de agradecimiento.

Mientras se comían unos bocadillos de lomo con queso y se tomaban unas cervezas, Jonás comenzó a relatar con detalle los hechos de la noche anterior. Sacó de su cazadora una pequeña libreta donde había apuntado, los sitios donde estuvieron Alice y Verónica. La dirección de la plaza de garaje, el modelo del coche, la calle y el número de la casa donde vivía la abogada…

—Repítelo Jonás ¿El número cuatro de Doctor Olariz?

—Sí, macho, el cuatro ¿Qué más te da que sea el cuatro que el ocho?

—No me lo puedo creer ¡Qué casualidad! Conozco el barrio, es mi barrio. ¿Vale?

—No me jodas Viti ¿Eres un niño pijo?

—No *atontao*. Soy el hijo mayor del panadero de un barrio normal, cerca de uno muy pijo. Que no es lo mismo.

Jonás continuó su relato de la noche anterior mientras el Viti, tras sus gafas oscuras, se fue de paseo por sus recuerdos.

No podía ser. Demasiada coincidencia. Además, aquella chica murió, como la vieja que la cuidaba. Su primer entrenamiento. Seguramente la abogada compraría luego aquella casa. Nunca supo qué contaron los periódicos o qué se comentaba en el vecindario. Le pillaron por un atraco a mano armada al día siguiente de dar aquella paliza de muerte, y se chupó sus primeros cuatro años en la cárcel. Tampoco era cuestión de ir preguntando a sus padres que les había pasado a aquellas vecinas. Solo recordaba que su padre le dijo un día, en una de sus escasas visitas a la cárcel, que la mala suerte se había cebado con esa familia. Sí, pensó él, la mala suerte de haberme tenido cerca. Y como siempre, disfrutaba al máximo de sus secretos. Los guardaba como tesoros, eran sus victorias, sus triunfos.

Grababa mentalmente cada detalle de sus escenas favoritas para poder recuperarlas. Cada vez que algo le salía mal, sacaba un recuerdo, y disfrutaba de el. De cómo era capaz de hacer de manera perfecta lo más difícil. Tenía un "don" para matar. No todo el mundo es capaz de hacerlo. Sí, en situaciones límites, se hace lo que sea por sobrevivir. Pero a sangre fría ¿qué? Ahí es donde se demuestra quién tiene cojones y quién es un bastardo marica.

Tenía tiempo, Don Eusebio estaba reunido. Solo le sobraba Jonás.

Necesitaba tener un rato de intimidad. Le quitó la libreta y se la guardó.

–Mira Jonás, voy a ir solo a hablar con Don Eusebio, coge la moto y pírate a casa del arquitecto a esperar. Después te llamo y te cuento ¿Vale?

–Lo que tú digas, chico bien.

–Vete a la mierda Jonás. No te me duermas y pega el móvil cerca de tu cabezota para cuando te necesite. Ya pago yo ¡vamos! ¡lárgate!

El Viti, sentado con su humeante café entre las manos, protegido por sus gafas de sol, iba a hacer un ejercicio de memoria, de esos que le levantaban la moral y le ponían en su sitio. Su mejor recuerdo había venido solo, sin necesidad de evocarlo.

Fue por la tarde, un jueves veinticinco de noviembre, se acordaba perfectamente de la fecha porque al día siguiente le trincaron por primera vez. Hacía ya más de veinte años, con solo dieciocho recién cumplidos ¡Que grande!

La oscuridad acompañaba las calles. La panadería estaba a punto de cerrar y había bajado de su piso de la Calle Sancho Dávila para ayudar a su padre a echar el cierre. Su madre le había obligado a bajar a la tienda. Por lo menos, que hiciera algo útil en vez de ir tanto al gimnasio, que ya estaba bien de hacer el vago. Se lo decía gritando, como para dar ejemplo a sus dos hermanas de lo que no había que ser en este mundo. Qué sabían ellas de la vida real. Tan buenas, tan estudiosas, tan ordenadas. Estaba asqueado de vivir en esa casa, llena de mujeres y con un padre que solo sabía trabajar. Menudo calzonazos estaba hecho. No pudo terminar el instituto. Le expulsaban con tanta frecuencia, que al final sus padres consintieron en que abandonara los estudios. Les daba vergüenza tener un hijo así. Un bala perdida. Un broncas.

Pero eso iba a cambiar, él y sus colegas iban a atracar un banco. Lo tenían todo preparado para el día siguiente por la mañana. Cogería su parte del botín y desaparecería de esa mierda de vida que llevaba.

Su familia ni siquiera sabía lo bueno que era boxeando. Pensaban que solo iba al gimnasio y ya está ¡Qué equivocados estaban! Quería pasar de amateur a profesional. El boxeo le mantenía en forma y le daba autoestima. Con el dinero, podría dedicarse a lo que realmente le gustaba, entrenar, dejar KO a sus oponentes, y ganar combates. Iba a ser rico, iba a conseguir salir de esa mediocridad social donde no encajaba.

Estaba inquieto por el golpe del día siguiente y necesitaba salir a correr por el parque de Fuente del Berro. El cansancio físico le templaba los nervios. A sus dieciocho años, la energía le sobraba por todas partes.

Su madre tuvo la culpa, si no le hubiese obligado a bajar a la tienda, aquellas mujeres, aun seguirían vivas, bueno al menos la joven, que la otra ya era una anciana.

Cuando entró en la panadería, una mujer mayor, bajita y entrada en carnes, conversaba con su padre. Se metió en la trastienda y agudizó el oído.

–Deme también un trozo de empanada, que esta niña no come nada. Todo el día estudiando. ¡Qué barbaridad!

–Para juez ¿no? pues que orgulloso hubiera estado su padre, que en gloria esté.

–Ya vé que mala suerte. Un hombre aun joven y deportista, va y le da un infarto. Viuda y dos hijos que ha dejado. Esa casa no es la misma sin él. El señor adoraba a sus hijos y a su mujer. Un buen padre, eso es lo que era. Pero no somos nadie. Y lo bueno que fue siempre conmigo y con mi hijo. Que tengo una pena agarrada en el estómago…

–Si, es que la vida es así. Nos creemos que vamos a estar aquí para los restos y a la que te descuidas, te toca. Y la señora ¿Cómo está? hace mucho que no viene por la tienda. Dele recuerdos de nuestra parte a doña Ana y dígale, que para lo que necesite.

–Ya se los doy. Se ha ido con el niño, el Luis, a Barcelona, a no sé qué del testamento. Él señor, que en paz descanse, era catalán y algo tienen que solucionar. Que hoy me quedo yo a dormir con la niña. Ni chispa de guerra que da. En su cuarto encerrada todo el día. Me da una lástima. Vaya vida que tiene la pobre. Y sin su padre, que la quería más que a nada. En fin, que no nos dé Dios todo lo que podemos aguantar.

–Bueno Manuela, que se cuide usted también que ya tenemos una edad y ahora les hace usted mucha falta.

–Quién me lo iba a decir a mí. Y ahora, no sé, ni estar en mi casa puedo, que me vengo antes y me voy después. Ya lo creo que les hago falta. Otro día nos vemos, Víctor, que aún tengo que acercarme a la droguería, termino los recados y me vuelvo con la niña. Cuídese usted también y dele recuerdos a su señora.

Su padre ya lo tenía todo recogido. Apagaron las luces, salieron de la tienda y bajaron el cierre. Con todo lo que hablaba con los extraños, a él le decía un par de frases y listo.

–¿No subes a casa?

–No.

–Al gimnasio que te vas ¿No?

–A correr, al parque.

–¿Vienes a cenar?

–Es jueves, he *quedao* con mis colegas.

–Eso hijo, tú a tu bola ¿Ni una sola noche puedes cenar en casa con tu familia?

–No me des la paliza papá, que tengo prisa ¿Vale?

–¡Y tú no me faltes al respeto! Vete a hacer lo que te de la gana, que eso es lo único que te importa.

Y dándole la espalda, Víctor, el padre del Viti, se metió en la portería de su casa, a solo unos metros de distancia de la tienda.

Ese hijo suyo iba a acabar mal. No podía con él. Por no discutir, se callaba todo lo que pensaba. Por no preocupar más a su mujer. Por tener la fiesta en paz.

El Viti pensó con rapidez; era una ocasión única; no la podía desperdiciar. Aquella mujer le había dado todo tipo de detalles. Estaban solas, eran dos, la chica empollona, y esa vieja, que no ofrecería resistencia. ¡Qué excitación! Él era un mago de la improvisación. Tenía la bolsa del gimnasio en la furgoneta de su padre aparcada en la misma calle solo dos manzanas más abajo. La furgoneta que hacía las veces de trastero para guardar sus cosas. La mierda de furgoneta que usaba para moverse por Madrid, porque no tenía dinero ni para comprarse un maldito coche de segunda mano.

La navaja, la llevaba encima, como siempre. Cogería la cuerda que usaba para entrenar, saltando a la comba. Y tenía ropa, la ropa sucia del día de Dios sabe cuándo, que guardada en la bolsa. Y sus últimos guantes, los que le había regalado el entrenador, los nuevos. Los que le hacían sentir como un profesional. Como lo que era, un boxeador de primera. Una promesa del mundo del boxeo, un ganador.

Sus pies iban tan rápido como sus pensamientos. Abrió las puertas traseras del vehículo, acercó su bolsa de deporte, las vendas protectoras se ajustaron con rápidos movimientos circulares a sus nudillos, enrolló la cuerda, pasándola por debajo de sus manos, para que quedara bien limpia de huellas, y la escondió en el bolsillo derecho de la sudadera. El pasamontañas, que pensaba ponerse al día siguiente para el atraco, lo metió en el bolsillo del pantalón del chándal.

Echándose la bolsa al hombro, palpó la navaja, bien colocada en su funda, anclada en su pantorrilla, con una goma ancha elástica que él mismo había confeccionado. Cerró las puertas de la furgoneta, encaminando sus pasos hasta la esquina con la Calle Torregrosa, justo donde empezaba ese barrio de contadas calles, llenas de gente rica. Esa gente que mandaba a sus asistentas a comprarles el pan, esa gente que por unos metros de distancia se distinguían del resto del vecindario. Vivir en la Colonia de Fuente del Berro no era lo mismo que vivir en Sancho Dávila, su calle, un quiero y no puedo, otro mundo, otro barrio, solo separado por una esquina. Aquellos malditos chalets le recordaban lo pobre que era, lo miserable de vivir en un piso de tres dormitorios, con sus repelentes hermanas, su entrometida madre y el huevón de su padre. Lo cutre que era su habitación, sin ventilación, dando a un asqueroso patio interior.

Era la única entrada a la Colonia por donde tenía que pasar la vieja.

No tardó en aparecer con su lento caminar cargada de bolsas. Menuda pinta de chacha barata que tenía la pobre. Se colocó el pasamontañas a modo de gorro, y la siguió hasta el número cuatro de la Calle Doctor Olariz.

Mirando la fachada de la casa, solo una luz encendida traspasaba las persianas a medio bajar de la planta de arriba. La vieja se pasó las bolsas a su mano izquierda y sacó sus llaves del bolso. Cuando la mujer empujaba la verja de la entrada, el Viti se bajó del todo el pasamontañas cubriéndose la cara y se pegó tanto a ella que la mano con las llaves se le quedó enganchada.

–Saque las llaves de la cerradura y no grite vieja, que la pincho aquí mismo. Ahora dese la vuelta despacito y cierre sin echar la llave ¿Vale? Muy bien, ¿Manuela? Es Manuela verdad, pues siga *palante* y abra despacio la puerta de entrada.

Los pasos de Manuela se hicieron cortos y torpes, no entendía que le estaba pasando ¿La iba a matar? Subió los tres escalones que la separaban de la puerta principal y consiguió abrirla sin dificultad. No podía hablar ni gritar. Aquel muchacho le hacía daño, mucho daño en la espalda, le estaba clavando un cuchillo, solo podía ir hacia adelante, hacia el interior de la casa.

Virgen de Lourdes, que la niña se hubiera ido, que hubiera salido, que no estuviera en casa.

Desde el piso de arriba se oyó una voz joven de mujer que gritaba ¡Manuela! ¡Te estaba esperando! ¡Ya bajo!

¡No bajes vida mía, mi niña, no bajes, llama a la policía, nos van a matar!

Pero muda de terror, su garganta no pronunció ninguna de aquellas palabras que su cerebro gritaba desesperado.

El Viti empujó a Manuela bajo el umbral de la escalera que subía a los dormitorios, y esperó. La llevaba enganchada con el brazo izquierdo apretando su garganta y con su mano derecha pinchándole la espalda con la navaja.

¿Cuánto iba a tardar en bajar la pija esa? No tenía toda la noche para estar allí. Encima de sus cabezas, los pasos acelerados de una joven tomaron la escalera bajando rápidos los peldaños hacia el salón.

–¿Manuela? ¿Ma…?

–Calladita estas más guapa ¿Vale? como grites me cargo a la vieja.

¿Cómo iba a gritar si apenas podía respirar? Solo miraba fijamente a los ojos de su Manuela, de su Tata, de la mejor cuidadora del mundo, de la mujer que llevaba toda la vida dedicándose a su casa, a su familia. Esos ojos encharcados en lágrimas, abiertos sobremanera por el espanto.

–¿Qué? ¡No dices nada?

Con un hilo de voz apenas audible, solo pudo articular:

–Déjala en paz, suéltala.

–Por favor.

–¿Qué?

–Que lo pidas por favor ¿Vale?

–Suéltala por favor. No le hagas daño.

–¡Mírame a mí, no a ella, te digo que me mires, puta de mierda! ¡Pero qué coño te pasa, eres sorda o qué?

A la vez que le suplicaba que la soltara, se puso de rodillas con las manos unidas en disposición de rezar, implorándole compasión, sin dejar de atender a los ojos de su Manuela. Sabía que la iba a matar, que las mataría a las dos. No podía apartar su mirada de ella, debía estar allí, lo más cerca posible. No quería verla morir, pero no podía dejarla sola, al menos sus ojos estaban unidos, era el único auxilio que podía ofrecerle.

En su cabeza, el Dios te salve María, llena eres de gracia…Apareció como un salmo de salvación, repetirlo y repetirlo, para que por un milagro, todo fuera un sueño, para que el tiempo se detuviera.

De pronto vio como el rostro de Manuela se deformaba por el dolor. Aún sujetaba con fuerza las llaves en una mano y las bolsas de la compra en la otra. Todo su cuerpo se tensó, precipitándose al suelo, provocando un ruido sordo y pesado al desplomarse.

Muerta, estaba muerta. Apuñalada por la espalda.

El Viti, se acercó hasta la joven y, agachándose, le propinó un gancho de derecha que la tumbó en el suelo. Se sentó encima de sus piernas y, sacando la cuerda de su bolsillo derecho, le ató las manos. No ofrecía resistencia, KO de un solo golpe. Menuda petarda esta flaca, el entrenamiento iba a ser muy aburrido.

Dejó libre el extremo de la cuerda que anudaba sus dos manos en el centro del cuerpo, cargándola como un fardo encima de los hombros, pegándose mucho a la escalera. De un fuerte golpe la aplastó contra la pared y estirándole los brazos la sujetó firmemente a la barandilla. Así colgada se parecía a un saco de entrenamiento. Y eso era exactamente lo que él necesitaba. Entrenar.

Abrió la bolsa, sacó sus guantes de boxeador, se quitó el pasamontañas y la sudadera. Sin prisa comenzó a dar pequeños saltos y estiramientos frente al cuerpo inerte de la joven.

Movimientos sincronizados, girando los pies, después la cabeza, más tarde adelantar el hombro y por último extender el brazo y el puño.

El puñetazo es el último eslabón del movimiento de todo el resto del cuerpo. No se pega con el brazo, se golpea con el puño, pero ese golpe debe ser coordinado. Comenzar por los pies, trasmitir el giro a las caderas y alinear correctamente el hombro con el brazo, hasta el borde impactante de los nudillos. Realizando todos los movimientos al mismo tiempo. De una sola vez.

Repetía mentalmente las lecciones de su entrenador. Tenía dos minutos para un único asalto.

Una voz en off, tronando en sus oídos:

"Bienvenidos señoras y señores, a nuestra especial velada de boxeo aficionado. Ya tenemos aquí a nuestros finalistas. A mi izquierda, con un peso semipesado de 80 kilos, y 1.86 de altura, la revelación, el invicto, VITI Madrid, la promesa del mundo profesional, el amateur sin rival.

A mi derecha, directamente llegada de su propia casa, la mujer – saco.

Una más, de las sucias y repugnantes pijas hijas de puta, que hay que eliminar de este mundo".

La campana emitió su sonido. Primer y único asalto.

Comenzó con un Jab. Un puñetazo veloz y directo, lanzado con la mano derecha desde la posición de guardia, acompañado de una pequeña rotación del torso y la cadera, en el sentido de las agujas del reloj, mientras que el puño rotaba 90 grados, adquiriendo una línea de golpe horizontal en los nudillos en el momento del impacto.

"Recibido el primer y demoledor puñetazo en la mandíbula, la mujer –saco sigue pidiendo que la maten. Atentos a la estrategia de nuestro campeón"

Retomando la posición de guardia por delante del rostro, combinó su mejor repertorio de golpes más pesados y fuertes.

Había que dar espectáculo y esa miserable lo encajaba todo. Solo le quedaba un minuto después de aquella demostración de brutalidad sin descanso.

Se decidió por un Cross. La mano trasera se desplaza desde el mentón, cruza el cuerpo y se dirige, de forma directa, a la cara del adversario. Al mismo tiempo, la mano en posición delantera se retrae y se sitúa frente al rostro para proteger el interior del mentón. Para un mayor impacto, el torso y la cadera rotan en el momento en el que se ejecuta el Cross.

"Perfecta ejecución de este derechazo, rotura de la nariz de la mujer–saco que si ya sangraba por la boca, ahora abre un grifo espectacular de líquido viscoso que la transforma en la mujer–saco de mierda rojo"

Aun le quedaba tiempo para ejecutar una combinación perfecta de Jabs y directos de derecha con incorporación de unos cuantos crochet no convencionales, propulsando el puño en forma de un arco ajustado hacia la parte frontal del cuerpo primero y hacia la zona baja después.

"Esto se acaba, señores, el objetivo de pulverizar el hígado y los riñones, conseguido. ¡Que hábil combinación! Los gemidos de la mujer–saco ya no se escuchan" Y por último su Uppercut, su gancho final. De nuevo partiendo de la posición de guardia, la mano posterior se desplaza en dirección ascendente en forma de arco hacia el mentón o el torso del contrincante. Gancho de derecha seguido de otro de izquierda, en una combinación poderosa.

"A punto de sonar la campana, en este único asalto de su vida, la mujer– saco ha muerto. Aplaudamos a nuestro vencedor"

Buen entrenamiento. Para algo en su vida había servido la pija esa. Se quitó los guantes, y los metió en la bolsa.

Recogió el pasamontañas. Lo iba a necesitar al día siguiente. Se secó el sudor y las salpicaduras de sangre con la sudadera. La cuerda se la dejaba de regalo. Pero la navaja no. Mira que era bruto, aún la tenía clavada la vieja en la espalda, justo, justo a la altura del corazón. Otro golpe maestro.

Pero cuando sacaba el filo del cuerpo de Manuela, no pudo evitar la tentación, y se lo clavó en el abdomen a la mujer–saco, deslizándolo en vertical.

Ahora sí, faltaba ese toque final.

Recuperó su arma blanca, la enrolló en la sudadera y se puso un jersey sudado que llevaba dentro de la bolsa. En tan solo unas horas estaría rumbo al destino que se merecía. Lo tenían todo planeado, él y sus colegas, darían el golpe perfecto. Tendría dinero. Luego vendría la fama.

El timbre del teléfono del salón comenzó a sonar. Y le dieron ganas de contestar y decir "Lo siento, pero en estos momentos la señorita mierda roja no puede ponerse. No, su chacha tampoco, está algo indispuesta"

Se echó la bolsa al hombro y, acercándose al cuerpo destrozado de la señorita pija del barrio de Fuente del Berro, le dijo al oído:

–La que llama debe de ser tu madre, *pa* darte las buenas noches. Qué pena no haberla conocido, a lo mejor te viene de familia y hubiera hecho una mujer–saco de puta madre. No te preocupes ¿Vale? Tú lo has hecho fenomenal.

Qué recuerdos, uno de los mejores recuerdos de su vida. Qué joven e inexperto era. Con una leve sonrisa en los labios, el Viti volvió al mundo real. Alzó su mano para pedir la cuenta a la camarera.

Se encontraba mucho mejor. Ya podía ir a ver a Don Eusebio y a quien fuera. Él era invencible. Era un campeón y, lo más importante, a sus treinta y nueve años, aun tenía una buena forma física, si se lo proponía podía volver a estar a pleno rendimiento.

Se levantó pausadamente y andando tranquilo se dirigió a las oficinas del Grupo Ripoll.

Rítmicamente cada paso acompañaba la envenenada canción infantil que surgió en su mente al deshacerse del último cadáver. La voz de su madre… con su propia versión…*Cinco lobitas tiene la loba, cinco lobitas detrás de la escoba.*

Esa repetida y odiada escena. En su mente una mujer joven, rubia y bella, su madre, le cantaba a sus rubísimas hermanas pequeñas con la mano delante de sus caritas moviendo los dedos mientras ellas embobadas sonreían. Él siempre castigado por hacerles daño. Por no ser como ellas. Por ser un bruto. Por ser malo. Ahora esa cancioncilla le reconfortaba. Le hacía sentirse poderoso, invencible, superior a esos sacos de mierda rojos que tan fácilmente había destrozado sin piedad.

Sus sacos humanos de entrenamiento. Estaban todas juntas, como se junta el estiércol para abonar los campos. En un lugar cerrado, oscuro y profundo.

Sin cuerpo no hay delito. Una verdad que aprendió en prisión.

Ella fue la primera, la única que no desapareció. La dejó atada en su casa. A las otras cuatro no. Error de principiante. Sin embargo era su mejor recuerdo. El que con más frecuencia había evocado en sus momentos de bajón. Ella fue su musa. Después sólo buscaba imitaciones. Después aprendió a alargar los combates para disfrutar más. Para ver el dolor extremo reflejado en el rostro de sus victimas, su asombro, su inferioridad.

Pero nada como la primera vez.

Si era la misma, la reuniría con las demás. Y si no, también.

CAPÍTULO VI

Antes de introducir a los presentes en la Cámara, en el universo particular de su suegro y su corte de corruptos, Alberto Carraira explicó, de la manera más clara posible, los argumentos que Don Eusebio utilizaba para justificar lo injustificable. Y como si fuera un reproductor de Wikipedia, realizó una exposición aclaratoria de la realidad a la que se iban a enfrentar.

Toda operación urbanística se generaba de forma similar. El objetivo era enriquecerse, pero no con un cierto margen de beneficio, sino con un indecente margen, convirtiendo en muy ricos a los pocos o muchos, según se mire, intervinientes sin escrúpulos.

La corrupción urbanística, como abuso de poder de los cargos públicos vinculados a la especulación inmobiliaria, como objetivo del enriquecimiento ilícito, era el catecismo de su suegro, que seguía como fiel devoto.

¡Santa Especulación! decía en la intimidad, en voz alta, el muy cretino ¡Santa Especulación!

Dos años atrás en un ataque de chulería, y de demostración de poder, Don Eusebio, le convidó a participar en una de aquellas numerosas reuniones a las que tenía vetado el acceso. Desde aquella reunión nunca dejó de asistir acompañado de los guardianes que garantizaban su "Plan de Protección". Su grabadora y su pen, por si acaso redactaban algo por escrito, cosa que casi nunca ocurría. Y ahora después de tanto tiempo, y gracias a haber sabido ver el peligro, podría atacar a su suegro con sus mismas armas.

Activó la grabadora con la destreza de quién domina sin secretos un aparato electrónico:

—Vas a aprender hoy, en unas horas, más que en todos los años de Escuela. ¡Qué os creéis que los Proyectos caen del cielo! Los técnicos sois todos iguales, artistas, creativos, bohemios. Preocupados por la estética, como si os fueran a dar un Nobel por hacer mejor que otro los acabados de una obra, y luego todos los chalets son iguales. Cuanto más cosas se ponen menos valen, cuanto menos, y más austeros, valen más. Cuatro cubos de hormigón con unos cristales que no hay Dios que los limpie y ¡ale! ya tienes una vivienda de lujo de la leche.

Si a eso le añades un club social, un campo de golf, unas cuantas canchas de tenis y pádel, una hípica, una marina, un par de hoteles con spa y unos buenos restaurantes donde se coma poco pero súper sano ¿Qué tenemos? Hostias por entrar, tenemos. Desde lejos se puede ver, aquí solo estamos los elegidos, los que de verdad manejamos dinero, los que somos famosos, los que queremos privacidad absoluta pero que se filtre de forma discreta que tenemos una casaza en la Isla de Valdemar, en una de las urbanizaciones más caras de España y mejor comunicadas con Madrid. Esto es el nuevo Sotogrande, todo el mundo, nuestro mundo quiere tener un sitio aquí. Tenemos vendida toda la primera fase, casi doscientas viviendas y nos quedan por construir otras trescientas y pico, terminado el primer hotel, la Marina funcionando con más de la mitad de los atraques, y un ejército de filipinos atendiéndonos como si fuéramos dioses. Los futbolistas de élite, los locos de la fórmula uno, los toreros, las modelos del papel cuché, los cantantes, los cirujanos plásticos del momento, los banqueros, las presentadoras de concursos famosos, las ex de los ricos del país y demás farándula están entusiasmados. Todos en pandilla como les gusta estar, para cotillearse entre ellos sin que ningún paparazzi les venga a sacar fotos, entre otras cosas porque aquí solo entran los elegidos.

Estamos haciendo historia, lo que yo te diga, hemos sido los primeros y ahora nos van a querer copiar, pero ya me encargaré yo de que pasen por caja.

Hasta entonces, Alberto, había trabajado por encargo. Encargo, que llevaba implícito el no poder aportar un mínimo de valor arquitectónico a las obras. Con éxito, diseñó las macro urbanizaciones y los hoteles de la costa de Huelva que tanto habían gustado al Grupo Ripoll y que él privadamente aborrecía. Diseñaba lo que se iba a vender, sin poder hacer absolutamente nada ante las peticiones del Grupo cuyo único objetivo era que el metro cuadrado se vendiera a precio de oro. Bastaba una Memoria de calidades aparente, donde las cuatro marcas más conocidas del mercado pusieran su nombre, para que la gente picara. No construían mal, pero lo que mejor hacían era robar.

La costa estaba masificada, al menos la costa a cuyos terrenos el Grupo Promotor tenía acceso. Aquella vaca había dejado de dar leche de tanto ordeñarla.

Con un patrimonio más que saneado, Don Eusebio necesitaba más. Como esas mujeres bellas, que un día por fin se deciden a pasar por el quirófano ante el miedo a envejecer. Y después de arreglarse los labios, las arrugas de la frente, la nariz, el mentón y los párpados, siguen sin gustarse, siguen necesitando rejuvenecer un poco más cada año que pasa. Hasta que un buen día se miran al espejo y lloran ante el asombro de que una extraña ha poseído su cuerpo.

Su ignorancia atrevida y su ambición infinita le habían convertido en un patán, mini caudillo del ladrillo, rey midas de lo imposible. Su ansia de poder y de fortuna no tenía límites. Simplemente no podía parar.

Había confiado el encargo técnico del complejo a su yerno y el resultado era impresionante. El reconocimiento a un diseño y un estilo propio de la clase alta, le enorgullecía. La reunión en cuestión tenía un único orden del día. Legalizar Valdemar Golf. Los abogados del Grupo Ripoll dirigidos por uno de los letrados más mediáticos del momento, Marcos García de la Vega, convocaban la reunión a instancias del Grupo.

Esta vez no se reunían como otras tantas veces en el Ayuntamiento, esta vez habían sido invitados a un almuerzo en Madrid.

Don Eusebio se sentía orgulloso del talento de Alberto. Se le notaba, lo seguía tratando igual de mal, pero ante las alabanzas de los compradores por sus diseños, en su interior empezaba a reconocerle su mérito. La mayoría de los famosos compró encantada aquellas lujosas viviendas que a él particularmente solo le daban frio. Hombre de raíces humildes prefería habitar una casa con arcos en el porche, barandilla blanca de escayola y enanitos adornando el jardín. Ocultaba sus gustos por hortera, pero no podía quitar valor a esas lujosas construcciones que su yerno sabía diseñar.

Desde aquella reunión hasta ahora habían pasado muchas cosas, el sueño de Valdemar Golf se había convertido en la pesadilla más temida por su suegro, no ya por una posible amenaza económica, sino por el rechazo de una clase social que se sentía estafada.

Todo empezó años atrás cuando una mente preclara del gobierno extremeño diseñó unos Planes Estratégicos de Desarrollo, que si bien formalmente recogían unos propósitos aparentemente diseñados para fomentar la economía paupérrima de la región, dar empleo y enriquecer a los ciudadanos, tenía un único y bien diferente objetivo final: ¿Por qué no crear una figura legal, que abriera un caminito estrecho por donde poder pasar todo tipo de inversiones especulativas? Pero todo esto tenía que parecer no solo conforme a la ley sino que, además, se tenía que hacer con conocimiento público, para que no se les pudiera luego reprochar nada. Así que, ni cortos ni perezosos, trabajaron con ahínco en la creación de unos foros donde captar inversores a los que vender su tierra. Extremadura tiene doce mil kilómetros de costa interior. Es el denominado turismo de embalse.

Y esto es lo que se pudo escuchar en algunos de los discursos de aquellos foros iniciales: "La obligación de los políticos es ir a buscar a quien no nos conoce para ofrecerle lo que tenemos. No podemos hacer que nadie venga a Extremadura, a no ser que la conozca y tenga un interés muy especial. Somos nosotros los que tenemos que ir a mostrar las capacidades que tiene esta tierra para su desarrollo"

Nunca supo Carraira, si los grupos políticos vinieron a buscar a su amado suegro como inversor o si fue su suegro el que acudió a su encuentro, pero aunque no podía negar que Don Eusebio estaba bien capacitado para los negocios, esa iniciativa no era tan propia de él.

Ante tanta facilidad de comprar a precio de arena, lo que se podría vender a precio de oro, presentaron, para impulsar el pretendido desarrollo de la región, cinco macroproyectos que interesaban a distintas comarcas, y del que Valdemar Golf sería su buque insignia.

Detrás de los afanes propios, de los llamados políticos sin escrúpulos, aún existían intereses más ocultos y menos fáciles de sospechar.

Nos quedamos siempre en la superficie. Los escándalos, salpiquen a muchos o a pocos, se olvidan, y mientras unos cuantos salen en los medios de comunicación, desfilando por los juzgados, los verdaderamente implicados en este tipo de tramas, ven igual que nosotros, las noticias en los telediarios, satisfechos de sus logros financieros, ante nuestra más absoluta ignorancia de la realidad de los hechos. No son los promotores los que especulan, que lo hacen. Los ocultos intereses de los grupos de presión históricos en nuestro país nunca emergen a la superficie.

¡Si alguien se tomara la molestia de pensar quién o quiénes son los verdaderos beneficiarios de un nuevo desarrollo urbanístico! Los ciudadanos no se lo iban a creer. ¡Es tan fácil! Solo hay que pensar en lo que es necesario para que una casa funcione ¿Qué haríamos sin luz o sin agua?

Desde la primera reunión a la que su suegro le convidó, Alberto Carraira había sabido tirar de los hilos dando muestras de la más completa discreción. Amparado bajo su apariencia de hombre solvente, distinguido, leal y despistado, sus oídos recibieron confesiones que venían de esa familiaridad que él generaba, y de la legítima impunidad del que las emitía.

Don Eusebio no solo tenía el dinero, tenía algo más valioso que lo posicionaba como inversor prioritario, tenía contactos. Y lo más rentable para él, guardaba muchos secretos.

En un círculo selecto de hombres ricos, cuando se tiene mucho dinero, puede entrar hasta el más patán de los mortales.

Las innumerables fiestas, los actos benéficos, los viajes de negocios, las inversiones arriesgadas y rentables, el poder de la información privilegiada, pueden convertir a un ser mediocre, en admirado y codiciado. Y para ese hombre, se trabaja en condiciones humildes o humillantes según el caso, simplemente porque ha adquirido prestigio, gracias a unas cuentas corrientes inimaginables.

Aquellos foros de impulso a las regiones dieron su fruto.

Prácticamente todos los terrenos de los cinco macroproyectos en fase de diseño se encontraban en suelo protegido.

Iniciativas que sumaban una inversión de al menos tres cifras muy elevadas seguidas de la palabra millones de euros, atraerían al turismo extranjero y de Madrid. Crearían más de mil puestos de trabajo.

Pero a todos estos cerebros ambiciosos se les pasó por alto que existen esos molestos grupos ecologistas, que no solo saben salir con pancartas defendiendo a las grullas, el paisaje y la racionalización del uso del agua, sino que además saben de leyes. Y ante las innumerables actuaciones ilegales, que desde el comienzo del proyecto del Grupo Ripoll se habían producido, consiguieron que sus denuncias prosperaran paralizando la inversión más especulativa que nunca se hubiera hecho.

El gobierno entonces reaccionó aprobando leyes con carácter retroactivo para permitir que se construyera en suelo protegido. Se saltaron directivas europeas a la torera y no se hizo ni caso de las protestas que poco a poco ese pueblo que nunca alzó la voz, porque no le fue pedida opinión, ese al que se le puede engañar enseñándole hoteles de lujo e instalaciones deportivas de pretendido uso popular, comenzó a elevarla.

Zonas de especial protección para las aves, lugares de interés comunitario fueron asaltadas, justificándose como siempre, en la utilidad pública.

Y ahora, ante el estupor del Grupo Ripoll, los tribunales daban la razón a ese otro grupo, el de los ecologistas, paralizándoles las obras y solicitando la reposición de los terrenos a su estado original.

¿Donde estaban aquellos acuerdos firmados por los partidos de todos los colores, dando el beneplácito a la conquista de Extremadura? Curioso que para estas operaciones se llegasen a pactos entre políticos enfrentados durante generaciones.

Tras aquella primera reunión a la que asistió perplejo, ante la educación sobreactuada de los intervinientes y las múltiples dificultades lingüísticas a las que tenían que recurrir para no llamar a las cosas por su nombre, Alberto Carraira comenzó a ser un miembro más de la pandilla de impresentables que legítimamente representaban al pueblo. Un miembro sin voz pero con oídos.

Su pequeña grabadora le acompañaba en las obras donde iba recitando todo aquello que no estaba bien para luego redactarlo en informes técnicos. Aquella pequeña maquinita, que normalmente llevaba en el bolsillo de su americana, grabó las conversaciones ¿Cómo era posible que no le registraran, tal y como hacía el guardaespaldas de su suegro a todos los presentes? Don Eusebio argumentaba que cualquiera podía ponerles un micrófono y después dejarles a todos con el culo al aire. Pero no era verdad, tenían miedo unos de los otros, nadie podía fiarse de nadie, y por eso se sometían al control de metales exhaustivo que el Viti realizaba en el hall del despacho principal del Presidente del Grupo.

Alberto llegaba antes y esperaba a que aquellos individuos pasaran el control, preparando la proyección de las imágenes que reflejaban el avance del Proyecto. Se convirtió en una figura rutinaria. A nadie se le ocurrió que el yerno de Don Eusebio pudiera tener la iniciativa de grabarles.

Era como el pianista de las reuniones de la mafia italiana. Un imprescindible y decorativo asistente más.

Desde el día que apretó por primera vez el botón de la grabadora, metiendo su mano discreta en el bolsillo, nunca dejó de hacerlo ¿Por qué? Puro instinto.

Las situaciones de peligro ponen alerta nuestros sentidos y algún mecanismo invisible le había pedido desde su cerebro que se protegiera.

En aquella reunión legalizaron lo ilegal, proponiendo una modificación de la Ley del Suelo de Extremadura con carácter retroactivo, que permitiera la construcción de viviendas en suelo protegido. Y posteriormente, ante la incredulidad de Alberto, aquella ley se aprobó y el proyecto volvió a ser legal, dejando completamente desamparados a los ecologistas, a las grullas, al medio ambiente y a la protección de uno de los parajes más maravilloso de nuestro país.

Antes de que volviera a activar el audio todos los presentes sentían al unísono que Alberto era creíble. Les estaba relatando su historia personal, con sentimiento y emoción. Las grabaciones acompañaban sus pausas, dando paso a la descripción de los personajes, a las escenas de corrupción. Pulsaba el botón de pausa. Situaba a los presentes en la habitación donde se producían las conversaciones y uno se trasladaba a los escenarios sin ningún problema.

La voz engolada y arrogante del abogado del Grupo Ripoll se escuchaba en la grabación:

–Señores no estamos aquí para saber qué hacer, estamos aquí porque ustedes nos prometieron que no tendríamos ninguna traba política, que si presentábamos el proyecto justificando su Interés Regional tendríamos todas las bendiciones, y hasta ahora ha sido así ¿Es que no habían contado con estos posibles problemas? ¿Simplemente se les pasó por alto que nos podrían denunciar, que los juzgados nos paralizarían las obras? Lo que dejemos de ganar, lo dejan de ganar ustedes. Y como abogado del Grupo Ripoll, les puedo asegurar que pueden perder mucho, y no solo estoy hablando de dinero. Queremos la seguridad que nos prometieron y que ahora vemos amenazada. Tengan en cuenta que los compradores están bloqueados, nadie se gasta más de medio millón de euros en una segunda o tercera residencia para que luego su casa sea ilegal. Les prometimos que todo estaba controlado y no lo está gracias a su ineficacia. Y lo que es peor, si esto alcanza eco social, los compradores iniciales se volverán en nuestra contra, porque tampoco les estaremos ofreciendo garantía alguna de disfrutar de lo que ahora tienen, aunque no esté del todo terminado. Los contratos de compraventa están parados, el hotel de cinco estrellas sin terminar y el spa cerrado. Lo que supone una pérdida diaria de miles de euros que tanto ustedes como nosotros tendrán que afrontar.

–¿Venimos a buscar una solución y usted nos amenaza? ¿Qué es eso de que vamos a perder más que dinero? ¿Pero quién se ha creído usted que es? Entre nosotros, todos nos podemos amenazar ¿Sabe? Y ninguno hará nada porque ninguno quiere eso.

–Señor presidente de lo que sea, le prometo como abogado del Señor Ripoll, que no solo les estaba amenazando como medida intimidatoria, es que les estoy amenazando desde la certeza de que esto, o lo arreglamos por las buenas o por las malas. Y puede sentirse todo lo intimidado que usted quiera, pero mi cliente no va a palmar un montón de millones, ni va a ver mermada su credibilidad porque un atajo de funcionarios sin escrúpulos no sepa utilizar las reglas mínimas de la democracia para hacer las cosas desde la legalidad. Si esto les viene grande, hagan bien sus deberes y aprendan a apostar. En el casino los menores de edad tienen prohibida la entrada, y en la función pública los descerebrados como ustedes no deberían ocupar ningún cargo.

La grabación hizo una pausa seguida de un ruido de silla arrastrándose y de nuevo la voz altiva del abogado siguió su discurso.

–Pero no toda la culpa ha sido suya, yo me siento tan responsable como el que más. Creí en ustedes, sin darme cuenta de que estaba jugando con un equipo de alevines que nunca podrán ser aspirantes a primera división. Y por eso he buscado una solución ante su falta de diligencia y de saber hacer. Valdemar Golf, seguirá adelante. Nosotros ponemos el dinero y ustedes sus cargos a nuestro servicio. Tienen que publicar un Decreto que modifique la Ley del Suelo vigente y que autorice a construir tantos Valdemar Golf como nos de la gana en el suelo que nos de la gana. Protegido, lugar de interés comunitario, zona de protección de aves o la mierda que sea. Y lo tienen que hacer con vigencia retroactiva, justo anterior a la fecha de la primera denuncia presentada por los ecologistas. No vamos a reponer absolutamente nada a su estado original. Vamos a construir la segunda fase para que esté terminada a tiempo. Los inversores tienen el dinero, y les juro por mis muertos que no ven un euro de beneficios hasta que todo esté garantizado. Sus comisiones siguen siendo las pactadas, y prueba de nuestra intención de seguir adelante son los cheques al portador que cada uno de ustedes tiene en el sobre que les hemos preparado.

Silencio absoluto en esta pausa, solo roto por el ruido similar al movimiento de papeles.

–Espero que los representantes del gobierno sepan preparar una modificación de la Ley en condiciones. Si volvemos a tener problemas y tenemos que volver a reunirnos para algo más que no sea repartirnos los beneficios, les prometo, y por si alguno tiene alguna duda, les estoy amenazando, que se van a arrepentir de no cumplir con su palabra.

Si alguno quiere retirarse de la operación, le invito a que lo haga ahora mismo, eso sí, sin coger su comisión.

Activó la pausa y mirando a su expectante auditorio, Alberto aclaró los hechos que recordaba ocurrieron a continuación:

Nadie se levantó de la silla. Todas aquellas personas en una connivencia sin precedentes escucharon al letrado del Grupo Ripoll en un estado de parálisis corporal, facial y espiritual. Habían cogido y mirado la cifra de su sobre y sorprendidos por el dineral que representaba ocupar uno de aquellos asientos, el pulso se les aceleró y comenzaron a soñar despiertos con lo que el siguiente sobre traería ¿Si esto solo era por legalizar el proyecto, qué no ganarían en la recogida de beneficios?

Las conciencias enmudecen cuando el cerrojo de la moral se abre y deja pasar el aire de la abundancia.

Después de aquella primera grabación datada dos años atrás, el grupo Ripoll se encontraba de nuevo en la misma situación que casi consiguió paralizar Valdemar. Los ecologistas no se rindieron, siguieron empeñados en parar aquél despropósito y de nuevo lo habían conseguido. El Tribunal Superior de Justicia de Extremadura les había dado la razón. Y esta vez con un eco social mayor y con portada incluida en las revistas de los kioscos.

Múltiples reuniones, múltiples conversaciones sucedieron a aquella primera grabación y todas, hasta la última, quedaron fielmente guardadas en la pequeña espía que Alberto guardaba celosamente.

Allí estaba todo lo que él poseía, su seguro de vida profesional. Si su suegro decidía amargarle la vida, no dudaría en usarlo, es más, la estrategia había cambiado. Pretendía gestionar aquella información de manera que Don Eusebio supiera que la tenía y que a cambio de no salir a la luz, le concediera el salvoconducto de un divorcio lo menos mediático posible de la hija mas fotografiada de la prensa rosa.

Durante la exposición de los hechos por Alberto, y las pequeñas interrupciones que cada uno de los presentes en La Cámara le hacía para pedir aclaraciones, el llamativo silencio de Verónica fue solo advertido por Don Julián.

–¿Verónica, podrías hacernos un breve resumen de lo que aquí hemos escuchado? Quiero que todos tengamos los mismos datos y la misma información sin confusiones.

–Lo intentaré, Don Julián– Y colocándose elegantemente parte de su largo flequillo tras la oreja, expulsó cualquier pensamiento que no fuera profesional, comenzando su exposición:

Desde el inicio, un proyecto arquitectónico residencial de lujo ha sido ilegal y los promotores, apoyados por los grupos políticos, han conseguido legalizarlo modificando las leyes y utilizando demás argucias para lograr recalificar el suelo y justificar una inversión expoliadora del medio ambiente, por el bien de la utilidad pública o el interés general. Los ecologistas han hecho su trabajo y ahora gracias a la constancia de este grupo, el de los Ripoll tiene otra traba, que según mi opinión no conseguirá que el proyecto se pare, tal y como veo, por lo bien relacionado que esta Don Eusebio. Simplemente retrasarán el final de las obras. La sentencia del Tribunal Superior de Justicia será recurrida al unísono tanto por la Diputación y por el gobierno autonómico, como por el abogado de los promotores y ya se encargarán de que exista algún defecto formal, o lo que sea, para dar el visto bueno a la especulación conseguida. Será dado el parabién a todo lo edificado y amén. Solo pueden encontrarse con problemas si nuestro cliente saca a la luz la información que tan celosamente ha sabido guardar. En ese caso Don Eusebio y sus amigos tendrían problemas reales, por un sinfín de delitos cometidos a la vez. Prevaricación, cohecho, delito contra la ordenación territorial, falsedad documental, malversación de caudales públicos, tráfico de influencias, blanqueo de capitales, etc.

Y ahora tengo una pregunta que hacerle Señor Carraira ¿Por qué desde hace dos meses, coincidiendo con el fallo del Tribunal Superior de Justicia, ha tenido usted que abandonar el domicilio conyugal y ha sido objeto de una amenaza personal directa por parte de su suegro? ¿Por qué ahora sospecha de usted?

Alberto juntó las palmas de sus manos entrelazando sus dedos, apoyándolas sobre el borde de la mesa, inclinando su cuerpo hacia delante:

–Bien, Verónica, intentaré contestar a su pregunta. Estábamos en una presentación de unos vinos en la discoteca que tienen ustedes aquí mismo muy cerquita en Velázquez, mi esposa Alejandra y yo. Mi suegro nos pidió que fuéramos. El dueño de la Bodega, anfitrión de la fiesta, íntimo de mi suegro, como otros tantos miles de íntimos que tiene, quería comprar una vivienda en el golf, en realidad quería una para él y otras dos, una para cada uno de sus hijos. Teníamos que animar a los inversores después de este nuevo revés legal, causado por los ecologistas. Don Eusebio nos pidió a Alex y a mí que fuéramos a la fiesta y de paso que le explicáramos, para que se decidiera del todo, no solo las maravillas del paisaje, que realmente es inigualable, sino las bondades de la vivienda por mí diseñada. Dejarnos hacer unas cuantas fotos y contarle discretamente al oído, quienes, con nombre y apellidos famosos, ya habían adquirido su segunda residencia, o estaban en nuestra lista de espera. Esa noche, Alejandra estaba bastante animada. Podemos decir que mi mujer utiliza determinadas sustancias que no se obtienen con receta médica para hacer frente a este tipo de eventos a los que acude de forma habitual. No sé cómo contar esto sin dañar la imagen de Alex.

–Nadie le pide que entre en detalles si no lo desea–comentó Verónica.

–Bien señorita Solí, gracias, pero si no lo cuento tampoco van a entender mi reacción. El caso es que en un momento determinado de la noche, yo ya había hecho todo lo posible por convencer a nuestro futuro comprador y hacia más de una hora que andaba charlando con unos y con otros, sin saber de él ni de mi mujer. No era la primera vez que Alejandra me dejaba solo en un evento, así que decidí irme a casa. Lo sorprendente es que el aparcacoches no encontraba la llave de mi Mercedes y yo estaba seguro de que se la había dado. No suelo beber mucho y me gusta volver a casa en mi coche. Además, no solo es un vehículo sino que es también el guardián de mis secretos, y empecé a ponerme nervioso. El aparcacoches también estaba nervioso y de pronto preguntó:

–¿Su mujer? ¿Le he podido dar las llaves a ella, verdad? ¿Es una chica muy guapa con un vestido plateado? ¿Sí? Salió con un señor mayor y no quisieron que les trajera el coche me dijeron que ellos lo encontrarían.

Le pregunté donde lo había aparcado y me fuí andando hasta la esquina. A unos cincuenta metros lo vi. No voy a entrar en detalles pero digamos que Alejandra estaba convenciendo al íntimo amigo de su padre con argumentos muy personales.

Creo que los dos toman la misma medicación. Golpeé la ventana del copiloto y nuestro anfitrión salió del coche entre borracho, colocado y asustado. Solo atinó a decirme que lo sentía. Abrí más la puerta, Alex intentaba vestirse de cintura para arriba mientras yo recuperaba mis juguetes del compartimiento interior. Tardé solo unos segundos. Le dije al bodeguero que yo también lo sentía y me fuí.

No miré hacia atrás, solo escuché como la puerta del coche se cerraba. Imagino que aún les quedaban ganas de seguir medicándose.

Al día siguiente recuperé mi vehículo y algo de mi dignidad y me instalé en el ático de la calle Hermosilla.

Mi suegro no sabe que su querida hija está totalmente desequilibrada. No era la primera vez que Alejandra se pasaba, pero no sabía que podía llegar a tanto. Y lo peor, y aunque no se lo crean, es que no me importó. Me puse nervioso cuando no encontraba las llaves del coche, pero no me sorprendió que estuviera en aquel estado. Solo quería recuperar los secretos de Valdemar Golf. Comprendí que mi matrimonio hacía mucho tiempo que no existía y que nuestra separación era inevitable. En el estado en que estaban ninguno de los dos debe recordar que cogí la grabadora y el pen de debajo del asiento. Él, porque estaba fuera del vehículo y ella, porque apenas podría cubrirse con el vestido y tenía la cabeza agachada para que no pudiera verle la cara.

Cuando mi suegro se enteró de que me había ido del domicilio conyugal me llamó al despacho y me dijo literalmente que o volvía con su hija o me cortaba los huevos. Pido disculpas por el vocabulario pero esa es una de las expresiones favoritas que Don Eusebio me dedica en la intimidad. Alejandra solo era una niña débil y yo tenía que ayudarla no abandonarla ¿Cómo era capaz de dejarla sola en el momento en que más me necesitaba? Su hija le había rogado entre lágrimas que me convenciera para volver. Ingresaría otra vez en una clínica de desintoxicación y volvería a ser la de antes. De lo contrario se cortaría las venas.

Ella se ha vuelto así de melodramática. Les aseguro que la mujer con la que me casé no ha podido sobrevivir al constante exceso en todos los sentidos que su vida representa. Y creo que yo tampoco he sabido poner freno, porque siempre me acababa convenciendo de que lo iba a dejar.

Cuando le dije a mi suegro que no iba a volver con ella de ninguna manera, se enfadó tanto que me despidió:

"Ahora mismo coges a tu equipo de arquitectos de mierda y os vais a la puta calle" También es otra de sus expresiones favoritas.

Desde mi despacho de puertas y paredes de cristal veía un grupo de jóvenes profesionales ilusionados dando lo mejor de sí. Llevamos más de cuatro años viendo crecer el diseño del complejo y más de dos en la Dirección de Obra. Es nuestro y no del Grupo Ripoll. Ellos nos pagan por nuestro trabajo pero el proyecto es mío, yo lo firmo, es mi responsabilidad y si me voy me lo llevo conmigo. Llamé a David de Fontfría amigo común de la abogada Solí, y fuimos juntos a elevar consulta ante el servicio jurídico del Colegio de Arquitectos de Madrid.

Tristemente y para resumir, la propiedad intelectual es mía pero nada más. Mi suegro puede hacer el proyecto exactamente igual contando conmigo o sin mí, porque es inmensamente rico y porque es inmensamente orgulloso. Aunque la partida de honorarios no es nada despreciable en este tipo de encargos, les puedo asegurar que lo pondría de su propio bolsillo con tal de salirse con la suya. Los demás inversores por no soltar más dinero estarían de acuerdo. Estoy seguro de que cualquier compañero podría hacerlo manteniendo una estética y una visión del conjunto del residencial similar aunque no idéntica a la mía.

Así que no me quedaba más remedio que jugar con sus mismas cartas. No podía abandonar a mis técnicos y mi proyecto porque un ser sin escrúpulos me obligara a vivir con una toxicómana, por muy hija suya que fuera. No iba a contarle de lo que Alejandra es capaz, no quería humillarla, ella sola lo hace estupendamente. Pero sí que podía hacer otra cosa. Podía amenazarle. Cuando regresé aquella tarde al estudio de la planta segunda los arquitectos no estaban.

Sentado en el recibidor que da paso a la sala de técnicos me esperaba el chofer de mi suegro, el Viti, al que ya han tenido el placer de conocer. Me metió de nuevo en el ascensor a empujones y juntos subimos a la última planta del edificio.

Entonces allí mismo, en el ascensor, activé de nuevo la grabadora. Si me iban a pegar una paliza al menos que tuviera alguna prueba, claro que si la encontraban en el bolsillo de la americana, mi suegro era capaz de decirle a ese matón que me liquidara. Esto es lo que pude grabar:

–Déjanos solos Viti, pero no te vayas lejos. Siéntate querido yerno. No voy a andarme con rodeos o vuelves con Alex o estás acabado. No te va a contratar nadie ni en España ni fuera de España. No hay lugar lo suficientemente lejos como para que yo no me entere de que haces un proyecto. Vas a dejar sin trabajo a todos tus arquitectuchos. Si estás aquí es porque te casaste con Alejandra y en vez de besar el suelo por donde pisa quieres dejarla tirada para que haga una locura.

La voz de Don Eusebio era soberbia, grave, desprovista de sentimiento, fría. Era la voz del amo hablando al esclavo. Por el contrario la voz de Alberto, sonaba altiva, sin miedo, a pesar de los esfuerzos que su suegro hacía por amedrentarle.

–Necesito un tiempo querido suegro.

–Te doy veinticuatro horas para que vuelvas a casa con Alejandra.

–Y yo le doy veinticuatro horas para que piense si le conviene o no apartarme del proyecto. Mañana vendré a trabajar y espero que mi equipo pueda venir conmigo. No voy a amenazarle Don Eusebio. He aprendido mucho de usted y mis secretos se quedarán en el fondo de un cajón

133

porque allí valen más que si los hago públicos. Y mientras termino el residencial intentaré dar una solución a mi matrimonio que desde luego no pasará por la opinión o recomendación que usted quiera darme. No puede obligarme a hacer nada. Y le conviene que termine el trabajo.

Acciono el botón de pausa de la grabadora y mirando fijamente a Verónica relató la continuación de los hechos.

–Me levanté y me fuí. Creo que era la primera vez que le hablaba así, pero en ese momento o me partía las piernas o me dejaba marchar para volver a mi rutina según mis condiciones. Y ha funcionado hasta que vine a ver a la letrada Solí. A partir de aquí, la historia de estos últimos dos días, ya la conocen.

Llegados a este punto y por indicación de Don Julián, aplazaron la reunión hasta el día siguiente.

Durante la pormenorizada exposición de hechos que Alberto estaba protagonizando, el sonido de las frases de Mena repicando en su cabeza la asaltaban de nuevo … *Su nombre completo es Víctor Melchor Heras… Tiene treinta y nueve años… Debutó un veintiséis de noviembre de hace veintiún años… Ex – boxeador profesional…* Verónica sabía que no cesarían hasta que averiguara más, hasta que tuviera toda la información posible.

Una parte de sí se encontraba segura, fuerte y preparada para enfrentarse a cualquier tipo de noticia de la que poder seguir alguna pista sobre su agresor. La otra se sentía débil, pequeña y torpe, presa del temor a ser de nuevo víctima de ese animal despiadado al que veía una y otra vez en sus pesadillas matar sin piedad a Manuela delante de sus ojos.

CAPITULO VII

Verónica nunca tuvo la posibilidad de enamorarse de verdad. De sentir que alguien le faltaba si no lo viera, oyera o tocara. La acumulación de soledad era tanta, que no se atrevía a relacionarse más allá de lo que la amistad o la buena educación permiten.

Las cicatrices que marcaban su cuerpo pintaron su interior de un negro profundo.

Aquella brutal paliza la mantuvo apartada del mundo tres años, y alejada de la normalidad para el resto de su vida.

Todos le decían que había tenido mucha suerte, que era un milagro. Y sin embargo ella se pasó muchos meses deseando morir. No luchó por vivir, luchó porque todo se acabara. Pero no tuvo éxito. Cerebro, pulmones, hígado, riñones, estómago, vagina, intestino…No quedó ni un solo órgano interior sin afección directa o indirecta.

Padeció, entre otras múltiples consecuencias de la salvaje agresión, una ruptura de las fibras nerviosas largas de conexión del cerebro, que se produce cuando este se lesiona al moverse en el interior del cráneo.

Los ocho escalones hasta salir del estado de coma los cumplió. Los partes médicos resumían en breves frases como iba pasando de un grado a otro, recuperando el control de

su ser. Mientras tanto las diferentes cirugías a las que la sometieron iban obteniendo resultados satisfactorios.

*El paciente está en un coma profundo y parece profunda-
mente dormido; ausencia total de respuesta a los estímulos.*
De esta primera fase solo sabía lo que su madre y su
hermano le habían contado. Había permanecido así casi
tres meses. Entraba y salía de quirófano, sin más descanso
que el necesario para afrontar una nueva intervención.
En coma la vida transcurre sola.

*El paciente responde al dolor o a estímulos repetidos con
movimientos involuntarios o aumento de la actividad.*
Sentía tanto dolor, que despierta se moría. Así que creyó estar muerta y que la resucitaban varias veces y cada vez
que era consciente de su cuerpo deseaba volverse a morir.

*La respuesta del paciente es más específica, como volver la
cabeza hacia un sonido o cumplir una orden sencilla. Las respuestas son lentas e inconsistentes.*
No podía hablar. Si los órganos internos estaban des-
trozados, su cara era irreconocible. Tantas operaciones
como dientes, como pestañas, como poros.

*El paciente está un poco más despierto, en estado de con-
fusión, agitado, intenta quitarse las sondas, golpea o da patadas
a sus cuidadores. La conducta es inadecuada y el lenguaje es a
menudo incoherente.*
Cada vez que regresaba al mundo consciente creía que
la estaban agrediendo que la querían pegar y su cuerpo respondía defendiéndose.

El paciente parece alerta y puede cumplir órdenes sencillas. Las respuestas son confusas y sin objetivo. La memoria está deteriorada y el lenguaje suele ser inapropiado.

No estaba en peligro, dondequiera que estuviera aquellas personas parecían querer ayudarla.

El paciente muestra conductas con alguna finalidad pero necesita que lo dirijan y va siendo más consciente de su entorno; la memoria va mejorando.

Sabía que estaba en un hospital, reconocía a su madre y a su hermano. No entendía exactamente que le había pasado. Necesitaba una cara nueva.

El paciente lleva a cabo actividades de forma adecuada y con un grado mínimo de confusión, pero con frecuencia parece actuar "como un robot" El juicio, el pensamiento y la resolución de problemas siguen estando deteriorados.

Se limitaba a obedecer las órdenes que recibía. No acababa de comprender porqué seguía hospitalizada, pero le daba igual. Le encantaba estar acompañada por su madre y por su hermano. Aun no podía comer, la sonda nasogástrica se la retirarían pronto pero sí podía emitir sonidos y sentir. Lo que no toleraba era ya más dolor. Lo exageraba al máximo.

Última fase del coma: *El paciente está orientado y las habilidades van mejorando. Puede requerir aún supervisión debido al deterioro de la capacidad cognoscitiva.*

Y aunque no recibió el alta definitiva, con el alta hospitalaria, después de un año, la trasladaron a su casa.

Aquel veinticinco de noviembre, la vecina del chalet de al lado, Doña Paquita, tampoco podría olvidarlo nunca. La madre de Verónica tras intentar ponerse en contacto por teléfono sin que nadie contestara, empezó a preocuparse. Su hija tenía que estar en casa, y Manuela también. Así que llamó a Doña Paquita, que solícita, se acercó a la casa y se encontró con la puerta abierta. Llamó a Verónica elevando la voz y nadie respondió. Cuando entró en el salón, todo el miedo que tenemos acumulado en algún lugar escondido de nuestro cerebro, salió fuera, haciéndola gritar como si la estuvieran quemando viva.

Descolgó el teléfono que volvía a sonar y entre sollozos y balbuceos, le dijo a la madre de Verónica que volviera, que su hija estaba muerta y que Manuela también.

Doña Paquita salió corriendo en busca de su marido.

Nunca más pudo quedarse sola, ni en su casa, ni en ninguna parte.

El equipo médico de la ambulancia no podía creer que aquella joven siguiera respirando. Entrada la madrugada, llegaron su madre y su hermano al hospital. Ya sabían que estaba viva, pero después del parte médico no tenían esperanzas de que siguiera así por mucho tiempo.

La puñalada en el abdomen parecía lo peor. Por Manuela solo quedaba rezar. Por Verónica, esperar a que de verdad un milagro la hiciera pasar aquella noche, y otras tantas tan difíciles para seguir con vida.

Tardó muchos meses en ser consciente de sí misma, del mundo que la rodeaba. Rezaba mucho cuando estaba lúcida. Necesitaba concentrar su dolor en algún lugar lejano de su cuerpo. Repetir una y otra vez las mismas oraciones le daba seguridad. Y aun hoy, después de tantos años, si tenía que ir al dentista o a la ginecóloga, siempre rezaba mientras le hacían las pruebas médicas. En contra de lo que se pudiera pensar, su tolerancia al dolor había sido tal, que su cuerpo ahora no podía soportarlo. Una simple limpieza de boca, le dolía. Y no era un dolor falso. Su memoria, rechazaba volver a sufrir lo más mínimo.

Se había convertido en una quejica. Mezcla de súper mujer que puede con todo y niña asustada. Su nuevo físico también era producto de dos extremos que convivían obligadamente. Por un lado, la mujer madura, que de forma regular se machacaba en el gimnasio del sótano de su casa, y que se veía atlética, segura, capaz de enfrentarse a cualquiera y darle una buena paliza. Por otro lado, esa delgadez, esa piel tan clara, esa mirada triste como de pedir ayuda, contrastaban con la bestia interior que llevaba oculta y que tan rara vez conseguía hacerse un sitio en el mundo exterior. La guardaba como el que guarda un terrible secreto. Se convive con él, se le conoce y se le teme.

Solo una persona cercana la había visto en ese estado de violencia extrema que nunca más dejó escapar, al menos ante nadie conocido.

Fue Alice la que descubrió su lado más oscuro. Una tarde al salir de una cafetería con su amiga y confidente, un hombre joven, alto y con pinta de pandillero de banda latina, llevaba sujeta a una frágil y menuda jovencita de la muñeca, zarandeándola al caminar. Verónica aceleró el paso y dio un empujón a aquella enorme espalda. El hombre soltó a la joven empujándola violentamente hacia delante, sacando una navaja a la vez que se giraba en la dirección de donde provenía el golpe. Al verla puso cara entre sorpresa e incredulidad, dibujando una sonrisa de superioridad en su rostro.

Cuando alzó los puños en posición de guardia, Míster latín lover rió a carcajada limpia.

Pronto sus dientes blancos estaban teñidos de rojo sangre, su cuerpo doblado en el suelo y sus manos sujetándose la cabeza. Verónica había entrenado mucho. Durante años se propuso dejar de ser débil y lo había conseguido. Machacó a aquel súper hombre y estaba decidida a clavarle la navaja que le había quitado, cuando los gritos de su joven acompañante la sacaron de aquel estado de locura transitoria.

Alice estaba muda e inmóvil. Verónica sudada agitando los brazos, saliendo y entrando en el mundo real. Volviendo mentalmente a su casa, a la noche que marcó su vida. Estaba matando a su agresor.

No la denunciaron. Nadie hizo nada. Comenzó a caminar hacia su casa, tiró la navaja en una alcantarilla y se dejó acompañar por su fiel amiga, en un silencio solo roto por pequeños quejidos producidos por su propia garganta y por la de Alice.

La ira, que su delgado cuerpo acumulaba, salía despedida por unos puños defensores de su dolor, del sufrimiento oculto tras las sesiones de hospital, tras las operaciones, tras una vuelta a una normalidad que nunca llegaría a serlo del todo. Decidida a no volver a ser víctima y sí verdugo, entrenaba como si tuviera que ganar una medalla olímpica. Alternando períodos de dedicación absoluta con semanas de abandono, donde el único ejercicio que hacía era caminar. Así era Verónica, producto de una vida rota sin sentido. Organizada y caótica. Agnóstica y practicante. Enamoradiza y solitaria. Resistente y frágil. Capaz de derrumbarse porque un intruso había introducido una fotografía por debajo de su puerta y, a la vez, osada hasta la temeridad si tenía que defender a alguien de una agresión. Necesitaba hacer terapia. Los médicos le decían que mejoraba, que algún día sus esfuerzos darían resultado. Pero ella sabía que solo se curaría el día en que diera con el desgraciado que le rompió el cuerpo y le arruinó la vida. La idea de tenerlo a su merced suplicándole por vivir la estimulaba. Quería mejorar mentalmente, ser socialmente correcta, engañar a todo el mundo, encontrarlo y matarlo. Por eso nunca quiso cambiar de casa. Cuando todos pensaban que era un acto de valentía, ella solo quería venganza ¿No dicen que el asesino siempre vuelve al lugar del crimen? ¿Y si algún día Dios le concedía el deseo de verse de nuevo allí, en el salón, solos, sin testigos? Se lo debía a sí misma y a Manuela. No sentía odio por aquel ser capaz de matar, sentía empatía. Te haré lo mismo, con la diferencia de que yo disfrutaré más. Tú no tenías motivos, yo sí. Tu dolor será mi recompensa. Tu muerte mi triunfo. Solo entonces tendré paz. Y así, alimentando estos pensamientos consiguió sobrevivir, en estado consciente.

Lo que realmente le preocupaba era no saber reaccionar, si se presentaba la deseada oportunidad y la bestia interior no conseguía salir a la luz. Que fuera la mujer débil e indecisa la que se enfrentara a su antiguo agresor. La mujer que se derrumbaba de vez en cuando por algún suceso insignificante.

Y para asegurarse el éxito, seguía entrenando.

Eran muy pocas las personas que sabían quién era y lo que le había pasado. Lo que sentía no lo sabía nadie. Ni siquiera Alice. Cómo confesar que te mantiene viva el deseo de matar a tu agresor. De que te levantas cada día con la esperanza de que tus plegarias sean escuchadas. A quién contarle que entrenaba imaginando que cada golpe que daba al saco, lo daría algún día de verdad. Acondicionó su casa a sus miedos y a sus necesidades. Aparentemente era solo una vivienda más, pero su estrategia también consistía en eso, en seguir manteniendo las apariencias. Su madre estuvo de acuerdo en redecorar el salón del sótano convirtiéndolo en un gimnasio, donde su hija podría ponerse en forma.

En el comedor, convertido en un improvisado dormitorio que evitaba que subiera las escaleras hasta la primera planta, se instaló uno de los primeros ascensores hidráulicos que la bajaba en su silla de ruedas al sótano. La puerta que daba acceso a las escaleras para bajar, se automatizó con un volumétrico cuando empezó a caminar. Así no necesitaba que nadie se la abriera cuando consiguió subir de uno en uno los peldaños desde el sótano hasta el salón, ejercitando sus débiles piernas.

El fisioterapeuta asignado por el servicio de rehabilitación acudía a diario. El mismo que en el hospital la ayudó a recuperarse, estirando y ejercitando cada uno de sus doloridos músculos. Fueron años de superación, de apoyo. Ahora no sabría decir si de verdad se enamoró de él, o si se enamoró por la mera necesidad de enamorarse. Le esperaba cada día para realizar aquella rutina interminable de ejercicios donde el dolor y la alegría de terminar la sesión, eran igual de intensos. Él la tocaba, la masajeaba. La precisión de sus caricias, eran el único contacto humano cuerpo a cuerpo que Verónica recibía. Por eso, esa relación fue tan rara. Mejoraba y entrenaba, superando las distintas fases de recuperación. Meses sin descanso, sin tregua para la lástima, con un solo objetivo, ser fuerte, vivir.

Necesitaba no solo potentes calmantes sino un tratamiento continuo ante el dolor. Sufría el riesgo de perder de
forma permanente tanto el adecuado movimiento de sus
extremidades como las funciones físicas. Los masajes ma-
nipulaban sus tejidos blandos, provocando efectos sobre el
sistema nervioso y muscular, sobre la circulación local y
general aumentando el umbral de la sensibilidad dolorosa.
La terapia física como método de recuperación era parte
fundamental del proceso después de sus gravísimas lesiones.

Durante las sesiones, para que su madre no escuchara sus lamentos, sus gritos sobresaltados ascendiendo desde el sótano hasta la planta de arriba, ponían la música
a todo volumen. Hasta que llegaban los ansiados minutos
de relajación que acompañaban con otras melodías suaves
disminuyendo dolor y sonido. Ana permanecía en la cocina, sentada con los ojos cerrados y los dedos entrelazados
apretando sus manos, intentando mentalmente enviarle la
fuerza que necesitaba desde el piso de arriba. Lloraba en
silencio hasta que terminaba el sufrimiento de su hija.

Su fisioterapeuta le marcaba objetivos a corto plazo y
ella se esforzaba al máximo por conseguirlos. Debía regresar
a su estado anterior, superar las dificultades físicas. En la
mente de Verónica el objetivo final era un premio añadido.
Matar a su asesino.

El primer combate de boxeo que vio por televisión, lo
vio con él. Le explicaba cada golpe, cada movimiento y
como se ejecutaban. Las sesiones de fisioterapia, enlazaron
con nuevos entrenamientos. No fue casualidad que un ex
boxeador reconvertido en fisioterapeuta fuera el asignado

a la chica sin rostro. Los médicos entendieron que nadie mejor que él podría ayudarla.

Dos años intensos de preparación, solo alternados por sus otras pasiones, la lectura y la música.

En contra de lo que la mayoría piensa, la potencia del golpe no solo depende de la envergadura de su ejecutor, de la magnitud de la masa que golpea, también hay que tener en cuenta la velocidad. La masa y la aceleración son inversamente proporcionales. Si es mayor en peso, menor es su velocidad. Un púgil de 90 Kilos siempre será menos veloz en sus golpes que otro que pese 50 kilos. Verónica dejó de cometer errores calculando con precisión la distancia al punto de impacto, la duración del contacto, su alineación de caderas, la contracción muscular violenta en el momento exacto del impacto y el retroceso instantáneo a la posición inicial. Lograr una coordinación total, desde sus pies hasta el borde de los nudillos, sincronizando los movimientos, ejecutándolos en una sola unidad de tiempo.

Él ya le había enseñado todo cuanto sabía. Proporcionalmente su amor, o lo que fuera aquello, desapareció. Siguió manteniendo una relación esporádica marcada por la necesidad física de sentirse viva. Sus encuentros se tornaron sexualmente terapéuticos.

Su madre y su hermano lucharon con ella y la dejaron preparada para continuar con su vida cuando ellos ya no estuvieran.

Gonzalo, fiel amigo, también estuvo.

Mena fue su Ángel de la guarda. El caso de la Calle Doctor Olariz escapó a sus capacidades. Detective aún inexperta, a pesar de llevar ya cinco años "haciendo la calle", que es como se dice en el argot del gremio someter a vigilancias a los informados, no tuvo en cuenta las detenciones que en fechas posteriores al crimen se realizaron a vecinos domiciliados en el Barrio de Fuente del Berro. La madre de Verónica desesperada inicialmente ante la falta de pistas solicitó sus recomendados servicios a través del Jefe de la Brigada asignado al caso. Mena fue a conocer a la víctima. Aquella joven sin rostro le rompió el corazón. A pesar de los nulos avances en su investigación, nunca dejó de visitarla. Lloraron juntas cundo la última cirugía maxilofacial le completó la dentadura con implantes sustituyendo el hueco perdido de sus inexistentes dientes. Cuando los injertos de piel forraron su cara dejando unos pómulos y un ovalo facial milimétricamente diseñados. Lloraron juntas cuando no era capaz de reconocerse en el espejo. Lloraron juntas cuando su infertilidad no tenia solución. Verónica se desahogaba con ella, con aquella mujer amable que le brindó su amistad y su consideración sin un ápice de lástima.

El primero en abandonar la casa fue Luis, su inseparable conciencia desde que eran pequeños.

Hasta que dejó el domicilio familiar para casarse, dormía con ella, en la misma habitación. Compartiendo sus pesadillas, sus gritos nocturnos, sus ataques de pánico, sus insomnios.

Antes de que pudiera andar, la levantaba en brazos y la colocaba en la silla de ruedas.

Quería que disfrutara del aire fresco de los jardines que rodeaban su casa. Demasiados obstáculos, escalones, rampas resbaladizas de tierra arenosa. Así que ideó un sistema. Primero conduciéndola vacía, traspasando las puertas de hierro de acceso al parque, situaba la silla en la entrada, confiando en que nadie se la quitara. Después regresaba corriendo a casa, y en un minuto llevaba a su hermana en brazos y la colocaba en ella. Eran pocos los recorridos que podían hacer.

Les recibía el estanque con sus patos, bordeaban despacio la fuente circular y si tenían suerte alguno de los pavos reales que transitan libremente les mostraba su majestuosa cola de plumaje multicolor. Le encantaba contarle historias de la Quinta de Fuente del Berro. Aquellos jardines del Siglo XVII, que en sus orígenes fueron huertos, hoy reconvertidos en parque público fueron "Los Campos Elíseos" de Madrid hasta que se permitió el libre acceso al Parque del Retiro y los eclipsó. Era un lugar con cierto aire de misterio. Con su palacete, la casa del reloj, antigua edificación de los guardeses, las diferentes construcciones de aperos siempre cerradas, las estatuas clásicas y las esculturas modernas, la gran cascada, las rutas, los ejemplares centenarios de diferentes árboles, sus praderas,… Un mismo recorrido podía resultar relajado o inquietante. Inventaba relatos para ella, evocando los tiempos en que había un teatro, un parque de atracciones con una montaña rusa y un restaurante de lujo donde asistía la sociedad mas elitista de Madrid, previo pago de una entrada.

Hacía todo lo que estaba en su mano para que su recuperación fuera lo más llevadera posible.

El primer día que pudo andar sin silla, apoyada sobre un bastón, la emoción de la cara de Luis con su amplia y cálida sonrisa era de pura felicidad.

A su madre le conmovían por igual la fortaleza de su hija como la entrega incondicional de su hijo.

Verónica sentía que también les había robado muchos años, tanto a su hermano como a su madre, igual que su agresor se los robó a ella. Arrastrando a Luis a la condición de guardián, de omnipresente protector. Un día decidió que la vida tenía que seguir hacia adelante, que no debía cuidarla siempre. Y se entregó en cuerpo y alma a parecer normal, a mejorar aparentemente, para que poco a poco su querido hermano pequeño creyera que no le necesitaba tanto, que podía dormir sola, andar sola por la calle. Lo hizo por él, logrando que su familia creyera que lo peor ya había pasado.

Prácticamente hablaban a diario. Luis notaba el estado de ánimo de su hermana mayor con una sola palabra. No intentaba disimular sus días malos ¿Para qué? Si la conocía tan bien. O al menos eso le hacía creer. Sentía un inmenso respeto por él, del que tanto había aprendido. Su generosidad no tenía límites. Era un caballero, como lo había sido su padre. Distinguido, era el calificativo que mejor le definía. Una elegancia natural en sus gestos y en sus palabras acompañada con una generosa y siempre presente sonrisa que lo convertían en un ser querido por todo aquel que lo conocía.

Había tenido suerte, la suerte que se merecía. Su mujer, Natalia también era estupenda. De principios y valores basados en una buena educación y en un fuerte sentimiento de apego a la familia. Siempre estaría en deuda con los dos. Y los dos habían creído a pies juntillas que ella estaba mejor. Que siempre tendría que estar en tratamiento, porque es posible que nunca dejara de necesitar un poco de ayuda, pero que estaba bien. Que había logrado vivir de forma más que normal, ejerciendo su profesión con éxito y plena dedicación.

Natalia, la ahora esposa de su hermano, estaba en prácticas en el Hospital General Gregorio Marañón en su segundo año de residente cuando se produjo el ingreso de Verónica. Esa noche le tocó su primer turno en urgencias y la invadía un cierto desasosiego. Sus compañeros le habían contado mil historias increíbles a las que se habían enfrentado. Peleas con arma blanca, sobredosis, accidentes de tráfico, jóvenes borrachos. Estaba expectante ante lo que pudiera pasar. Su novio Luis estaba en Barcelona con su futura suegra, viuda hacia solo unos meses, para arreglar un tema de la herencia de su padre. Solo podría hablar con él al terminar su turno por la mañana temprano porque entonces no todo el mundo tenía móviles. Era jueves, y en Madrid para los universitarios se traducía en el primer día del fin de semana. Cabía esperar todo tipo de incidentes, sobretodo accidentes de tráfico por exceso de velocidad combinados con drogas y alcohol a partir de las dos o las tres de la madrugada.

Pero a las nueve y cuarenta y cinco, después de atender a un niño que tenía metido un botón en uno de los orificios nasales, la ambulancia dio su primer aviso. Llegaban en diez minutos con una joven a la que habían dado una paliza de muerte. La traían desde su domicilio del número cuatro de la Calle Doctor Olariz.

No podía ser, no podía ser Verónica, su futura cuñada. Sin duda se trataba de una equivocación. Era un error. Luis estaba en Barcelona con su madre y su hermana estaba con Manuela, estudiando en casa.

Cuando la ambulancia llegó y sacaron la camilla de la cabina trasera, Natalia estaba allí, empujando con sus manos, ayudando a bajarla del vehículo para entrar en urgencias. La vio y no la pudo reconocer, pero era ella, era Verónica y nada tenía sentido.

Durante todos aquellos meses interminables de recuperación, de intervenciones quirúrgicas, de miedo por perder la vida, estuvo acompañándola. Nunca pensó que un noviazgo fuera tan complicado y a la vez le mostrara lo más generoso del alma humana, del alma de su futuro marido.

Verónica, unos meses antes de salir del hospital, a través de su fisioterapeuta obtuvo la información médica que necesitaba. Sus lesiones habían sido infringidas por un profesional del boxeo. No fueron al azar. Eran golpes ejecutados con precisión.

Nuestro cuerpo es un espejo que refleja al agresor haciendo que su estatura, su peso, sus habilidades queden impresas como huellas dactilares manchadas de tinta oscura plasmadas en un mantel blanco.

Pensó que quien a hierro mata a hierro muere. Fue un aliciente más añadido a su deseo de venganza. Si hubiera recibido una paliza de un karateca, hubiera aprendido karate. Pero el agresor era un boxeador. No habría Ring, solos los dos en el salón de su casa. Lo deseaba tanto que pedía, rezaba, porque hubiera justicia divina y llegara el día en que se encontrara frente a frente con él. Sin ocultar los rostros. Para hacerle víctima de sus puños, de su dolor, de los años que perdió en el hospital, del asesinato de su Manuela.

El análisis de las lesiones causadas, hizo que los médicos forenses redactaran un informe, en el que no dejaban dudas a la especulación. La trayectoria de los golpes, el modo, la precisión, la fuerza empleada. Era un profesional.

Cuando Natalia y Luis se casaron, Verónica siguió viviendo en la misma casa con su madre. No tenía intención de mudarse. Lo peor ya había pasado. Además le habían ofrecido un puesto en un despacho muy importante de Madrid, gracias a Gonzalo su fiel amigo de la facultad de Derecho. Uno de los pocos que no se cansó de preguntar, y de ir a verla primero al hospital, y luego a casa, a pesar de los años que transcurrieron. Tal y como lo hicieron Mena y el hijo de Manuela.

Es curioso, al principio todos tenemos unas ganas increíbles de ayudar, cuando un ser querido o simplemente conocido, sufre un accidente trágico o es diagnosticado con una enfermedad mortal. Al final solo podemos contar con los dedos de una mano quien nos ha acompañado en una larga y agonizante carrera hacia la vida. Gonzalo siempre estuvo. Discreto, casi invisible, pero presente.

A veces Verónica, dejaba de hablar. Aquellos silencios no eran más que otro síntoma. Su cerebro necesitaba paz, la paz que había experimentado en estado de coma y del que a pesar de lo que se pudiera pensar, tenía nostalgia. Nostalgia por no estar en este mundo, por desaparecer. Porque la vida siguiera transcurriendo sola.

Poco a poco aquellos largos períodos de silencio fueron desapareciendo, su hija, su niña, casi era normal. Para la viuda de Solí, para Doña Ana, ese era el motivo de su existencia. Se quedó sin marido a los cuarenta y nueve años y no se enfadó. No reprochaba la pérdida de un compañero, amante y fiel esposo, porque tenía dos hijos a quien cuidar y por los que dar gracias a Dios. Se comió su dolor por los hijos. Y después de lo que le pasó a su niña, el estar viuda era lo de menos.

Su hijo menor estaba casado con una mujer excelente. Su hija no solo había sobrevivido, sino que estaba acercándose a la normalidad con un trabajo estable y con unas ganas de luchar que la conmovían. Ana, Doña Ana, la madre, la viuda de Solí, estaba tranquila.

Los primeros años en el despacho de Don Julián De La Villa–Garay, fueron un regalo. El regalo que Gonzalo necesitaba hacerle a su amiga. El regalo que se merecía una estudiante, opositora brillante a Juez, que nunca llegaría a serlo. El regalo que el padre de Gonzalo quería hacerle por su valentía, por su afán de superación, por su propio hijo, por la consideración que toda víctima merece.

Don Julián le abrió las puertas del despacho de abogados esperando a cambio esfuerzo, mérito propio. Y lo recibió con creces. Apostó por ella, y ganó a una socia, que entendía como él, como su hijo, la forma de ejercer la profesión. Llegó a experimentar un sentimiento paternal mezclado con su posición de jefe, de maestro. Aquella joven mujer apaleada por la vida, no le inspiraba lástima, y sí la mayor de las consideraciones. Admiraba a su hijo por la fidelidad hacia su amiga. Siempre pensó que Gonzalo no sólo la quería como a una compañera de la facultad, pero nunca le preguntó sus verdaderos sentimientos. Era evidente que Verónica no podía corresponderle.

Una mañana de verano a punto de cerrar el despacho por las obligadas vacaciones del mes de agosto, Don Julián recibió la llamada de la madre de Verónica. Quería una cita privada con él. Su hija no debía saber nada y él se ofreció a quedar con ella en un lugar donde nadie pudiera verlos, tal y como le había pedido.

En la cafetería del Hotel Colón, de la Calle Doctor Esquerdo, mientras los cafés se enfriaban en sus tazas dando fin a las triviales conversaciones que inician una cita inesperada, Doña Ana se sinceró con Don Julián.

–Debo de parecerle una tonta quedando así a escondidas, pero Julián, no quiero contarle a nadie más lo que me pasa y espero que lo entienda.

–Ana, me está preocupando.

–Bueno se lo diré de sopetón. Tengo cáncer y...es de los malos. Quiero dejar las cosas resueltas antes de irme.

Aquella mujer menuda y discreta. Se sujetaba las manos, apoyándolas sobre las rodillas de sus piernas cruzadas, con aire distante, casi frio y extremadamente elegante.

–No es que tengamos una gran fortuna, pero mi marido que en paz descanse, sabía cómo invertir y quisiera que todo su esfuerzo por alcanzar el bienestar de sus hijos continuara tras mi muerte. Ya sé que mi hija, como abogado, podría ayudarme a dejarlo todo bien atado, pero es que no quiero que ella tenga que pasar por esto. Su vida, que le voy a contar, su vida es y será muy difícil.

–¿Desde cuando sabe que le queda poco tiempo? ¿No hay nada que se pueda hacer?

–Hace unos meses me dieron un primer diagnóstico. He consultado a tres especialistas más y todos coinciden. Tengo metástasis y los tratamientos que me proponen solo alargarían lo inevitable. Eso sí, haciéndome sufrir más de lo que creo me merezco. No pienso recibir ninguno de ellos. El final va a ser el mismo, con la gran diferencia de que si me sometiera a ellos, haría padecer muchísimo a mis hijos.

Y como usted bien sabe, ellos tampoco lo han tenido nada fácil. Hoy en día el cáncer tiene cura, pero el mío no.

Don Julián, miraba embobado a aquella Señora que con tanto aplomo le contaba que se moría. Los dos eran muy parecidos. Educados en las formas. No se llora ante desconocidos y con los conocidos tampoco.

Tras la muerte de su madre, Verónica se quedó sola. Y una vez más, Luis entendió las razones de su hermana para quedarse en aquella vivienda repleta de recuerdos. Estar allí la ayudaba. Si huía por quedarse sola, tampoco iba a poder estar sola en ningún otro sitio. Los años pasaban y ese era su refugio. El lugar donde todo pasó y donde quería vivir.

Le pidió que la dejara a prueba y que si no lo soportaba prometía irse a otra casa, a un hotel, o a donde fuera. Pero quería intentarlo.

Su vida volvió a recomponerse. Primero se fue su padre, luego Manuela con ella, y después su madre.

Vivir como si ya hubieras muerto tiene sus ventajas. No te da miedo la soledad. Solo te tienes a tí, y a ti es a lo único que temes.

CAPITULO VIII

Don Julián, Gonzalo y Mena se quedaron en la Cámara.
Verónica y Alberto, salieron del edificio por la Calle Gurtubay.

–Estoy encantado con el sistema de seguridad–dijo Alberto.

–Sencillo ¿Verdad? Al menos, si hoy esperan que salgamos por la Calle Velázquez, van listos.

–Gracias por acceder a mi invitación a un café. No quisiera acapararla por completo, imagino que tendrá muchas cosas que hacer, entre otras, descansar, pero sinceramente no me apetece nada volver a mi casa, o a lo que queda de ella, y lo único que tengo ahora mismo pendiente es contratar una alarma, que lo puedo hacer mañana y llamar a Alejandra, cosa que tampoco quiero hacer hoy, y menos desde que sé que Mena va a escuchar y grabar todas mis conversaciones.

Aquel hombre aparentaba un cierto nerviosismo. Y no dejaba de resultarle al menos, chocante, que una simple invitación a un café estuviera resultando tan torpe.

–Tenemos una relación cliente abogado, y eso que yo sepa no nos impide tomarnos un café ¿Le apetece que nos demos un paseo? Así estiramos las piernas, llevamos mucho tiempo sentados.

–Me apetece y también si no te importa me apetece que me llames Alberto ¿O eso traspasaría el límite de nuestra relación profesional?

–Eso solo está dentro del límite de la buena educación y el tutearse en privado no la afecta. Lo que no haré es tutearte cuando estemos trabajando en tu caso. Puede sonar antiguo pero no me parece profesional.

–En ese caso nos tutearemos en los cafés y seguiremos con el usted cuando estemos en su despacho, porque no creo que pudiera estar en mejores manos.

Bajaron por la calle Lagasca pasando por el restaurante catalán donde Alberto había cenado la noche anterior con su amigo David de Fontfría, hasta salir a la calle Alcalá y llegar a la Plaza de la Independencia. De nuevo las terrazas invitaban a sentarse, disfrutando de la sensación que siempre ofrece Madrid al que la sabe disfrutar. Sentirse un turista privilegiado en tu propia ciudad.

–Es increíble cómo están de animadas siempre estas terrazas.

–Pues si quieres nos sentamos aquí. Tengo que confesarte que soy fumador. Es un vicio que no he conseguido quitarme nunca. Fumo poco, pero fumo y con esto de no poder fumar en ningún sitio, las terrazas me gustan cada vez más.

–Por mí, estupendo, pero he de confesarte que me encanta la cerveza y que ahora mismo una caña bien fría es lo que más me apetece.

–Pues cañas y tabaco.

–Hay vicios peores–dijo Verónica.

–Ya lo creo y te advierto que en mi caso el trabajo es uno de los más peligrosos. Me sirve para encerrarme, no comunicarme, vivir en estado antisocial y ser feliz.

–Adicto.

–Total. A veces pienso que demasiado. No sé hacer otra cosa. Alguien me dijo una vez que si solo sirves para trabajar tu vida no merece la pena.

–Ese alguien era un vago.

–O un sabio.

Eligieron la terraza que menos concurrida estaba, la que disponía de más mesas vacías, y se rodearon de sillas sin ocupantes.

–¿Crees que vendrá algún camarero o tendremos que ir a buscar nuestras cervezas? Llevo fatal estar esperando a que me atiendan.

–Querida abogada, ahora vuelvo ¿Botellín o caña?

–No tengo manías, solo que esté muy fría.

Fumar. ¡Que recuerdos! Llevaba sin hacerlo de forma habitual más de veinte años. No tuvo que esforzarse por dejarlo. En el hospital se le quitó la adicción. En su etapa universitaria fumaba todo el mundo. Los profesores fumaban en las aulas, se fumaba en la cafetería, por los pasillos. Era socialmente aceptado e incluso fomentado. Y no digamos tomar cervezas. Ahora solo fumaba un cigarrillo muy de tarde en tarde. En secreto. Después de haber dado rienda suelta a sus pasiones mas mortales. Calculaba los placeres y los vicios por igual medida. Disfrutaba del sexo con conocidos, una pequeña lista de hombres entre los que se encontraba su fisioterapeuta. Con ellos quedaba sólo para tener ese tipo de encuentros. Útiles, apasionados, carnales, fugaces y necesarios para sentirse mujer. Sin compromisos. Sin sentimentalismos. Sin ataduras.

–Dos botellines de la mejor cerveza nacional. La dejo de nuevo sola letrada, que nos falta el aperitivo. Ahora vuelvo.

–Gracias caballero.

David de Fontfría, Gonzalo de la Villa–Garay y, ella eran un trío de empollones atípico. Disfrutaban de cada una de las fiestas que había en el calendario universitario. No dejaban de asistir a cualquier convocatoria de juerga que se organizara, fuera o no en su facultad. Les daba tiempo a todo. A quedar con amigos, a emborracharse, a bailar y a estudiar. Pero ese tipo de recuerdos…sus recuerdos parecían pertenecer a otra persona. Venían a su cabeza acompañados de una sensación de malestar. Eran huellas dolorosas de un pasado irrecuperable. No se reconocía en ellos al igual que tampoco lo hacía cuando se veía reflejada en un espejo.

–Y un aperitivo de patatas bravas por cortesía de la casa. Hemos elegido la única terraza que no tiene camareros.

–Pues yo opino que el servicio en este bar es estupendo.

–Gracias señorita, en cuanto necesite algo no dude en pedírmelo ¿Seguro que no te molesta si me enciendo un cigarrillo? El alcohol sin tabaco no me sabe igual.

–No, no soy tiquismiquis. Estaba recordando cómo se fumaba antes en la universidad.

–Y además de fumar, también se cogían unas cogorzas estupendas ¿Lo echas de menos?

–¿El tabaco? No. Y la época etílica universitaria tampoco.

–Seguro que hemos coincidido en más de una fiesta, pero David nunca me presentaba a las chicas que le interesaban. El caso es que no te recuerdo.

–Hemos cambiado mucho.

–Unos más que otros– contestó Alberto señalándose a sí mismo– ¿Crees que ahora nos están vigilando?

–No tengo la menor duda. Tu suegro, no sé si habrá dado con nosotros, pero Mena con toda seguridad. Si dice que ha activado un equipo de vigilancia, también dice cuando lo retira.

–¿Y no te importa?

–Forma parte de tu protección… y de la mía.

–Ya, pero es algo incómodo– Apuntó removiéndose en la silla como si pudiera ablandar la rigidez del asiento–

–Confío plenamente en ella ¿Sabes a cuantas personas ha conseguido librar de asuntos turbios sin tenerlos que airear públicamente? Ella obtiene pruebas y sabe cómo utilizarlas, tanto dentro como fuera de los juzgados y dirige un equipo increíble. Es mejor que no lo pienses y que te relajes, disfruta de la cerveza y del cigarro.

–Estas acostumbrada ¿No?

–Digamos que no es nuevo. Tampoco es que esté protegida todos los días. Solo si puntualmente la situación lo requiere. Y parece que en estos momentos, que nos hayan estado siguiendo semejantes "angelitos" ha contribuido bastante a que nos veamos así ¿No te parece?– El repiqueteo de las frases de Mena empezaba a convertirse en obsesivo. *Su nombre completo es Víctor Melchor Heras… Tiene treinta y nueve años… Debutó un veintiséis de noviembre de hace veintiún años… Ex – boxeador profesional…*

–Me parece. Está bien, fingiré que no sé que nos están viendo y posiblemente escuchando, e intentaré ser lo más natural posible.

–Eso, o si quieres le digo a Mena que por hoy nos dejen tranquilos y que ya la avisaremos cuando lleguemos a nuestras respectivas casas.

El móvil de Verónica no tardó en sonar. Mena le daba el parte. Les dejaban solos, al fin y al cabo nadie les seguía. Pero al señor Carraira, el de la carita de paleto, Jonás, lo estaba esperando en su casa. Ese chico era de todo menos discreto. Llevaba recorriendo la acera de un lado para otro toda la tarde. En casa de Verónica todo estaba despejado. Y el Viti seguía dentro del edificio Ripoll. Si se movía le seguirían. Si querían continuar la tarde haciéndose confidencias de sus años mozos, por ella estaba bien. Iría mas tarde a casa de Verónica, quería comprobar el funcionamiento de las alarmas y medir los tiempos de respuesta, desde que se desactivaban hasta que se volvían a poner en funcionamiento. Se sabía los códigos y tenía copia de las llaves, para cuando Verónica volviera ya tendría todo revisado. El Señor Carraira debía decidir qué hacer. A ella le parecía hasta una buena idea el dejarse ver por su nuevo domicilio. En cualquier caso, le sugería que la tuviera informada de su paradero.

Tres muchachas jóvenes se levantaron de la terraza de al lado y pasaron charlando bordeando su mesa. Parecían turistas. Una de ellas le hizo un gesto con la cabeza a Verónica, una leve señal de despedida.

–¿Y Bien?– Preguntó Alberto.

–Nos dejan tranquilos. Solo en caso de que decidas no volver a tu casa esta noche, deberías avisar a Mena.

–Tampoco tengo muchas opciones, así que creo que volveré a mi apartamento.

Gonzalo regresó a su despacho, aun tenía mucho trabajo pendiente.

Don Julián quiso quedarse en la Cámara con Mena, ellos también tenían que organizar toda aquella información para la reunión del día siguiente.

–Mena, tú y yo sospechamos que ese Viti es el tipo que quiso matar a Verónica. Tú tienes tus informes y tu forma de trabajar, pero yo quiero que investigues a fondo a este energúmeno. Demasiadas coincidencias.

Mena ya sabía lo que Don Julián había descubierto sin que ella lo mencionara en la reunión. Aquella mirada fija interrogándola. Su forma de buscar los ojos de Verónica sin que esta se diera aparentemente cuenta de nada y el alegato sobre su seguridad personal. Quería estar segura, no dar un paso en falso, no informar de una sospecha que luego fuera humo creando expectativas sin fundamento, por eso no había dicho nada. Por eso y porque Verónica no aparentó sorprenderse lo más mínimo cuando estuvo informando sobre el Viti. Sobre la fecha de su primera detención, sobre su afición al boxeo. Parecía mucho más interesada en la fisonomía de su cliente que en la exposición de las características de aquellos matones que habían conseguido provocarle una crisis la noche anterior.

Pero sabía que Verónica era capaz, muy capaz de disimular sus verdaderos sentimientos. Solo apreció una dicción algo más lenta que su habitual forma de hablar.

Aún no había tenido tiempo de escuchar las grabaciones que su equipo femenino de vigilancia le había mandado al móvil. Oír a media distancia las conversaciones cercanas y grabarlas en el soporte que mejor se adecuara, era coser y cantar. En este caso, todo lo que Jonás y el Viti se dijeron en la cafetería estaba grabado. Y el móvil de Mena lo estaba reproduciendo por el altavoz de la Cámara:

–*Repítelo Jonás ¿El número cuatro de Doctor Olariz?*
–*Sí macho, el cuatro ¿Que más te da que sea el cuatro que el ocho?*
–*No me lo puedo creer. Qué casualidad. Conozco el barrio, es mi barrio ¿Vale?*
–*No me jodas Viti ¿Eres un niño pijo?*
No atontao. Soy el hijo mayor del panadero de un barrio normal, cerca de uno muy pijo. Que no es lo mismo.

También recibió varias fotografías de ambos sujetos sentados en una terraza comiendo bocadillos y bebiendo cerveza, charlando y haciéndose fotos con "sus chicas". Parecían entretenidos, nadie diría que eran dos matones. La mejor de las instantáneas tomada por un cuarto miembro del equipo que siempre actuaba en solitario cerca del grupo, era una en la que el Viti parecía querer acercarse a la más alta de las jóvenes que le estaba tocando el hombro en actitud cariñosa, mientras Jonás le devolvía el móvil a otra de ellas con una sonrisa bobalicona dibujada en la cara.

–No estaría mal enviar esta foto al Señor Ripoll ¿No le parece Don Julián? Foto por foto. Ellos hacen llegar una a nuestra abogada y a nuestro cliente y nosotros les contestamos con otra. Cuestión de educación.

–Deberíamos medir las consecuencias de iniciar un contacto con ese tipo.

–¡Las consecuencias?... Ya se las digo yo. Si yo fuera Don Eusebio y me enterara de que el Viti pierde a los que sigue y recibiera una foto donde se le ve ligando con unas chicas, casi a la misma hora en que se supone tenían que estar vigilando, lo que le cae es una bronca descomunal. Y sobre todo lo que hace es darme cuenta de que en esta relación no solo mando yo. El Viti se verá en apuros y le pondremos en evidencia ¿Y? todo lo que puede pasar es que intente algo y eso nos vendría de perlas.

No subestime a mi equipo, sabemos mantener seguros a nuestros epigrafiados. Perdón por la palabreja, ya sabe, jerga profesional.

–Me gusta. ¿Cómo lo hacemos?

–Eso déjelo de mi cuenta, le aseguro que en unos minutos la tiene Don Eusebio delante de sus narices y no sabrá quien se la ha enviado. Eso sí, bien explicadito el día en que se toma y, la hora, para que no haya posibles interpretaciones.

Eran demasiadas coincidencias. La fecha en la que detuvieron al Viti por primera vez. Su afición al boxeo. Que su antiguo domicilio estuviese tan próximo a la calle de la casa de la familia Solí. No podía ser otro, sin duda aquel hombre era el joven que en su día mató a Manuela Carrascosa y creyó haber hecho lo mismo con Verónica Solí.

El hijo mayor de un panadero del mismo Barrio. Solo era cuestión de tirar de los hilos y dar con él para situarlo en la escena del crimen.

Si Verónica escuchaba las grabaciones quizá reconociera la voz de aquel hombre.

La mayoría de las victimas identifican a su agresor en las ruedas de reconocimiento, pero cuando escuchan su voz, el terror se apodera de ellas dejándolas mudas. A pesar del paso de los años, el timbre, el acento, las pausas en la dicción, hacen tan reconocible a un delincuente como su huella dactilar.

Después de tanto tiempo buscando al culpable, lo tenían delante, en foto, grabada su voz, vigilado y dentro de un caso del despacho.

Había que tomar una decisión, hacer partícipe a Verónica de sus averiguaciones o mantenerlas en secreto hasta que no hubiera duda razonable sobre la autoría del Viti en la escena del crimen de la Calle Doctor Olariz.

Nadie vio nada, no hubo ruidos, ni gritos, ni ninguna señal de violencia hasta que Doña Paquita entró en la casa. Luego sí, sus alaridos, la sirenas de las ambulancias. Luego sí, los vecinos aterrorizados, las declaraciones a la policía, los detectives que no paraban de preguntar a todo aquél que pudiera aportar un testimonio. Luego sí, cuando volvió Doña Ana con su hijo Luis, cuando todo el barrio estaba consternado con la desgracia de su hija y con el asesinato de Manuela. Luego sí. Pero la pena y la aflicción desaparecen cuando no hay alguien que mantenga la llama de la esperanza y la búsqueda del asesino. La recuperación de Verónica fue más importante para la familia Solí que encontrar a su agresor. Del que no había huellas, ni ADN, ni nada de nada que pudiera dar con él.

El hijo de Manuela, su Petit, no abandonó la tarea de encontrar al asesino de su madre. Aquél hombre sencillo y bueno no dejó de ir a comisaria. La policía hizo todo lo que pudo, admiraban su constancia y le respetaban por ello. Llegó a tener verdaderos y buenos amigos dentro del cuerpo que aún hoy seguía manteniendo. Mena tampoco avanzaba en su investigación. Los años pasaron y no se podía hacer nada más.

Todos los veinticinco de noviembre iba a la tumba de su madre. Todos los veinticinco de noviembre la lloraba y ahogaba sus penas en un silencio solo roto por la compañía de Verónica, que asistía junto a él, a las nueve de la noche en un ritual lleno de ternura al encuentro con su Manuela. Nunca se llamaban para ir juntos o para coincidir, ambos sabían perfectamente cuando tenían que verse. A las nueve de la noche, dijo el parte del médico forense que Manuela Carrascosa había fallecido y, a esa hora se reunían en silencio, junto a la tumba de una mujer excepcional.

Mena se encargaría de acceder a todos los expedientes delictivos del Viti, a la información criminológica, a los partes de todos los funcionarios de prisiones que hubieran tenido contacto con el preso, a sus compañeros de celda, a sus familiares, a sus vecinos y a todo ser, cosa o animal que tuviera o hubiera tenido relación con el sospechoso.

Don Julián estudiaría con ella cada una de las informaciones y ambos tomarían decisiones. Si era él, no lo dejarían escapar.

Mientras, decidieron, de común acuerdo, dejar que las energías de Verónica siguieran encaminadas a solucionar, por la vía del acuerdo, los desencuentros irreconciliables de Alberto Carraira con su suegro y con la hija mediática de este.

Un caso que había comenzado como otro cualquiera de los que requieren la intervención de unos buenos abogados y un buen equipo de investigación se estaba convirtiendo en algo más.

La decisión de no informar a Verónica no llevaba implícita la de no comunicar nada al único familiar conocido de Manuela, su hijo. Don Julián se encargaría de hablar con él.

Manuela Carrascosa vino a este mundo, en un pueblo de Cuenca antes de que la guerra civil se encargara de enseñarle cómo era la verdadera miseria y la pobreza. En una familia numerosa donde alimentar a los hijos resultaba tan doloroso como su pérdida.

Fue una niña fuerte que sobrevivió a varios hermanos, a su padre que murió en el frente, a su abuelo fusilado por sus propios vecinos y, a montañas de tristeza acumuladas en su corazón de niña.

Cuando era una mujercita, familias enteras se marchaban a vendimiar a Francia y ella para ganar un dinerillo y no ser una carga, decidió irse también. Lo decidió ella sola y a su madre le pareció bien.

En aquella época, despedirse de un marido o de un hijo para ir a la guerra y no volverlo a ver hacia que cualquier otra despedida fuera menos cruel.

Manuela con quince años se fue a Francia. Y tardó otros quince años en volver. Trabajó en la vendimia; como limpiadora en una escuela, donde, quitándose tiempo de descanso, acudió a las clases nocturnas y se sacó el bachiller. Fue asistenta de una casa muy elegante, donde aprendió modales, y trabajó en muchas otras cosas, no dejando de enviar dinero a su madre hasta que pasaron los primeros cinco años. Entonces mandó, junto al dinero, una foto de un niño precioso, gordito y risueño, que sería el motivo por el que dejaría de darle parte de sus pagas. Nadie contestó a su última carta. Y ella no mandó más fotos ni más dinero. No se casó nunca y nunca volvió al pueblo. Cuando regresó a España con treinta años y un hijo a su cuidado, venía con un contrato de trabajo como niñera externa, en un chalet de la Moraleja, muy recomendada por una familia francesa que veraneaba junto a sus nuevos señores en Marbella. Su principal misión era ayudar en el cuidado de los niños y hablarles en francés para que aprendieran la lengua que entonces estaba de moda en los colegios.

Después de servir en aquella casa y de que aquellos niños crecieran hablando castellano y francés por igual entró a trabajar en la casa de un joven matrimonio en la Colonia de Fuente del Berro. Esperaba a su primer hijo que resultó ser una niña flacucha y risueña que no lloraba nunca y después de Verónica vino Luis, su Luisete. Siempre con hambre, dormilón y muy llorón.

Manuela encontró un hogar donde vivir su madurez trabajando y sintiéndose tan querida como respetada. Donde hablaba francés cuando le daba la gana y siempre cuando cantaba.

Su hijo Petit, como ella lo llamaba, se convirtió en un buen hombre, muy manitas y muy trabajador y no tardó en colocarse de jardinero y de albañil y de electricista y de lo que hiciera falta en los numerosos chalets que poblaban la Colonia de Fuente del Berro.

Ella bien sabía de quien andaba enamorado su Petit y bien que le repetía que dejara de soñar. Cada uno con los de su clase. Y él la obedecía. Pero entre una y otra novieta, su hijo suspiraba sin remedio por la misma joven.

A nadie le importaba si era o no viuda, si era o no soltera y Doña Ana, la madre de Verónica, jamás se lo preguntó. Y ella no tuvo nunca que mentir. En su pequeño piso de alquiler, con su hijo, sus geranios y sus discos de música francesa, era feliz. Solo la prematura muerte del padre de Verónica la había sacado de su estado de merecida tranquilidad ¡Cuánto quería a esa familia! En parte sentía que se había muerto un familiar directo. Al fin y al cabo, ni de su madre ni de sus hermanos supo nada más en toda su vida. Y por tener un hijo ¡tanto desprecio! ¡Por no estar casada! Qué hubiera sido mejor ¿perderlo? ¿deshacerse de él? Eso es lo que quería su novio y esa fue la causa de que la abandonara. Porque ella había vuelto a decidir, por sí sola, qué quería hacer en esta vida.

Lo único que conservaba del padre de su hijo era una medalla de oro muy pequeña de la Virgen de Lourdes. El muy cretino le pidió que se la devolviera cuando rompieron una relación sin futuro y ella, con su saber popular, se inventó un refrán: "Lo que me diste, por lo que me quisiste" y la llevó a modo de recordatorio en el cuello, para no volverse a equivocar.

Manuela Carrascosa tardó muy poco en hacerse mayor y menos aun en envejecer.

Su hijo, su único amor, su Petit, como ella le había llamado siempre, aunque cumpliera veinte, treinta…, la cuidaba como a una reina. Él no faltaba nunca a cenar en casa, él la quería como solo un hijo agradecido quiere a una madre, que había sido madre, padre, hermana y abuela.

El primer recuerdo que tenemos grabado en la memoria no suele parecer demasiado importante. Es como una diapositiva que por alguna razón nuestro cerebro quiere mantener allí, de forma atemporal.

Una Navidad cuando era niño, no sabría decir a qué edad, su madre, Manuela, puso el Belén. El pesebre, el asno, el burro, el Ángel de la Guarda fijado con un alfiler en lo alto del portal, la pared forrada con un cielo estrellado, los Reyes Magos viniendo con sus camellos por un caminito de papel de plata y, en el pesebre, la Virgen María y el niño.

Ni rastro de San José.

Así entendía Manuela la Navidad y, así entendió su Petit, la vida.

CAPITULO IX

En el hall de la entrada del Edificio Ripoll, una joven despampanante, con una minifalda de vértigo, tacones de
doce centímetros y unas enormes gafas de sol, se acercó
al mostrador circular eligiendo al único hombre vestido
con uniforme de seguridad. El vigilante estaba atento a la
pantalla del ordenador donde se mostraban las imágenes
de las distintas cámaras de vigilancia situadas en el edificio. Las otras dos azafatas de información, con sus forma-
les trajes azul marino, camisa blanca y pañuelito atado al
cuello, acopladas a sus diminutos micrófonos pegados a la
boca, seguían atendiendo llamadas. La miraron de reojo y
analizaron su vestimenta para poder criticarla en cuanto se
alejara de su campo visual.

–Buenas tardes señorita ¿En qué puedo ayudarla?

La joven se acercó pegándose al mostrador, depositan-
do su generoso escote e inclinándose hacia delante, susurrándole con un hilo de voz infantil, a la vez que mascaba
chicle, que era amiga de la hija de Don Eusebio, Alejandra
y, que tenía que darle una cosa a su padre, de su parte.

Entonces se separó y comenzó a rebuscar en su enorme
bolso, como si se le hubiera caído un anillo de brillantes en
un cubo de basura.

–¡Uf, menos mal, si no Alex me mata! Por favor ¿Podría dárselo usted? no quisiera tener que mentir al papá de Alex ¡Es que es urgente total! ¿Sabe? y ella… no quiere que lo sepa y…como es mi amiga… pues yo no sé qué hacer y… tampoco quiero que se enfade conmigo. Dígale que ella está bien y, que no se disguste mucho.

Y después de poner cara de penita, y de dejar de decir incoherencias, mascando chicle, le dio las gracias con una "s" súper larga. Giró en redondo sobre sus tacones y se fue por donde había venido.

Matías, el jefe de seguridad, llevó a la última planta del edificio Ripoll, personalmente a Don Eusebio el sobre que le había entregado, sin lugar a dudas, una amiga de su hija. Mismo vocabulario, misma pinta de jovencita, aunque ya tenía unos años, misma forma de mascar chicle. En fin, seguro que había hecho bien en dejarla ir sin haberle pedido el DNI ni nada de nada.
El sobre no tenía nada escrito, era pequeño y dentro parecía que había una tarjeta.

Don Eusebio Ripoll, terminado el café y los licores de la inacabable sobremesa, se sentía de nuevo el rey de los negocios sucios ¡Qué listo era! Los inversores de Valdemar Golf segunda fase se habían ido encantados. Les garantizó la recuperación de lo invertido en tiempo record y les aseguró que estaban solucionadas todas las trabas jurídico políticas. Tenía al Viti esperando desde hacía más de una hora. En su cabeza ya había tomado una decisión. Si su yerno quería separase solo tenía que renunciar a sus honorarios. Era un buen trato, su libertad a cambio de un precio.

Dejar a su Alejandra a cambio de no ser el arquitecto de renombre de la clase alta de Madrid. Desvincularse de su apellido y consentir que su equipo de arquitectos trabajara para otro. Eso le iba a joder mucho ¡Pues que se jodiera! Y solo así dejaría que su princesa firmara los convenios que le presentara, claro está, después de ser estudiados por su ejército de asesores.

En la puerta de su despacho sentados en los sillones de la antesala estaban el Viti y Matías, el jefe de seguridad, que nada más verlo salir del ascensor se puso firme como si el capitán de guardia le hubiera sorprendido dormido en la garita. El Viti, sin embargo, se levantó despacio, estirando las solapas de su americana como si fuera a posar delante de un fotocall.

–Don Eusebio, disculpe, una amiga de su hija ha venido a traerle este sobre para usted.

–¿Qué amiga? ¿Cuándo?

–Hace unos minutos.

–Si pero ¿Quién?

–Una morena de larga melena.

–Matías ¿No sabes quién te ha dado este sobre?

–Es que me dijo el nombre de su hija y era como las de su…

–¿Clase?

–Muy parecida a su hija.

–Está bien Matías.

–Señor no quería molestar a la joven y que luego se quejara y…En fin… que no le pedí la identificación.

–Vale, Matías, está bien. No se preocupe. Puede irse.

El Viti tenía dibujada una sonrisa de, mira que pedazo de incompetente el Matías este. A su edad, con su experiencia y va y se le escapa lo fundamental. Entró detrás de

Don Eusebio, como perro sigue al amo, pero sin perder esa altivez chulesca impresa en sus maneras. Esperó para sentarse hasta que su amo se sentara. Uno frente al otro, como otras tantas veces.

La sensación de superioridad de Don Eusebio, aderezada tras el éxito de la reunión de negocios, trasformaron su talante en generoso y abierto. Giraba el sobre en sus manos, cual molesta servilleta que uno no sabe donde dejar después de tomar un aperitivo en un coctel muy fino.

–A ver, Viti ¿Qué ha pasado?

–Pues no sé qué decirle, Señor. No nos hemos movido de la entrada principal el Jonás y yo. Y le juro que por allí no han salido ¿Vale? y no sé, el audio funcionaba de puta madre y se acabó. En el despacho de *abogaos* me aseguraron que se habían ido. La policía vino y nos pidió la documentación, nada grave en plan rutinario. Y…nada más.

Los dedos torpes de Don Eusebio consiguieron destrozar aquél pequeño sobre y sacar de su interior una foto tamaño polaroid, que tan amablemente el equipo de Mena le había hecho llegar personalmente. Tras colocarse unas gafas de presbicia de las muchas que tenía esparcidas por todos los despachos, leyó el reverso "hoy martes 16 de septiembre, 15.00h". En letras mayúsculas y grandes, debajo en minúscula y cursiva, "Nota: ¿Contratar nuevo equipo de vigilancia?". Le dio la vuelta, la observó durante unos segundos y la puso delante del Viti, dando un golpe en la mesa como si se desprendiera de un póker de ases.

El Viti la miró y se la devolvió dejándola suavemente sobre la mesa.

Don Eusebio se levantó y apoyó sus manos encima del escritorio.

–¡Vete a la mierda, tú y tu colega el Jonás y tu puta madre! – adiós al talante generoso y vuelta al genuino– Sal de aquí si no quieres que yo mismo te mande donde te encontré. Inútil descerebrado. Y de paso te diré, por si se te ocurre volvérmelo a recordar, con tus frases "Que le voy a decir que usted no sepa" que a mí no se me amenaza, que sé perfectamente donde nos conocimos y que tus cantinelas de recordatorio están de sobra. Que si me da la gana te mando liquidar como a un mosquito, que eres un mierda y que no sabes hacer nada, ni sirves como guardaespaldas, ni eres boxeador, ni nada de nada. Si mantienes el trabajo es porque después de todos estos años te he cogido el aprecio que no te mereces, ni se te pase por la cabeza que tienes algún poder sobre mí ¡Sobre mí no manda ni Dios!

Sentándose de nuevo en su sillón de jefe, se quitó las gafas para tirarlas sobre la mesa. El Viti reaccionó levantándose muy despacio, como si su actitud lenta y chulesca, pudiera calmar el tenso ambiente.

–¿Dónde tienes al Jonás? ¿En casa de mi yerno? Pues le dices que por hoy se acabó la fiesta.

Sacó de su cartera dos mil euros y se los lanzó delante de las narices.

–Los repartes a medias con tu colega y le despides. Esto hay que hacerlo a lo grande. Ya me encargo yo de organizarlo todo y de hablar con quien tenga que hablar. Que no servís ni para seguir a un arquitecto medio subnormal y a una abogada menopáusica ¡Lárgate de una puñetera vez! Te vas a Valdemar y te estás tranquilito. Ya te llamaré yo con lo que sea. Me vigilas a la niña que está allí con unas amigas ¡A ver si de eso eres capaz!

¡A Viti! Y ándate con cuidado, que por si no lo has entendido, al que siguen es a ti ¡Pedazo de Gilipollas!

Esperó a que el Viti saliera del despacho para desplomarse en su sillón de jefe.

Descolgó el teléfono y llamó a Alejandra. Su princesa no contestaba. Estaba seguro de que ella no tenía nada que ver con aquella fotografía, pero solo con escuchar "Papi" le hubiera bastado. Era lo único que tenía. Lo único que quería de verdad. Lo único que le preocupaba. Era mejor que se separara, su yerno no la merecía. Era joven, encontraría otro marido mejor, mucho mejor y terminaría con "sus problemas". Ella no tenía la culpa de nada. Él lo solucionaría. Celebrarían una boda que superaría a la primera y tendría por fin nietos.

El Viti, con el rabo entre las piernas, cómo perro *apaleao*, abandonó el edificio Ripoll sin decir ni buenas tardes al pasar por el mostrador de recepción. No podía bajar a ese nivel, él estaba por encima de esos curritos, él era la mano derecha de Don Eusebio.

Matías le vio salir, con las manos en los bolsillos del pantalón, la cabeza bien alta, queriendo esconder cualquier pista de humillación y se le dibujó una sonrisita en la cara. Mira macho como vas, que te crees el rey del mambo, algo habrás hecho mal para ir tan tieso, que llevas la culpa en el cuerpo.

En el vestíbulo exterior del edificio se encontraba el ascensor de acceso al parking. El garaje se compartía entre los edificios colindantes y cada uno de ellos tenía su propia entrada. Bajó a la planta menos uno, saludó con un leve gesto de cabeza al ocupante de la garita y se montó en su coche.

Al subir la rampa de salida, el bluetooth se conectó y llamó al Jonás.

—*Atontao*, deja de pelar la pava y vente *pa* mi casa.

–¿Qué pasa? ¿ya hemos *acabao*?

–Has *acabao* tú.

–Pues ya te vale, que por aquí no ha venido nadie y, esto es más aburrido que una charla con la asistente social.

–¿Sabes venir, paleto?

–Pues no ¡Claro¡ Anteayer ¿Dónde pasé la noche?

–No si al final vas a ser un tío listo.

–Te han *pagao* lo mío.

–Pues no ¡Claro chaval! Que mi jefe es de fiar ¿Vale?

–¿Y a cuanto salgo por un día?

–Quinientos euracos.

–Yo a tu jefe le rezo a partir de esta noche.

–Tú a partir de esta noche vuelves a la puta calle, tío listo. Jonás, tienes que venir despistando al personal, que te tienen *fichao* y te están siguiendo.

–¿A mí? No me jodas… ¿Y qué quieres que haga?

–¿Pero tú de dónde vienes? Pues te das unas vueltas en plan tranqui, luego pones la moto a todo gas por la M30, después la aparcas y te das un paseo, y cuando veas que hay un mogollón de tráfico en una calle te pegas una carrera vuelves a coger la moto y te vienes.

–Vale lo que tú digas.

–¿Pero te has *enterao*?

–No Viti, no me he *enterao*. Deja de tocarme los huevos que no tardo nada.

–Te quedas sin huevos como te sigan.

–Que sí, *pesao*, que lo he *pillao* ¡Quinientos euracos por un día! ¡Macho! te debo una. Por si luego no te lo digo Viti, eres un colega.

El Viti, no soportaba ni la más mínima insinuación de afecto, de cariño, de agradecimiento. Y ante el comentario de Jonás solo atinó a decirle:

–Vete a la mierda chaval.

Lo de repartir tampoco era lo suyo. El extra de dos mil euros, que se supone iba a medias, serían quinientos para Jonás y, mil quinientos para él. Pura matemática.

Esa misma tarde se iría a Valdemar. Cenaría en el restaurante del Golf, se tomaría un par de gintonics, se haría una paja y a dormir. Si la "sangre fría" era la misma chica del mismo chalet, ya se encargaría de ella más adelante. Ahora a obedecer. No tenía oficio ni beneficio. No podía perder el puesto con Don Eusebio ¿Y si hacía algo que le impresionara mucho y que le devolviera a la posición de mano derecha que él pensaba que tenía? Eran diez años de aguantarle cosas, de saber muchas más y de andar calladito. Podía tener algún fallo. Esa gente no era lo que parecía. Esa abogada y el "guaperas" se la habían *jugao*. Iba a tener tiempo de pensar estos días de descanso. Ya no era el rey de la improvisación. Matar por matar. Le tenían que dar un motivo, el que fuera. Él ya había demostrado con creces que no era un bastardo marica.

Controlar lo qué hacia Alejandra y sus amigas en el residencial del Golf no sería muy difícil. Todos los empleados la conocían y la consentían. A él sin embargo todos los empleados lo conocían y lo temían. Cuando iba con Don Eusebio le miraban con esa mirada de desprecio, de no ser de su clase: "Mejor a este ni los buenos días". Eso le ponía en su sitio: Un tipo duro, un atleta, un ex boxeador. Como los malos de las películas.

La imagen que uno tiene de sí mismo, rara vez coincide con la que tienen los demás. Igual que hasta que no te sacan una foto y te ves gordo, como si te hubieras comido un elefante, no eres consciente de tu aumento de peso. Te lo ha dicho la báscula, pero no te lo has creído. Te lo ha dicho tu pantalón apretado, pero has seguido sin creértelo. Hasta que ves la maldita foto, que hace que te pongas a régimen urgentemente.

Para la mayoría de los empleados del Grupo Ripoll, el matón del Viti, era un tipo hortera, mal educado, agresivo y desafiante, con el que no se tomarían ni un café, salvo que su jefe se lo ordenara. Y por encima de todo eso, les daba lástima. Era como una caricatura de un tipo duro venido a menos. Algo fondón, cara de idiota que va de listo y siempre mal vestido, con un toque barriobajero que delataba sus orígenes.

Trajes de marca, con camisas y corbatas desentonadas. Y zapatos de cuero marrón con puntera, propios de un camorrista barato.

El Viti vivía alquilado en un apartamento pequeño pero en un buen barrio, con su pádel y su piscina. Con más de doscientos vecinos en la misma urbanización, pasaba totalmente desapercibido. Un trabajo estable que lo mantenía más tiempo en reposo que en acción. Un buen sueldo que le permitía darse caprichos de televisión por cable en un plasma de montones de pulgadas para disfrutar de los combates de boxeo. Un gimnasio que frecuentaba menos de lo que debiera. Cerveza siempre fría en su nevera de dos puertas, comida a domicilio, una moto de carretera y un deportivo de dos plazas.

Y una cama cómoda que le esperaba todas las noches.

Y su soledad. Sin tener que compartir mesa para desayunar, comer y cenar, patios por donde pasear, duchas, aseos, olor corporal, ronquidos, pedos y sexo con colegas de celda. Él no contaba nada que no estuviera escrito ya en un informe policial con su nombre y apellidos, no era de lengua fácil. Desde la última vez que pisó la cárcel, desde que conoció a Don Eusebio, desde que empezó a tener dinero, se había vuelto un tío limpio. Usaba colonias de las caras, cremas corporales, desodorante y llevaba los calzoncillos limpios. Eso era tener clase. Como los modelos de las revistas. No como antes, que iba hecho un gañán. No había más que ver al Jonás para darse cuenta de la diferencia. El Jonás era el máximo representante del estilo carcelario. Lo que llamaban "un chanclas".

Don Eusebio volvió a descolgar el teléfono. Esta vez marcó el número tres y directamente le contestaron.

–Buenas tardes de nuevo Don Eusebio, contento con la reunión que hemos tenido esta tarde ¿Verdad?

–Sí Marcos, sí, pero no te llamo por eso.

Su voz sonaba abatida. Solo unos minutos antes, al despedirse de los inversores de Valdemar Golf segunda fase, era fuerte y segura. Ahora preocupada y débil.

–Quiero que nos veamos para un tema personal, ya sabes, por Alejandra.

–Pues no faltaba más. Dígame cuando le viene bien.

–¿Estás ya en tu despacho?

–Si, Don Eusebio, tengo otros temas urgentes que atender, pero si me necesita como en media hora puedo estar ahí.

–No, Marcos, está bien, mañana nos vemos. Estaré aquí toda la mañana, ven cuando puedas. Conoces a unos colegas tuyos ¿De la Villa–Garay?

–¡Y quién no! Don Julián, su hijo Gonzalo y la abogada Solí, son de los de toda la vida. Son buenos.

–Pues tú tienes que ser mejor.

–Está bien Don Eusebio, le noto preocupado ¿Le ha pasado algo a Alejandra?

–La niña esta en Valdemar con unas amigas pasando unos días de descanso. Anda deprimida con el tema de la separación e imagino que estará bien cuando de allí no me ha llamado nadie y ella tampoco me contesta al teléfono para pedirme nada.

–¿Y porqué no descansa y mañana pensamos juntos una solución?

–Pues si Marcos, tienes razón. Lo pensaremos mañana.

Salir del edificio de la Castellana, ir a casa, nadar unos largos en la piscina, leer la prensa deportiva, poner la tele, cenar, darse una ducha y dormir. No quería hablar, ni ver a nadie. Hoy se sentía mayor y cansado. Tampoco le esperaba nadie en casa, salvo "sus filipinos". Un menudo y discreto matrimonio que trabajaba en silencio haciendo que su pequeña mansión, en uno de los mejores residenciales de las afueras de Madrid, reluciera siempre lista para salir en cualquier portada de "casas del mundo" con todo en su lugar.

La segunda quincena de septiembre, pasara lo que pasara, la señora de la casa, Katherine, desaparecía para someterse a los tratamientos de belleza necesarios para afrontar el duro otoño e invierno madrileño. Desde primeros de octubre su agenda de actos sociales estaba llena. Cenas de beneficencia, homenajes a toreros, a mujeres emprendedoras, portadas de nuevas revistas, fotocall de estrenos cinematográficos, dietas milagrosas, desfiles de imposibles prendas, perfumes, apadrinamientos solidarios, rastrillos para verse y dejarse ver, cumpleaños de celebrities y un sinfín de fiestas en las dos o tres discotecas de moda del momento.

Su segunda y amante esposa, lucia como un Ferrari rojo. Llamativa, imponente y deseable.

Su matrimonio fue un buen trato para ambos. Ella le calmaba sus pasiones y a su manera le quería. Él disfrutaba de su compañía cuando la tenía y no estaba tan solo. Y fardaba, fardaba una barbaridad de ¡pedazo de mujer con la que se había casado!

El título de Miss, como el ser modelo, o el haber sido presentadora de televisión, era un clásico dentro del currículo del club de las segundas esposas de empresarios, banqueros y demás hombres ricos del país. Y Don Eusebio no iba a ser menos. Ese era el estilo de su generación.

Hoy en día, aunque poco, las cosas estaban cambiando. Hoy, además de ser guapas y poder mantener una conversación con ellas, estaba bien visto que fueran tituladas universitarias. Esto ya le había pillado tarde pero las modas influyen hasta en el tipo de matrimonios que se llevan y el suyo, aunque no estaba a la última, entraba dentro de los cánones de la alta sociedad de las portadas de revistas. Porque los ricos de verdad, no suelen ni asistir a este tipo de eventos, ni tener una pauta de comportamiento que necesite la aprobación de la pandilla de empresarios a los que les gusta destacar.

Katherine, solo cinco años mayor que su hija, era la perfecta madrastra, anfitriona, humanitaria representación de la firma Ripoll, que aportaba el toque chic de un apellido ruso impronunciable en las galas sociales. Posaba magnífica en cubiertas de barcos, en la primera fila de desfiles y en las presentaciones de libros de profesionales con la cara más vista de la televisión, que ahora, habían descubierto que además eran escritores. Alejandra y ella eran el dúo, siempre sorprendente, de mujeres "Ripoll" que toda la prensa rosa deseaba fotografiar.

Alejandra aportaba el ingrediente de rebeldía propio de toda niña bien, justificado por esa forma de vida que a la pobre le había tocado vivir. La desgracia de tenerlo todo.

La madre de Alejandra, la primera esposa de Don Eusebio, se desterró al mismo tiempo de la vida social, que de su matrimonio.

Calculadora, ahorrativa, educada sin protocolos, supo cómo hacer las primeras inversiones en el momento adecuado. Gracias a ella, el Grupo Ripoll había conseguido ser lo que era y con ella se fue también el sentido común.

Hija de un adinerado carnicero de un pueblo de Huelva. Titulada en magisterio. Cuando se casó con Eusebio, se casó por amor. Amor por aquel joven inquieto de mirada alegre y penetrante que la hacía reír.

Cuando las primeras inversiones, obtenidas por la dote que recibió Adela de su padre, les hicieron más ricos de lo que nunca se hubieran imaginado, su marido dejó de ser su marido para convertirse en el germen de Don Eusebio, hoy plenamente desarrollado.

Alejandra, su Alex, era pequeña, demasiado pequeña para separarse. O eso pensaba ella. Él era un buen padre. Por encima de aguantar sus chulerías, salidas de tono, creerse más que nadie de la noche a la mañana y tenerla escondida por poco agraciada, era un buen padre.

Pero todo tiene un límite, y aunque la dignidad se pueda aparcar por un tiempo, un día se revela y nos chilla al oído que ya está bien. Que se acabó. Que ser un buen padre no es suficiente para que una mujer aguante sin separarse, porque además de esposa y madre, guapa o fea, se es mujer y esa, esa mujer gritaba en el corazón de Adela, la necesidad de volver a vivir, con o sin marido, con o sin dinero, simplemente vivir.

Aguantó ocho años de humillaciones, falta de respeto, soledad y vacío emocional. Al principio, mientras él se iba de juerga, ella lloraba, lloraba sola, en la ducha, para que nadie la oyera, para que su hija Alejandra no la viera llorar. No tuvo más hijos, no hubo ocasión. Y un día se armó de valor y llamó por teléfono a una abogada de Madrid que una amiga le había recomendado.

Tras varias reuniones, varios acuerdos y muchos gritos por parte de su marido, Adela dijo adiós a su pueblo de Huelva, se trasladó con Alejandra a la capital, a su nueva vida, a ejercer de maestra en un colegio privado, a tener su pequeño sueldo acorde con su pequeño apartamento, una pensión compensatoria procedente del divorcio que mensualmente depositaba en una cartilla de la Caja de Ahorros a nombre de Alejandra y la aportación para la manutención de la niña que le mandaba su ex.

Dejaría que la viera mucho más de lo que le correspondía, siempre y cuando no la envenenara con historias sobre su matrimonio. Solo se hablarían mal, el uno al otro en privado. A la niña una palabra malintencionada sobre ella y la vería solo cuando el convenio regulador lo estipulaba.

Para Eusebio fue un palo tremendo. Primero la insultaba en público y en privado. Después, solo en privado. Más tarde solo la entendía en privado y al final hasta hablaba bien de ella en público.

Alejandra crecía estupendamente hasta que cumplió los trece años y empezó a ponerse caprichosa y tan contestona que apenas era reconocible.

Los catorce marcaron un punto de inflexión. Quería irse a vivir con su padre. Sobre todo porque su madre era una bruja que no la dejaba maquillarse, como el resto de sus amigas; llegar a las tantas de la madrugada, como el resto de sus amigas; repetir curso, como el resto de sus amigas; y pasar la noche en casa de alguna de sus compañeras de colegio, como el resto de sus amigas.

Atento, Don Eusebio denunció a su mujer, solicitando la custodia plena y no compartida, para que su hija, su adorada hija, por fin, viviera con él.

Abrió una oficina en Madrid, solo para que la niña no cambiara de amigas, ni de colegio privado, ni de nada de nada y él quedaba así ante los ojos del Juez como un sacrificado padre que renunciaba a su vida en Huelva por su hija.

¡Qué fácil es hacerse cargo de un hijo cuando ya no usa pañales! No hay que darle biberones, ha aprendido a andar, ha estado creciendo acaparando toda nuestra energía en juegos, actividades extraescolares y fiestas de cumpleaños que hacen que no paremos ni un minuto ¡Qué fácil educar cuando ya se las apañan solos! Él, Don Eusebio millonetis, era su "papi" y ella, Adela, a secas, su "madre".

Adela no quiso ir a juicio, se lo pensó bien y antes de luchar se rindió. ¿Quería irse a vivir con su padre? Pues que se fuera. Ella volvería a su pueblo en Huelva, a su casa de toda la vida. Y allí la esperaría. El tiempo le daría la razón y, si no, que se le iba a hacer. Se merecía un descanso.

Alejandra nunca volvió con su madre, con su "papi" tenía todo lo que necesitaba, y aun ahora, aunque su matrimonio se estaba yendo al traste, su "papi" lo solucionaría.

La ingratitud de los hijos mimados, solo es superada por su egoísmo y por sus exigencias.

Adela, seguía echando de menos a su Alejandra, pero no como al principio. Ahora Alex cada vez con más frecuencia iba a verla. Al menos dos o tres veces al año pasaba unos días con ella. Decía que así se relajaba de la vida madrileña. Y allí en el pueblo donde la trataban casi como si no fuera famosa y en cuanto llevaba unos días ni siquiera la miraban, se curaba de sus excesos. Ya no era aquella jovencita despampanante, era adulta despampanante, pero adulta. Buena comida casera, dormir hasta el mediodía, pasear por la playa y poder contarle a su madre lo enamorada que seguía estando de su marido y a la vez lo triste de su vida conyugal, recibiendo a cambio el silencio cómplice de una mujer que había aprendido que no tenía que sermonearla, solo escucharla. En cuanto se recuperaba, empezaba a echar de menos la vida en Madrid, sus fiestas, sus amistades y "sus cositas". Se despedía prometiendo a su madre que volvería pronto.

De sobra sabía Adela los problemas que su hija tenía. Pero ¿Qué iba a hacer? También sabía que si intentaba presionarla para que cambiara, dejaría de ir a verla. Quería seguir ofreciéndole a su hija una vida anónima, alejada de la prensa, un refugio sencillo donde de vez en cuando pudiera descansar. Y sobre todo donde poder estar las dos solas, donde sentirse de nuevo protegida y cuidada.

La única hija del matrimonio Ripoll, comenzó a salir en portadas de la prensa rosa el mismo día que cumplió dieciocho años. Un reportaje fotográfico con muchos cambios de estilismo, luciendo un escote generoso, dejando adivinar el regalo que su padre le había hecho por su cumpleaños. Un aumento de pecho dos tallas por encima de la suya. Ese retoque corporal fue el primero de muchos otros. Consiguió ser una mujer muy bella a fuerza de bisturí.

Cuando abandonó los estudios antes de terminar el bachiller, su "papi" la envió a los internados más caros de Inglaterra, donde aprendió Inglés y Protocolo. Donde junto a su reducido grupo de íntimas amigas descubrió lo fácil que era conseguir drogas para poder afrontar la desdicha de tenerlo todo. Donde su juventud estuvo colmada de excesos.

Regresó a Madrid tras una intervención quirúrgica que Don Eusebio pagó y de la que nunca hablaban… "no tienes edad para ser madre"… "serías una niña cuidando de un bebe"… "tienes todo el tiempo del mundo para casarte y tener hijos". Confundida dejó que le provocaran aquél aborto. Hizo lo que su "papi" le dijo. Tardó años en contárselo a su madre. Pero todos los diecisiete de septiembre, recordaba que un niño dejó de venir a este mundo y se culpabilizaba por ello. Para no sentir arrepentimiento aspiraba por la nariz los polvos que la hacían dejar de ser tan infeliz.

Cuando Alberto entró en su vida, sintió que podría formar una familia, que podría salir de la dependencia de la cocaína, que él podría ayudarla. Era un hombre mayor, formal, no pertenecía a su círculo viciado de amistades y la miraba con aquella sonrisa de deseo que la hacía sentirse admirada e importante.

Su felicidad no duró demasiado.

Las soluciones mágicas no existen. Su matrimonio no fue su salvación. Alberto la consentía como la consentía su padre.

Caía más profundo en su pozo de miserias cuanto más evidente era la falta de respeto por si misma.

CAPITULO X

Verónica empezaba a sentirse incómoda. Por un lado no había nada de malo en estar así, relajándose y hablando de trivialidades con un cliente. Pero por otro, en su caso, era francamente extraño. Dejarse llevar no era su especialidad y menos en medio de todo el lio que tenían. Los últimos acontecimientos la mantenían en una tensa calma. No sabía si había hecho bien aceptando la invitación de su cliente. En cualquier caso, estar ahí con él, después de la información que acababa de recibir, podía llegar a ser una coartada. Aparentar la serenidad que no tenía. Nada mejor que hacer creer a todos que su ánimo estaba tranquilo.

–Bueno querida letrada, no sé nada de ti. David apenas me ha contado que eres una compañera de la facultad y poco más, ah! y que eres una de las mejores abogadas de Madrid.

–Espero serlo al menos para ti. No creo que haya mucho más que contar. David es un encanto, siempre me ha parecido un buen hombre.

–Lo es. Desde que le conozco nunca ha dejado de preocuparse por mí. Creo que es de las pocas personas que me trata sin miramientos convencionales. No sé, a la gente normalmente estar con un "famoso" les cambia, les hace diferentes a lo que son. Él sin embargo me ha tratado igual que cuando estábamos en la Universidad. Conocerse de antes también ayuda. Y gracias a él espero que mi situación cambie defendiéndome vosotros ¿Tu estás casada?

–No, al parecer igual que tú, dentro de poco.

Verás mi padre solo nos hacía una pregunta, realmente creo que es la pregunta más importante que se puede hacer, nos la hacía a mi hermano Luis y a mí: ¿Eres feliz?

–¿Y? ¡Lo eres?

–Lo fui mientras él vivió.

–Deduzco que murió joven.

–Demasiado joven. Pero entonces en aquél entonces no pude reflexionar. He necesitado mucho tiempo para darme cuenta de que hay que vivir el momento y dar gracias por todo lo que tenemos, pero…En fin, no es tan fácil.

–Creo que nos complicamos demasiado la vida.

–¿Y tú, Alberto, lo eres?

–¿Feliz? Pues en mi situación y a diferencia de lo que pueda parecer no soy totalmente infeliz. Digamos que he aprendido a llevar las cosas y he empezado a poner orden en mi vida. Ya es un buen comienzo. Tengo una gran sensación de alivio al haberos confiado mis secretos y dejarlos custodiados en la Cámara.

Dos ambulancias ensordecieron con sus potentes sirenas su conversación. Verónica hizo la señal de la cruz.

–¿Eres creyente?– Preguntó Alberto

–Si lo soy. Recuerdo que de pequeña, cuando paseábamos por Madrid, mis padres hacían la señal de la cruz al pasar por delante de cualquier Iglesia. Mi hermano y yo los imitábamos. Era nuestro saludo al Señor ¿Si ves a un amigo por la calle, no lo saludas? Pues eso es lo que hay que hacer cuando pasamos por delante de un lugar sagrado. Mi padre lo explicaba todo de la forma más natural. Sin embargo con el paso de los años, en la adolescencia, dejé de hacerlo, imagino que, entre otras cosas, por vergüenza. Y también dejé de asistir todos los domingos a Misa. Iba, pero no todos. Ahora siempre me persigno cuando paso por delante de una iglesia, cuando oigo el sonido de una ambulancia, como ahora, y, pienso: "Señor ayuda a esa persona" o, cuando cojo el coche para hacer un largo viaje. He vuelto a recuperar las tradiciones familiares y me sienta bien. Ahora necesito dar gracias y rezar. Y ya no me da la más mínima vergüenza. Son las ventajas de hacerse mayor.

–Yo no soy practicante. Creo que existe un Dios, pero la verdad es que no le dedico mucho tiempo, solo para quejarme.

–Cada uno vive la fe de una manera, para mí es una necesidad. De niña era solo un ritual familiar.

–De niños todo es diferente. A mí me hubiera gustado tener hijos, aunque ahora, tal y como ha ido mi matrimonio creo que ha sido mejor no tenerlos. Estoy siempre demasiado ocupado ¿Tú nunca pensaste en tenerlos?

A Verónica ese tipo de preguntas normalmente le molestaban pero, al contrario que otras veces, no se sentía incómoda. Alberto no preguntaba con ánimo de juzgar o de cotillear, simplemente quería saber.

–Cuando paseo por el Retiro y veo jugar a los niños con sus padres o en los jardines de Fuente del Berro pienso en ocasiones lo que me he perdido. Sola, sin pareja, tener un hijo no ha sido mi prioridad. Claro que hay muchas mujeres, valientes mujeres, que adoptan un hijo. Esa hubiera sido mi opción pero a estas alturas ya me veo mayor para intentarlo.

–Nunca es tarde, si es que de verdad quieres tenerlos. Un amigo mío me dijo una vez que solo tenía que hacerme una pregunta ¿Quieres tener un hijo? Y si la respuesta era que sí debía ir a por él, de la forma que fuera, biológica, en adopción, como fuera. Pero Alejandra y yo nunca hemos coincidido en el tiempo. Cuando uno quería el otro no y viceversa.

–Yo no puedo tenerlos físicamente. Imagino que eso siempre me ha marcado. No es que haya sido un drama en mi vida. Hay cosas peores.

Ella misma se sorprendió con semejante confesión. Si dices algo así, las preguntas no cesan.

–Pues lo siento.

–Estuve mucho tiempo hospitalizada, tuve un "grave accidente" que me dejó bastante tocada.

–No tenía ni idea, David no me ha dicho nada.

–David es discreto. Estas cosas o las cuenta uno mismo o se convierten en un drama tremendo.

–¿Y por eso no puedes tener hijos, por el accidente?

–Por eso.

–Pues debió de ser tremendo ¿Hubo algún muerto?

–Si.

Un silencio negro, como nube de incendio apagado, se cruzó entre ellos. Un silencio triste. Alberto la miraba callado. Decidió cambiar de tema, era evidente que tuvo que ser un accidente terrible. Mejor no recordárselo.

–¿Y tampoco te has casado nunca o has estado a punto de hacerlo?

–Tampoco. He tenido parejas, a los que he querido, pero no para casarme, no para comprometerme el resto de mi vida ¿Y tú? ¿Te casaste enamorado?

–Parece que han pasado mil años, pero sí, imagino que muy enamorado porque he pasado por cosas, que si ahora las tuviera que aguantar no podría. Cuando comenzó nuestro matrimonio fuimos muy felices. Y ya ves, una de mis prioridades es conseguir el divorcio y no tener contacto con ella, ni por supuesto con mi familia política. Vas a pensar que soy un verdadero cotilla, no he parado de preguntarte cosas toda la tarde. Desde que te vi ayer en el despacho, no deja de pasarme por la cabeza que tienes una cara francamente estupenda, pero diferente a la vez.

–Alberto la cirugía ha hecho maravillas conmigo. Tanto en lo que se ve como en lo que no se ve.

Apuraron sus cervezas y Verónica dejó que la acompañara de camino hacia su casa.

Las fachadas, las cornisas, los adornos de las marquesinas, se lo explicaba todo. Y como un guía de turismo especializado en edificación, Alberto desplegó un abanico de anécdotas sobre los arquitectos, las modas en la construcción y los diferentes estilos.

Entonces sonó su móvil, era Alice. Tenía que contestar.

–Hola Alice ¿Cómo va todo?

–¿Cómo? ¿Qué cómo va todo? Pues, preocupada por ti ¿Dónde estás?

–Dando un paseo hasta mi casa.

–¡Mi madre! ¿Estás con?… ¿Él?

–Si.

–¡Bueno, mañana me cuentas! y cualquier cosa me llamas. ¡Ay chata! Que en nada sales en las portadas del "Hola".

–Vale Alice, hablamos mañana ¿Tú estás bien?

–Yo tengo el mejor plan de la noche. Mi querido hijo Lucas ha sacado una peli del video club, debe ser el único en el mundo que no se las baja de internet, pero me dice que es delito y bueno ya sabes…Además San Lucas va a hacer palomitas. "Torrente III" ¡Planazo! Bueno, guapetona, te dejo tranquila.

–Ok, guapa, disfruta de la peli.

Alberto la observaba.

–Disculpa Alberto era Alice una amiga, y si no contesto, seguro que insiste. Es la jefa de secretarias del despacho. La has conocido estos días.

–Si, ya sé quién es. Muy agradable, la verdad es que tener amigos es importante. Es como David para mí. Un clásico. No sé qué haría sin él y a veces no sé qué hago con él.

–Lo mismo te digo de Alice, la adoro y me saca de quicio.

–Imagino que nos quieren y eso es lo importante.

Y de nuevo el móvil de Verónica volvió a sonar. Miró la pantalla y se disculpó con Alberto.

–¿Hola cariño como estás?

Al otro lado, su hermano Luis.

–Pues cansado Vero, muy cansado. He tenido un día movidito ¿Y tú?

–Volviendo a casa ¿Hablamos mañana mejor? ¿Natalia Bien?

–Estupenda como siempre, también con mucho trabajo y muy cansada pero estupenda. Si perfecto, mañana nos llamamos. Solo quería oír tu voz. Besos cariño.

–Besos a vosotros también, hasta mañana– Es mi hermano Luis. Solemos hablar al menos una vez al día.

Mena había revisado los tiempos de la alarma, las claves de acceso, los videos que emitirían las imágenes hasta su Tablet y hasta la Cámara, los audios…todo funcionaba con la precisión de un reloj suizo. Ella conocía cada nueva herramienta informática que facilitaba su trabajo. Los dispositivos en remoto no tenían secretos bajo sus certeras indicaciones. Y su equipo recibía sus órdenes a la vez que gestionaba toda aquella información.

Desde sus comienzos en una profesión copada por los hombres hasta ahora las cosas habían cambiado y mucho.

Nunca se sintió discriminada por el hecho de ser una de las primeras mujeres que obtuvo la Licencia de detective privado. Más bien, dentro de este mundo de vigilancias y esperas interminables, ella fue una pionera a la que sus colegas miraban primero con incredulidad y después con admiración.

Solucionaba casos con su buen hacer y su sentido común y eso hizo que se ganara el respeto que merecía.

La tecnología había conseguido modernizar muchos sectores, pero sin duda uno de los más afectados era el de las comunicaciones privadas, su acceso y su posible divulgación.

La forma más común de obtener pruebas eran las grabaciones de video. Con ellas se seleccionaban las fotografías con las que acompañar la información recogida en los informes. Actualizada permanentemente como exigencia de su profesión, disfrutaba manejando los mecanismos más avanzados. Sus auxiliares debían conocer el "estado de la técnica", frase con la que había bautizado el manejo y dominio de todos los dispositivos electrónicos que hubiera en el mercado.

Casi a diario se acordaba del que fue su profesor.

Entre las sábanas de su piso de soltero, la piel bronceada y firme de Marlen Bastida Hernández de Mena, a la que solo entonces él llamaba Mena, le obligaba a reprimir un orgasmo anticipado. Su melena rizada y suelta la hacia aun mas salvaje, más excitante. Sus encuentros saciaban su ansia por devorar la vida. Una vida que resultaba oscura y secreta. Gracias a ella era más soportable. Gracias a ella podía sentirse a ratos un hombre normal.

La deseaba, la buscaba y la necesitaba para sacar de si todo el clandestino y profundo mundo en el estaba viviendo.

Aquella estudiante universitaria, que parecía mayor, le volvía loco en la cama y aun más loco fuera de ella. Inteligente y retadora, sin duda podría llegar a ser una perfecta detective.

Él fue su mayor aliciente. Se sintió atraída nada más verle.

Un misterioso vecino con el que apenas cruzaba dos o tres palabras cuando coincidían en la escalera. El portero le dijo que creía que era policía y que recibía unas cartas muy raras con el sello de la universidad y algo que tenía que ver con los crímenes.

Vivía solo. Decidió espiarle y poder hacerse la encontradiza.

Fue complicado. Pasaban semanas sin que pisara su piso y otros días sin embargo no salía a la calle. Ella observaba los movimientos del cristal de la ventana de la cocina que daba al patio interior, de la ropa tendida, de las luces encendidas por la noche.

Por fin en uno de sus "casuales" encuentros, se armó de valor y le preguntó si de verdad era policía, porque nunca le había visto de uniforme.

La amplia sonrisa de aquél hombre maduro y reservado dio paso a una intensa relación.

Le sorprendió que fuera tan directa y a la vez no le molestó su comportamiento. Hay personas que tienen esa habilidad, decir lo que piensan sin incomodar.

Pasaron de ser vecinos a ser casi amigos.

Después cuando Marlen cumplió los dieciocho y se matriculó en Criminología, se hicieron amantes, se convirtió en Mena.

Durante los cuarenta y cinco minutos que duraba la clase de Práctica y Técnica policial, los gestos y sonrisas cómplices solo eran apreciadas por ellos. Nadie notó nada. Su actitud era la propia de un profesor con una alumna y disfrutaban al máximo de su secreto.

Sus músculos, su atractivo varonil, sus insaciables ganas de hacerla vibrar, sentirse deseable, imprescindible.

Cuando se quedaba dormida, la despertaba presionado su cuerpo firme y delicado contra su espalda. La tensión que descargaban al unirse, la satisfacción del sexo realizado con pasión y con lenta inquietud, lo prohibido de sus distantes edades, el sudor libre que trasmitían, su olor…todo eran recuerdos tan palpables como lo son las cicatrices acariciadas por nuestras propias manos. Están ahí, recordando que un día se abrieron para sangrar, pero aun cerradas, hacen imposible borrar su huella.

Era tan fácil mentir a sus padres, decirles que se iba con unas amigas y bajar solo dos pisos para ser una mujer de verdad.

Mena creó su propio código.

Algo sencillo y práctico.

Si el felpudo volcaba las letras hacia dentro él estaba en casa. Si las letras se volvían hacia la puerta no estaba o no podía recibirla.

Pulsaba el botón del primer piso. Desde el amplio cristal encastrado en la puerta del ascensor podía ver si las tetras se disponían en uno u otro sentido, ni siquiera tenía que salir para comprobarlo.

El cuerpo sin vida de su profesor, vecino y amante fue carnaza fresca que devorar por los medios sensacionalistas.

En la prensa escrita y en la radio no se habló de otra cosa durante semanas. Coincidió en el tiempo con uno de los secuestros de una menor más mediáticos que hemos vivido y los periodistas más suspicaces querían relacionar ambos casos.

Un profesor ejemplar que llevaba por el camino de la comprensión, la tolerancia y la prudencia a sus alumnos. Convencido de que la vida no es igual para todas las personas, y de que los delincuentes dependiendo de las circunstancias se merecen una segunda oportunidad. Contagió su apego por descubrir la verdad a aquellos jóvenes que le escuchaban. Nunca les desveló información clasificada. Claro que tampoco nunca les contó lo que realmente hacía.

La prensa sacó a la luz su verdadera ocupación. Llevaba dos años infiltrado en una mafia de "trata de blancas", expresión con la que entonces llegaban a nuestro país las organizaciones que se dedicaban al tráfico de mujeres. Por eso sus clases siempre eran recibidas con gran expectación. Aparecía interrumpiendo la planificación cuatrimestral de las asignaturas y lo presentaban como el profesor invitado de Práctica y Técnica policial que estaría unas semanas

enseñándoles cómo actuar, cómo aprender las cosas impor-
tantes que no estaban en los libros.

Su profesor la felicitaba por como enfocaba la solución
de los supuestos que exponía a toda la clase. Mena siempre
acertaba. Tenía una habilidad innata que solo da la experiencia adquirida con el paso de los años.

−*¿Qué harías si te dispararan desde una posición elevada?*−
fue la primera pregunta que les hizo al entrar en el aula y la
primera y más rápida respuesta que nunca había recibido, la
contestación de su joven vecina Mena:

−*Correr hacia la fachada desde donde estén disparándome.*

Procedía de la Brigada Central de la Policía Judicial de
Madrid y estaba directamente bajo las órdenes del Jefe del
Grupo de Delincuencia Organizada Internacional cuando
lo mataron.

La fotografía que mostraba expuesto su cuerpo mutila-
do a la orilla del rio Manzanares dejaba claro el mensaje de
sus asesinos.

Todos los periódicos recibieron una copia.

Su cadáver nunca apareció.

No tenía una tumba a la que poder llevar flores ni donde poder apoyarse para llorar su pérdida.

En los años ochenta tener una base de datos donde
cotejar a las personas desaparecidas con los cadáveres anó-
nimos era impensable. No existía internet. No se podían
relacionar las desapariciones de mujeres con las víctimas de
la trata de blancas, ni los cadáveres quemados o desfigura-
dos con las desapariciones del sexo que fueran.

Se trabajaba con Registros oficiales, con datos banca-
rios, con identificadores de tráfico y con fotografías en papel en el mejor de los casos.

Mena se convirtió en una de las mayores defensoras de
la utilización conjunta de recursos tanto nacionales como
internacionales colaborando activamente con las Fuerzas y
Cuerpos de Seguridad del Estado. Sus aportaciones arroja-
ban luz, definían criterios de actuación y eran políticamen-
te correctas.

Se la consultaba porque se había convertido en una
institución en materia de mafias y comportamiento delicti-
vo, porque sabía como dar forma a protocolos de actuación
y como sacarlos adelante.

Él se fue dejando su cuerpo vacío. Dejándola inmersa
en un pozo de soledad del que solo la rescató su ansia de
hacer justicia, de luchar contra todo lo que se lo había arrebatado.

Prevenir la delincuencia...ese era el eje central del discurso de su profesor. No conseguido este objetivo, atacar sin
piedad a los delincuentes haciéndose voz, manos y piernas
de las víctimas que hubieran caído en las garras despiadadas
de los asesinos, era la contestación que ella daba.

No mata solo el que quita la vida. Mata el que deja vivir a un ser humano habiéndole arrebatado su salud mental
o física para siempre.

Como en otras tantas ocasiones, en la intimidad él le
repitió aquella primera pregunta, para recordarle que debía
tener cuidado, estar alerta, no confiarse, ser más rápida que
los malos, anticiparse.

La tenía abrazada por la espalda, aun se movían despacio rítmicamente, y al oído le volvió a preguntar:

–¿Que harías Mena si te dispararan desde una posición elevada?

Girando su figura desnuda besándole en la oreja le susurró la respuesta.

Fue la última ocasión para rendir homenaje al placer de la complicidad compartida.

El asesinato de su amante fue su primer caso real. Una interminable clase práctica. Decidida a dar con los asesinos de su "profesor" estudió con detenimiento las pruebas a las que tuvo acceso gracias a los compañeros de la Policía judicial. Toda ayuda era bienvenida. Ni siquiera tenía la Licencia de detective privado, aún le quedaban unos meses para que el Ministerio de Interior le concediera su T.I.P.–Tarjeta de Identificación Profesional– pero la dejaron trabajar. La pasión con la que se dedicaba a la búsqueda de indicios les conmovía.

–¿Que harías Mena si te dispararan desde una posición elevada?

–Correr hacia la fachada desde donde estén disparándome.

Y eso hizo. Se introdujo de lleno en la investigación abierta por su profesor. Sin apenas seguridad y sin conocer realmente el oficio.

Sentada dentro de su coche, frente a uno de los chalets de las afueras donde podían tener a mujeres retenidas, estableció un horario de vigilancia, sin tomar las medidas mínimas de protección.

Su Seat Panda azul claro, estaba tan fuera de lugar como ella.

Solo habían pasado dos días cuando por el espejo retrovisor vio como se le acercaba un hombretón con rasgos nórdicos que parecía llevar un palo escondido tras su brazo derecho.

Cuando lo tuvo más cerca se dio cuenta de que el palo era una escopeta.

Atónita, durante unos segundos eternos, no pudo reaccionar.

Aquél matón se colocó a la altura de la ventanilla del coche y la apuntó a la cabeza como si fuera a disparar.

Consiguió meter las llaves en el contacto y salir de allí lo más rápido posible.

Aquella advertencia no la detuvo. Denunció los hechos y gracias a su testimonio pudieron seguir la investigación sobre pruebas más seguras. Sin embargo, nunca detuvieron a los verdaderos asesinos de su profesor, vecino, amante y cómplice. Pero aquella infructuosa investigación le valió ante la policía el respeto a su tenacidad y a ella le hizo valorar el trabajo nada reconocido de los Cuerpos de Seguridad del Estado con los que siempre mantuvo una estrecha colaboración.

A pesar del paso de los años, su ímpetu, su optimismo inconsciente, de vez en cuando salía a la luz. Ser concienzuda y calculadora, no estaba reñido con ser valiente y atrevida.

No tenía la más mínima duda de que el Viti volvería a por su amiga, a por la víctima que sobrevivió a su brutal agresión ¿Cuándo? Todo parecía indicar que no tardaría mucho.

Debía dejarle actuar, de lo contrario nunca le pillarían. De lo contrario, volvería a salirse con la suya.

Ordenada cada condena, cada tiempo de cumplimiento y cada permiso esperaría a tener información para buscar en esas fecha a las mujeres que hubieran desaparecido. Si era un depredador no se habría conformado solo con matar a Manuela y a Verónica. Si era un asesino en serie sus victimas estarían esperando venganza, merecían salir a la luz y ser oídas, encontradas y enterradas como Dios manda.

Pero ahora tenía que concentrarse en la investigación en curso.

Todo a su tiempo.

La paciencia era una de sus mejores armas. Haría como otras tantas veces. Reuniría todas las pruebas de las que pudiera tener acceso, trazaría su línea de tiempo y buscaría sin cesar como relacionar cada pieza del puzle.

Su equipo casi exclusivamente formado por mujeres, inteligentes, pacientes y deseosas de aprender todo lo que ella podía enseñarles eran su mejor ayuda.

El apoyo a la investigación sin intervención directa lo realizaban mejor los chicos.

Se estaban acercando a la Colonia de Fuente del Berro y, Verónica no quería ser grosera y pedirle que se despidiera allí mismo, pero tampoco estaba preparada para que la acompañara hasta la misma puerta de su casa. Acababan de conocerse, el celo a su intimidad aun estaba alerta.

En la misma acera, solo a unos pocos metros de distancia de la entrada a la Colonia, una silueta de mujer se les aproximaba.

Quedarse sin vigilancia dos sujetos a los que debía escoltar era impensable. Una cosa es que el número de auxiliares asignados a su seguimiento fuese menor y otra muy distinta que anduvieran sin protección. No sabía cómo iba a reaccionar Don Eusebio después del regalito de la foto y más temor le inspiraba aún que el Viti sospechara que Verónica era la misma mujer que en su día creyó haber matado.

Verónica sonrió asintiendo cuando se dio cuenta de que era Mena la que se les estaba acercando.

–Buenas noches, Alberto, Verónica…

–Buenas noches, imagino que esto es todo menos una casualidad.

–Imagina bien señor Carraira.

–¿Llevas mucho esperándonos?

–He estado en tu casa, hasta que os habéis ido acercando. Me ha venido bien, necesitaba un tiempo para ordenar información y además he estado comprobando tu alarma. Me vais a perdonar, pero en medio de una investigación ¿No pensaríais que os iba a dejar sin ninguna vigilancia?

–Bueno Alberto, pues parece que será Mena la que me acompañe hoy hasta casa.

–No hay ningún enviado de su suegro vigilándole. Así que puede estar tranquilo.

Mena se alejó de la pareja solo unos metros. Alberto comprendió que su paseo había terminado. Extendió su mano para despedirse. Al día siguiente se verían en el despacho.

Caminando en silencio por la acera de la entrada a la Colonia, Verónica detuvo el paso. Mena descubrió una mirada inquisidora.

–¿Y bien? Ya estamos solas ¿Cuándo vas a empezar a contarme todo lo que sabes de ese tal Víctor Melchor Heras?

CAPITULO XI

El Viti se quitó el traje, lo tiró dentro del cesto para la lavandería y se cambió de ropa. El audio quedó sumergido en un montón de prendas usadas. Sacó del altillo de su armario una maleta pequeña, la abrió sobre la cama y comenzó a preparar el equipaje. Primero las zapatillas de deporte, chándal y camisetas, luego unos vaqueros, un pantalón corto, un par de polos, dos camisas bien planchadas del cajón, dos corbatas, calcetines de caña alta y calzoncillos de marca. Su traje nuevo sin estrenar permanecía guardado en la bolsa de unos grandes almacenes, colgando de la barra del armario mirándolo con su logotipo de alta gama impreso con repetidas iniciales de marca. Dudó si llevarlo o no, pero para qué esperar, nunca se sabe si aparecerá la ocasión, así que mejor en el maletero que desaprovechado en su casa. No necesitaba nada más, en la vivienda de Valdemar Golf, las delicatesen del baño eran más que suficientes para un cumplido aseo personal. Se vistió con vaqueros, calzado sport, un suéter de algodón algo ajustado y una cazadora fina. En el Golf solía refrescar por la noche. Llevó la maleta hasta el salón.

Fue a la cocina, abrió la nevera y cogió una cerveza. Ese primer trago de una cerveza bien fría, era el mejor. Mejor que cualquier vino de marca de esos que beben los entendidos ricachones que salen a cenar con su jefe, mejor que el mejor champagne francés, mejor que una ducha después de entrenar, mejor… bueno, mejor que dar una paliza no, eso era insuperable. Miró el reloj, no tardaría en llegar el Jonás. Retiró quinientos euros de su cartera y los puso sobre la mesa de la cocina. Comprobó que estaba bien cerrada la inútil puerta del tendedero que no usaba jamás y volvió al dormitorio. Bajó la persiana despacio, espiando el exterior, no había nadie en la zona de los jardines de la urbanización.

¡Estos nuevos ricos! Mucho vigilante en la portería, mucho pádel, mucho gimnasio, pero en cuanto llega mitad de septiembre como todo hijo de vecino, a cerrar la piscina, que gastamos demasiado en socorrista. Nos ha jodido, pues ya era hora de que la cerraran, que cuando uno quiere nadar, no son horas porque el muy hijo de su madre abre a las once y, cuando uno quiere echar la siesta no puede, porque un montón de monstruos de quince años, con acné hasta en los cojones, no dejan de gritarse gilipolleces mientras se tiran en bomba haciendo el mayor ruido posible.

Volvió al salón y comprobó que el aire acondicionado estaba apagado. Desenchufó el equipo de televisión y el de la música y se sentó en el sofá de polipiel blanco del salón, apoyando los pies en su puff de polipiel negro. Tenía que hacer algo que le devolviera la confianza. Había hecho el ridículo. Esos malditos *abogaos* estaban poniendo en peligro su forma de vida. Vió su reflejo en la pantalla apagada de la televisión. Un hombre mayor, un hombre solo, con una cerveza en la mano y con pinta de perdedor. No tenía a nadie, ni en su vida pública ni en la privada. Hacía muchos años que su familia no se interesaba por él ni él por ellos. No quería ni era querido y una incipiente barriga se dibujaba redonda bajo el jersey. Metió tripa, se enderezó en el asiento, dejó la cerveza en la mesita y volvió a buscar con la mirada a ese joven desafiante, altivo, temerario, que había decidido abandonarlo. Volver a entrenar en serio, ponerse en plena forma, demostrarse así mismo lo mucho que aún valía. Eso es lo que le hacía falta.

Sonó el timbre del portero automático.

Se levantó para abrir sin contestar, mientras veía la imagen de el Jonás por la pequeña pantalla.

Regresó a la cocina y cogió los quinientos euros para guardarlos de nuevo en su cartera.

Esperó el segundo timbre, el de acceso a su portal.

Pero no sonó.

Jonás debía estar ya en el ascensor.

Antes de que llamara a la puerta, escuchó los pasos acercándose y abrió.

Agarrándole por el brazo, le empujó de cara a la pared cerrando la puerta.

El puñetazo en los riñones solo hizo el efecto sonoro de un quejido sordo.

El cuerpo de Jonás se encogió hasta el suelo.

En unos segundos yacía tirado en el recibidor totalmente desconcertado.

Agarrándole por las axilas, a trompicones, le llevó hasta el dormitorio echándole boca abajo sobre la cama.

—Tu no vienes a por los quinientos euros, tu vienes a lo mismo que viniste ayer ¡maricón de mierda!

Le bajó los pantalones y le violó hasta que le dolieron los genitales.

Ahora sí, ahora sí que se había ganado los quinientos euros que le tiró sobre la cama. No le mataba porque era un colega, un pobre desgraciado como él y porque en el fondo aquél infeliz le gustaba. Vale que no fuera la mejor forma de demostrárselo, pero estaba vivo ¿No? Pues eso ya era bastante.

–¡Jonás, deja de quejarte y arréglate que das pena! ¿Vale? Y date prisa que tengo que irme.

Jonás giró su cuerpo medio desnudo, subiéndose los pantalones, acercándose al borde de la cama. Sin articular palabra, se metió en el baño, apoyando la mano derecha sobre sus riñones. El puñetazo le dolía.

Lo hecho, hecho está, pensó el Viti. Tampoco es que le haya dado mucho. Lo normal entre colegas ¿Me estaré volviendo gilipollas, que hasta me preocupa el *colgao* este?

La puerta del baño se abrió para dar paso a un joven apaleado por la vida, por esa mierda de vida que le había tocado vivir. Tenía un agujero en el culo y quinientos euros en el bolsillo. Otras veces había sido peor. Mucho peor. Así que no sabía si dar las gracias al malnacido del Viti o desaparecer sin hacer ruido.

–¿A dónde vas a ir?–le preguntó el Viti.

–Pues… Al Palas, no te jode.

–Tengo un trabajo para ti. Te quedas aquí a regar las plantas hasta que vuelva. Pero como te cargues algo te juro que te mato ¿Vale?

–¿Qué plantas?

–Las de mis pies, ¡chaval!

Eso traducido al nivel de los mortales era la hostia para Jonás. Quinientos euros en el bolsillo, casa, cama, control absoluto del mando de la tele, váter propio, cerveza,… Y todo gratis.

–No sé cuando voy a volver. Mientras no te metas en líos y, si lo haces, aquí no vuelvas. No traigas a nadie. Tienes un juego de llaves en el cajón del mueble de la entrada.

El Jonás se acercó con la intención de abrazarle. A cambio recibió un empujón que hizo vibrar las puertas del armario empotrado.

–No hagas nada. Si usas la moto le echas gasolina. Ya te llamaré. Y ni se te ocurra ponerte algo de mi ropa que te dejo sin huevos ¿Vale?

Saliendo de la rampa del garaje con su deportivo dos plazas, su impecable equipaje y sus ánimos renovados, el Viti lucia una incipiente sonrisa cual mueca de felicidad. Puso la radio a todo volumen. Pensó en el Jonás.

Alguien le estaría esperando.

Seguir al Viti desde el edificio Ripoll no fue nada complicado. Entrar en el garaje de su casa y colocar en su coche un localizador, menos aún. Jonás llevaba la moto también *pinchada*. Ahora vigilarles era más sencillo. *Pinchar*, poner los localizadores con un buen GPS, te llevaba de la mano hasta el encuentro con tu epigrafiado o vigilado.

Cada sujeto objeto de vigilancia, tenía asignado un equipo humano con suficientes miembros como para poder turnarse. Cada equipo de auxiliares debía conocer los movimientos y actividades de todos los investigados. Y toda aquella información se grababa en la Cámara a la vez que era recibida por Mena en tiempo real. Se documentaba con grabaciones de imágenes para su futura utilización, bien ante los tribunales o, bien de forma privada, ante la cara de estupor de los vigilados al descubrir tantas pruebas en su contra.

En un par de horas llegaría a Valdemar Golf.

Estaba asqueado de la vida que llevaba. Se empezaba a preocupar por el futuro, por su madurez, por su vejez y eso le tenía descolocado.

Él era un hombre de acción y como tal, no debería preocuparse por esas cosas.

¿Dónde había dejado aparcado a aquél joven impulsivo pagado de sí mismo?

Valdemar le vendría bien. La pausa necesaria para tomar impulso y seguir adelante.

La primera idea que le vino a la cabeza era matar de nuevo a la abogada. Eso sería la leche. Un golpe maestro, un reto solo alcanzable para los mortales que, como él, saben jugársela.

Y si no era la misma persona, mataría de nuevo en la misma casa. Al menos eso ya sería motivo de orgullo.

Jonás, el Jonás, el colega de prisión, el paleto chapero que no servía para nada, vió clara la oportunidad desde que supo que le pagaban quinientos euros por no hacer apenas nada. Solo vigilar. Sin tener que dar o recibir, sin soportar golpes, olores corporales, vejaciones enfermizas. Sin droga de por medio, sin sobredosis, sin heridas de hospital, sin sentirse en el escalón más bajo de toda la escoria humana. No se perdonaría dejar pasar esta ocasión única.

Sentado en el sofá del salón, con una cerveza en la mano, vio su reflejo en la pantalla de la televisión. Estaba preparado para cualquier cosa, desintoxicado, con dinero, con una casa temporal. Si el Viti podía vivir así, él también. Sólo tenía que jugar bien sus cartas.

El Viti no estaba pero Don Eusebio sí. Y sin guardaespaldas que le protegiera. Puede que tuviera más de uno en nómina pero debía intentarlo.

El reflejo del televisor le devolvía la imagen de un joven guapo, sano y fuerte.

Cada uno es libre de interpretar su propio reflejo. Y Jonás era un optimista.

Conectó de nuevo el equipo de música y el de la televisión. El mando de la tele le llevaba de los deportes al porno. Eligió las carreras de motos, el porno para más tarde.

El no era marica. Las mujeres no le repugnaban como al Viti, él las prefería a los hombres.

Cuando terminó la cerveza fue a dar una vuelta por el dormitorio. Abrió el armario y creyó estar en una boutique de las caras. Pantalones de marca, jerséis de marca, zapatos italianos. Allí estaba todo lo necesario para cambiar de aspecto y de forma de vivir.

Al día siguiente no se movería de las oficinas del Grupo Ripoll hasta que Don Eusebio le recibiera. Quería el puesto del Viti. Sabía usar los puños y tenía una puntería excepcional ¿Qué más se podía pedir? Además era más joven y más guapo, eso seguro que contaba ¿Y si Don Eusebio quisiera librarse del Viti definitivamente? Él era su hombre, porque ganas también le tenía y muchas, sobre todo después de abusar como abusaba de él.

En la cárcel se había sacado el graduado escolar. No era un analfabeto y tenía el carnet de conducir. No tenía pistola, pero si le proporcionaban una, podía alardear de una excelente puntería. Vamos, que Jonás se sentía preparado como si hubiera hecho un MBA y hablara cinco idiomas. Y lo mejor es que el Viti no sospecharía nada. Creía que era un paleto, un tío al que someter, pero ya estaba harto de que le diera por el culo. Ahora era él, el que estaba en racha y su suerte iba a cambiar. Esta era la oportunidad que todo *colgao* necesita para prosperar. Y por lo que sabía, Don Eusebio necesitaba tener cerca a alguien como él. Si no, de qué iba a andar el Viti con gente de ese nivel. Le tenía miedo y los miedos solo se quitan venciéndolos. Al menos eso es lo que siempre le andaba diciendo la psicóloga del centro penitenciario.

¡Matarle! Solo de pensarlo se le alegraba la vida.

El Viti conducía su coche en dirección a Valdemar. Era casi feliz. Ignorando que la lista de candidatos que querían verle muerto iba en aumento. Ignorando que Jonás estaba planeando como quedarse con su puesto de trabajo, con su casa, con su moto, con su ropa y con su vida.

Cuando Jonás ingresó por primera vez en prisión, el recluso que le tocó de compañero de celda le contó cómo había matado a un colega. Y cómo nadie lo sabía y nadie le había pillado, ni le pillaría. Estaba cumpliendo condena por un delito contra la salud pública, en fin, por drogas, pero del asesinato, ni una mala pista que seguir. El tío era la leche. Frio como el hielo, un hijo puta de tomo y lomo. Y se lo colocaron recién llegado. Para que luego digan que separan a los presos y que los clasifican según su peligrosidad. De sobra sabía Jonás que no era así. Aquel colega, tenía muchos secretos, como casi todos los que estaban allí. Le violaba de vez en cuando y como recompensa le daba una clase práctica de delincuencia. La prisión para Jonás fue como para la mayoría de los reclusos, la tan conocida universidad del crimen. Lo que no se sabe, allí se aprende. Los contactos que no se tienen, allí se encuentran. Y Jonás, hizo un Master con resultado de matrícula de honor. Ahora podía poner en práctica lo aprendido. Ahora podía usar todos sus conocimientos. Reinserción, menuda palabreja. Él si que iba a reinsertarse a lo grande.

Se dio una ducha, una buena ducha con jabón y con champú. Una larga ducha sin temer a que el agua caliente se acabara. Sin que nadie le mirara. Sin miedo.

Pasando la mano por el espejo vaporizado del cuarto de baño, giró su cuerpo para verse la espalda. Un buen puñetazo reflejaba su huella. Ese sería el último golpe que dejaría que el Viti le diera. Se acabó.

Se afeitó con la espuma y las cuchillas del Viti, se puso su desodorante, su colonia, su albornoz y sus zapatillas.

Fue a la cocina y abrió la nevera, poco donde elegir. En uno de los cajones encontró la propaganda de pizzas a domicilio. Llamó desde el teléfono fijo del salón y una voz femenina atendió el pedido. Cuando le recitaba la dirección de entrega, cuando dijo que sí, que esa era su dirección, se vio realmente como el dueño de la casa. Eso era vida.

Abrió todos y cada uno de los cajones y armarios de la cocina, del baño, del dormitorio, del salón. En la entrada estaba el juego de llaves que le había dicho el Viti. En el garaje la moto. Al día siguiente iba a conseguir un empleo. Matar iba a ser un precio muy bajo por conseguir todo aquello. Le hacia un favor a la sociedad. Liquidar a un tipo así debía de estar premiado. Claro que primero tenía que conseguirlo, pero Jonás era un optimista.

Después del primer ingreso en prisión de su hijo, Víctor Melchor padre, se sentía el hombre más humillado del mundo. Sabía de sobra que su hijo era un bala perdida, pero no se esperaba que lo fuera tanto. Atracar un banco ¡Dios mío, pero cómo lo habían podido educar tan mal! No soportó la tristeza de su mujer, la vergüenza que pasaban sus hijas, y decidió dejar Madrid para trasladarse a Huelva, a una ciudad con playa, donde habían ido la única vez que tuvieron vacaciones. Vendió su casa y el negocio de la panadería y se mudaron. Solo dejó a su hijo la vieja furgoneta. No esperó a que cumpliera la condena. Demasiado tiempo. No quería que le visitaran en la cárcel. Aquel muchacho llegó a amenazarle si seguía yendo a verlo. Se lo dijo bien claro, no les quería, no les necesitaba, él era quien se avergonzaba de tener la familia que tenía, un panadero huevón por padre y una colección de mujeres en casa a las que solo despreciaba.

Lo único que siguió haciendo Víctor padre, sin que su mujer lo supiera, fue mandar periódicamente dinero a su hijo. Semanalmente transfería a la cuenta del Viti en la prisión los pocos euros que le estaban permitidos ingresar para sus gastos en el economato de la cárcel.

El Viti entraba y salía de prisión cumpliendo una condena tras otra, la mayoría por robos. Pero nunca se le imputó ni un solo delito de asesinato. Entrenaba en el gimnasio de la cárcel y cuando le soltaban buscaba una habitación de alquiler para compartir en un piso, que tuviera un gimnasio cerca. Recibía algún que otro encargo para "avisar" o "cerrar la boca" a alguien y con eso se ganaba la vida. Iba quemando barrios, porque en todos acababa a hostia limpia con otro inquilino o con alguno de los compañeros que entrenaban con él. Solo de vez en cuando, necesitaba entrenar con mujeres, con sacos de mierda roja, a las que acababa matando. Sin dejar pista, sin que nadie lo pudiera relacionar con el lugar del crimen, ni con la víctima. Ese era su "don" y eso le hacía sentirse insuperable.

Nunca confesó ninguno de ellos. Se estrenó con aquella jovencita empollona de su barrio y resultó tan sencillo, que solo muy de vez en cuando, si su autoestima se veía por los suelos, buscaba una nueva presa y entrenaba. Pero la primera vez, aquélla primera vez siempre le venía a la cabeza como uno de sus mejores momentos.

Las demás mujeres… Después de matarlas, todas le parecían iguales. Delgadas y pijas. Las clasificaba por objetos. La segunda; la puta de la pamela, juntas la tercera y la cuarta; la puta de las gafas de sol y la puta de los walkman y la quinta, la puta de la bicicleta. Ya tenía un nuevo nombre para su primera víctima, la puta abogada de la fotografía. Las daban por desaparecidas "Cinco lobitas tiene la loba… Cinco lobitas detrás de la escoba" Cinco víctimas asesinadas bajo sus puños.

Todas ocultas en el mismo lugar. Solo le faltaba la primera.

Entre permisos carcelarios seguía yendo al parque de su niñez.

Allí corría sin rumbo aparente ejercitando sus piernas. Carreras en libertad fuera de los patios asfaltados de la prisión.

Conocía perfectamente cada una de las seis entradas de los jardines de Fuente del Berro. Las dos que comunican con la Colonia de viviendas, las otras tres que lo conectan con el parque Sancho Dávila y la ultima al sur por la Calle O'Donnell.

Y era el dueño del séptimo acceso cerrado al público.

Los ilustres propietarios de estos jardines, reyes, clero y alta burguesía dieron usos y formas a las setenta y dos hectáreas originales según el momento y la necesidad. Siempre alabado por la calidad de sus aguas hoy reducido su tamaño, atravesado por la M30 sigue manteniendo algunos históricos recuerdos evocadores de otras épocas.

El camino que rodea la ría chica se cruza con el de acceso a la Colonia más próximo a la Calle Sancho Dávila. El pequeño pabellón con formas típicas del XIX y detalles historicistas en su fachada. El quiosco cubierto parcialmente por la vegetación marca la ruta para llegar hasta el Jardín Alto hoy vallado y cerrado parcialmente. Sus escondidos jardines fueron escenario de la pasión cultural y de recreo que, aunque efímera, se produjo en esta Quinta al crearse en ella los "Campos Elíseos" de Madrid. Entre muchas otras atracciones, como una plaza de toros, una montaña rusa y unos salones de baile, contaba también con un teatro, el Teatro Rossini, popularmente llamado "El Palomar" por sus cuatro plantas de altura y sus maravillosos lucernarios. Hoy solo queda de aquella magnifica edificación una pequeña torre, alta y estrecha, ocultando el antiguo foso del teatro, cubierta parcialmente por la yedra. Cerrada y sin uso.

Los guardas del Ayuntamiento abren a las ocho de la mañana y cierran según los meses a las diez o doce de la noche las seis puertas de hierro. El parque duerme sin vigilancia en su interior. En los jardines Altos, por el acceso de la calle O'Donnell casi desapercibida, una pista de tierra termina en una verja con una puerta de hierro cuya entrada está cerrada de forma permanente. Cerradura y candado impiden su tránsito. Ningún encargado de mantenimiento, ningún guarda, se ha preguntado nunca porqué. Simplemente nos acostumbramos a ver las cosas como están.

Cuando el parque se cerraba, el Viti abría su particular atracción "la casa del terror".

Llegó a usar el palomar como hospedaje en más de una ocasión. Solo tuvo que poner unas cerraduras sustituyendo a las antiguas que reventó sin problema. Entraba en sus dominios como lo habían hecho sus privilegiados moradores de antaño.

Llevaba muchos años sin atravesar aquella verja.

Cada entrenamiento quedaba guardado golpe a golpe en su memoria.

Trasportadas en la furgoneta, traspasaba la verja sin levantar ninguna sospecha.

Accedía al parque. Descargaba su saco. Preparaba el combate.

Colgadas desde lo alto de la viga del palomar sus cuerpos oscilantes pidiendo que las matara. No recordaba con nitidez sus caras. Tampoco le importaba. Al fin y al cabo solo eran sacos de entrenamiento.

Dibujaba los golpes en el aire y hasta que no le salían perfectos no los ejecutaba. Así los sacos duraban más. Disfrutaba viendo el dolor en sus ojos, su asombro, su inferioridad, sus miedos. Sabían que iban a morir. Les golpeaba el rostro mas tarde, casi al final.

Al tercer, cuarto y quinto saco, les precintó la boca porque la segunda habló y le desconcentró. Por su culpa las otras no podrían gemir ni suplicar.

Lo único que le daba pereza era descolgar aquellos sacos de mierda rojos, levantar la trampilla y dejarlos caer al antiguo foso del teatro. Pereza que compensaba al escuchar el crujir de sus huesos rotos chocando contra el profundo suelo.

En su último ingreso en la cárcel de Madrid el funcionario jefe encargado del tratamiento de los reclusos, sugirió que aquél joven necesitaba tener algún vínculo con su familia. Y justificando la necesidad de acercarlo a los únicos

parientes que en algún momento se interesaron por él, solicitó el traslado a la prisión de Huelva.

La realidad era otra muy distinta. El psicólogo impulsor
de dicha medida, le tenía miedo, pero miedo de cagarse
encima, miedo de morir y pensó que el traslado de aquel
animal imposible de reinsertar a la sociedad, era su única
salvación.

Un recluso, desde que ingresa en prisión, es examina-
do por un equipo de profesionales, psicólogos, educadores,
asistentes sociales, encargados de elaborar un tratamiento
individualizado. Cada preso tiene una ficha donde se ana-
lizan sus características psicológicas. Por lo general poseen
baja tolerancia a la frustración, alta impulsividad, imposibi-
lidad para la reflexión previa al acto o, la idea de que lo que
le pasa no depende de él ni de su conducta, sino de factores
externos como la suerte. Todas estas son las características psicológicas comunes en la población penitenciaria.
El equipo de tratamiento afronta de forma individualizada
cada uno de estos rasgos generales para intentar mejorar la
conducta del sujeto.

La ficha del Viti, recogía todos y cada uno de esos puntos y muchos más. Tal y como podía leerse en su perfil… *su
marcado egocentrismo, impermeable a las influencias externas,
dificulta al sujeto sus relaciones con los demás. Presenta una
marcada tendencia a sentirse el centro en cualquier relación,
todo lo ve en función de su propio interés, lo que dificulta que
pueda establecer relaciones sociales con sus compañeros. Es
agresivo y desconfiado. No manifiesta ningún sentimiento de
culpa. La única motivación del sujeto es la práctica deportiva.
Callado, con gran falta de colaboración, no responde a las mo-
tivaciones comunes para la mejora de su estancia en prisión.*

Todo el mundo le teme y ese es el vínculo que le relaciona con el resto de los reclusos. Ha amenazado de muerte a todo aquél que ha intentado tener una mínima relación humana o profesional con él. Goza de un estatus privilegiado, donde el abuso hacia los demás es su norma. El aislamiento como medida de castigo solo refuerza su autoestima.

Y en letras pequeñas y casi invisibles, el osado funcionario escribió que el Viti era *homosexual.*

Como en cualquier lugar donde conviven de forma obligada los seres humanos, la más mínima apreciación, comentario o sentimiento, se acaban conociendo. El Viti no tardó en averiguar que aquél hombre, aquél funcionario que como todos empezó queriendo ayudar y terminó siendo preso de su anidada plaza, le había insultado, le había tachado de maricón y eso, eso el Viti, no lo iba a permitir.

Tres días tardó Víctor Melchor Heras, en planear cómo lesionarle, sin que hubiera la más mínima posibilidad de librarse. ¿Homosexual eh? Se iba a enterar ese gilipollas de lo que significaba ir por ahí colgando semejantes atributos a un interno. Él no era maricón, simplemente odiaba a las mujeres, como el que odia el futbol o la natación. Era así de simple. De ahí a descalificarle, había un gran trecho. Y ese funcionario tenía que comerse lo que había escrito.

Robó del jardín un trozo de manguera amarilla, reseca y semienterrada que siempre se veía desde el patio a poco que te asomaras a la verja. Tenía tiempo. Se la llevó en el único sitio donde no le registraban hasta su celda. Durante más de ocho horas, lo que duraba su descanso nocturno, afiló los dos extremos de aquel trozo reseco de goma con una pequeña piedra de uno de los pocos parterres de setos muertos que había en la prisión. Como filo de navaja cortaban los dos extremos de poco más de diez centímetros.

Ese era su nuevo amuleto. Lo llevaba en el bolsillo, lo tocaba, lo acariciaba con cuidado de no cortarse. Le daba vueltas y pensaba.

La mañana sería como otra cualquiera de un miércoles. Desayunaría, se iría al patio y daría sus paseos hasta que le dejaran entrar en el gimnasio.

A eso de las doce, le tocaba visitar al psicólogo.

Todos y cada uno de los miércoles de su vida en prisión eran igual. Como lo eran los demás días de la semana.

Ese miércoles sería diferente.

Para motivarse imaginó que aquel individuo era una mujer, una mujer con la que entrenar, pero con muy poco tiempo.

Sabía el castigo que le impondrían y estaba contento. Eso le daría aun peor fama entre sus colegas. Él era el más temido y nadie se negaría a sus peticiones, guardando silencio para siempre.

La dependencia destinada a las entrevistas para el seguimiento de los reclusos era aséptica, fría y deprimente. La puerta de acceso tenía una pequeña ventana superior encastrada en la misma, panelada con rejas. ¿Quién iba a estar interesado en contarle su vida a un perfecto desconocido en un lugar donde te sentías más preso y más miserable que en el resto de las instalaciones? Ir allí ya era un castigo. Se estaba mejor en la celda que en el confesionario, como todos lo llamaban. Y aun peor, porque si en tu celda eras libre de pensar, allí no podías hacerlo, porque hasta tus pensamientos salían subtitulados por debajo de la puerta y llegaban a todos los rincones de la prisión.

El Viti sabía que aquél mierda era el que había escrito en su ficha que era homosexual. Y el psicólogo sabía que el Viti lo sabía. Pero osado pensó que podía hablar con él.

Que encontraría la manera de llegar a él y de disculparse. De conocerle más. De…

No dio tiempo a pedir auxilio, ni a llamar al funcionario guardián de la puerta con la ventana enrejada, ni a decir buenos días.

El Viti se precipitó con su arma letal sobre el ojo izquierdo de aquel gilipollas funcionario psicólogo de los cojones y se lo vació, como el que vacía un cubo de arena sobre la playa.

Los gritos, los golpes, los estertores de misericordia, no sirvieron de nada.

Cuando consiguieron reducirle, reflejaba en su cara una mueca parecida a una sonrisa. Antes de sacarle del cuarto gritó:

−¡A ver si con un ojo de menos eres capaz de volver a escribir en letra pequeña! ¿Vale? ¡Pedazo de maricón!

No tardó en ser trasladado a la prisión de Huelva como preso de máxima seguridad. Sus privilegios se habían terminado.

No podría entrenar y eso era lo que más le preocupaba, pero había merecido la pena, estaba seguro de que ningún funcionario más añadiría comentarios minúsculos en su ficha.

Camino de la nueva cárcel, en el furgón, se sintió libre. Iba a portarse bien, iba a cambiar. Era fácil. A peor ya no podía ir. Cualquier cambio en su conducta se apreciaría por el equipo de tratamiento como una mejora. Conseguiría ser uno de esos presos modelo de confianza y le dejarían volver a entrenar en el gimnasio de la cárcel.

Pasaron meses hasta que eso ocurrió, pero el Viti tenía tiempo. Todos los demás reclusos le temían, todos los funcionarios también y sin embargo consiguió que poco a poco, se le viera como una víctima de la sociedad que necesitaba ayuda, que podía reinsertarse.

Pedía libros desde su celda de aislamiento, quería asistir a los talleres de autocontrol, de mejora en las relaciones y de demás técnicas de convivencia que se impartían en la prisión. Solicitaba todas las visitas posibles con el psicólogo, el asistente social, el educador, buscando ayuda para mejorar. Se manifestaba humilde y abatido. No desafiaba con la mirada, incluso su mudo lenguaje corporal gritaba que se encontraba vencido, que el joven despiadado con el que había nacido dentro, estaba dejando paso a un hombre nuevo, deseoso de cambiar.

Su estrategia fue consiguiendo lentamente resultados satisfactorios. Y pasado un año desde que llegó a Huelva, la visión de un delincuente despiadado y brutal, dio paso a la consideración de una persona a la que dar un margen de confianza.

Ayudó mucho el que se dejara visitar por su familia, a la que seguía odiando bajo el papel de hijo pródigo que representaba. Su padre seguía sin fiarse de él, sus hermanas y su madre tampoco, pero había que darle esa oportunidad.

La escuela de boxeo dentro de la prisión de Huelva comenzó de la mano de otro recluso al que la vida de éxito en el ring desbordó empapándolo en la droga.

Chuso Valverde, apodado "El armario" campeón nacional de peso pesado, segundo en la liga europea de boxeo y décimo en la liga internacional, ganó más dinero del que podía imaginar. Hizo las peores inversiones inmobiliarias que se podían hacer. Despilfarró su fortuna en colegas que solo estaban con él por el interés. Se casó con una Miss dominicana que ayudó a poner en números rojos todas sus cuentas bancarias y se metió tanta droga en el cuerpo que un día perdió el asalto de su vida, estrangulando a su mujer, cuando esta le amenazó con separarse.

A través de la Junta de tratamiento, "El armario" volvió a sus sentimientos humildes, a tener ese corazón grande, más grande que un armario y a darse cuenta de que el éxito no estaba hecho para hombres como él. Sin preparación, sin amigos de verdad y sin familia que le pusiera los pies en la tierra. Se mostraba arrepentido de haber matado a su mujer, aunque estuviera bajo los efectos de la cocaína. Realmente arrepentido. Sobre todo después de saber que la autopsia revelaba que su esposa llevaba embarazada mas de dos meses. También había matado a su hijo y repetía para sus adentros uno de los pocos refranes que conocía: "En el pecado se lleva la penitencia".

"El armario" no tardó en saber que el Viti estaba en la cárcel. No había boxeado nunca con él, pero en su mundo todos se conocían y sabía que tenía buenos puños. La escuela de boxeo, que gracias a Instituciones Penitenciarias funcionaba en la prisión, necesitaba un ayudante y Chuso, alias "El armario" quería ayudar al Viti y el Viti, dejarse ayudar.

Todo le salió a pedir de boca y antes de que cumpliera su condena, ya estaba considerado como uno de los presos de confianza que mejor había respondido al tratamiento penitenciario. Prueba cierta de que el modelo de reinserción social funciona. Prueba de que los tratamientos individualizados realizados en las instituciones penitenciarias, funcionan. Prueba de que el sistema no se equivoca y todos merecemos una segunda oportunidad. Prueba de que el verdadero y oculto yo de un delincuente puede ser maquillado hasta la apariencia de una normalidad razonable.

Estaba en forma, en plena forma, y cumpliría su sueño. Salir de la cárcel y ser un campeón. A él, el dinero no le cambiaria la vida. No se le subiría a la cabeza. Odiaba las drogas y solo de vez en cuando fumaba algún cigarrillo. Su "vicio oculto" no lo conocía nadie y para ese vicio tenía un "don especial". Asesinar mujeres, después de un buen entrenamiento. Mujeres anónimas con las que no mantendría ninguna relación sexual, mujeres de clase alta, delgadas, guapas y altivas. De esas que te miran por encima del hombro, porque eres un chico de barrio, con pinta de matón, hortera, sin apellido compuesto, sin estudios y sin donde caerte muerto.

Y así, en ese estado de metamorfosis, encontró Don Eusebio a su compañero de celda.

CAPITULO XII

Mena no sabía cómo contarle a Verónica toda la información que tenía del Viti. Si seguía su instinto y le decía que no le cabía la menor duda de que era él quien había intentado matarla y quien asesinó a su Manuela, corría un gran riesgo. El riesgo de tirar por la borda todo lo que aquella mujer fuerte había conseguido si se equivocaba.

La edad tiene muchas ventajas, entre ellas, la de dar tiempo al tiempo para que las cosas se cuenten con calma. Aguantar los impulsos y dejar que el silencio tome protagonismo frente a la incontinente verborrea de contar todo lo que se sabe. El tiempo necesario para edulcorar la realidad haciéndola menos dolorosa, más amable.

–Verónica no puedo asegurarte nada, aun me faltan datos para verificar que es él quien creemos que es. Hay muchas coincidencias, pero son solo eso, puras coincidencias.

–¡Pues averígualo! Si ese Viti es el que me arruinó la vida y lo dejamos escapar no me lo podría perdonar. Llevo toda mi vida, mi extraña vida, pensando y deseando encontrarlo ¿Para qué? Ni yo misma lo sé ya. No quiero que vaya a la cárcel, eso sería un regalo. No quiero matarle sin más, sería casi un premio, quiero que sufra tanto, no, que sufra más que yo. Más que Manuela, más que mi madre, más que mi hermano, más que el hijo de Manuela, más que…Y ahora aparece en mi vida, así, después de no haber podido encontrar ninguna pista, después de tanto esperar. Y ahora, ahora y no en otro momento, resulta que ¡puedo vengarme!

Mena permanecía en silencio frente a Verónica. Era bueno que se desahogara, le haría bien. Y en silencio giró sus pasos hacia la casa de los Solí, hacia la casa donde todo ocurrió. Verónica la acompañaba en su camino un paso por detrás. Agitando su frágil cuerpo musculado, con leves movimientos provocados por escalofríos. Abrigándose con sus propios brazos y negando con la cabeza lo que le estaba pasando.

–¿Dónde está ahora?

–En Valdemar.

–¿En la urbanización del Golf? ¿Pero que hace allí?

–Don Eusebio, el suegro del señor Carraira le ha mandado allí a vigilar a Alejandra, su princesa. En realidad, se lo ha quitado de en medio, después de que le mandáramos unas fotos en estado relajado, en vez de estar vigilándote. Bueno vigilando a Alberto. Tú has aparecido de rebote.

–¿Dónde Vive?

–¿Y para qué quieres saberlo? ¿De qué te va a servir? No quiero y no debo contarte nada más hasta que no sepamos si podemos enchironarle por algo. Si me estropeas la investigación, si contaminas las pruebas, si haces una locura… Ese malnacido se habrá salido con la suya.

–Don Julián está al corriente ¿verdad?

–Verdad. Creo que todos nos dimos cuenta a la vez y ninguno dijimos nada ¡Tenéis un exceso de educación que es la leche!

–Lo que tenemos es muchas ganas de cambiar lo que ocurrió. Y eso ni Don Julián, con todo lo que me quiere, ni Gonzalo, ni yo misma podemos hacerlo.

–¿Se lo habéis contado a alguien más?

–Ya sabes que sí. Está en su derecho. No podíamos privarle de esta información. Al igual que tú, nunca ha tirado la toalla y se merece tener todas las noticias que afecten al individuo que asesinó a su madre.

En la puerta de la vivienda de Verónica reinaba la calma. Sacó las llaves del bolso y miró hacia la parte superior de la verja derecha, al chalet colindante.

–¿Sabes? Doña Paquita nunca ha podido estar sola desde entonces. Con lo mayor que es y, hasta para ir al baño la tiene que acompañar su marido o su cuidadora. Se le instaló el miedo como una arteria más y su cuerpo funciona con esa arteria como con el resto de sus venas. Las pocas veces que nos hemos cruzado todos estos años, me saluda con temor, como quien descubre que su vecino es un fantasma, como si viera a una muerta resucitada. Le recuerdo todo aquello que no puede olvidar. Es una anciana enferma de desconfianza.

La casa estaba tranquila. Mena había instalado videocámaras que transmitían las imágenes y el sonido directamente a un servidor conectado con la Cámara. Activó su micro y dió orden al equipo de vigilancia para que se retiraran, sus auxiliares podían irse a descansar.

–¿Él sabe que soy yo la misma que creyó matar hace veintiún años? Si lo sabe, vendrá de nuevo. Seguro que querrá acabar lo que empezó. Ahora soy la única prueba que tenemos. Llevo esperando todo este tiempo una noticia, una pista, algo. Demasiada casualidad que justo al día siguiente le detuvieran por atracar un banco. Imagino que toda la investigación se centró en el atraco y que tendría todas las horas previas a su detención bien atadas. Nadie relacionó su caso con el mío. Un joven sin antecedentes que se lía la manta a la cabeza y decide dar un golpe con unos colegas. Conseguir dinero por la vía rápida. Una chapuza de atraco. No daba el perfil ¿No es así como lo decís? No daba el perfil… ¿Y si es él? Ha vivido sin que nadie sospechara que era un asesino. Entrar y salir por robos o por peleas de la cárcel…Un broncas con dos dedos de frente. Y mira por donde puede que sea un tipo meticuloso y organizado, un listo, que ha sabido engañar todo este tiempo a la policía que lo ha tenido tantas veces en comisaría, en los juzgados y, en prisión.

Se quedó mirando la barandilla de la escalera, donde podía imaginarse colgada de aquella cuerda, con el cuerpo roto por los puñetazos, con la herida mortal en el abdomen que le había impedido ser madre, ser una chica normal, ser una mujer normal. Estaba de pie delante del cadáver imaginario de Manuela. Las fotos que tomó la policía científica hacían suyo un recuerdo aun más real del que podía recordar. Antes no podía ni siquiera pisar el suelo donde había estado el cuerpo sin vida de la mejor cuidadora del mundo.

Su madre, Doña Ana, colocó una alfombra redonda de loneta color tierra tapando el espacio frio que recogió el último aliento de Manuela. Nadie de la casa pisó jamás esa alfombra. Se la bordeaba y se la respetaba como lo que simbolizaba. Un pequeño altar.

–¿Cómo entra a trabajar para Don Eusebio? ¿Lo sabes también?

–Fueron compañeros de celda en la cárcel de Huelva. Pero no tiene ni un delito de sangre. Agresiones con resultado de lesión y robos.

–Ya y, con eso ¿Qué me quieres decir? Quiero que me des toda la información de ese malnacido para que yo la analice, no me la dosifiques ni te quedes con ningún dato que pienses que no sea de mi interés. Me interesa todo, hasta el día en que tomó la Primera Comunión si es que la hizo. Está bajo vigilancia por un caso que es mío, que es del despacho y como abogada de Alberto Carraira, tengo todo el derecho a que compartas los datos que tengas. Y me da igual que pienses que me tienes que proteger. Me sé proteger sola. Lo llevo haciendo toda mi vida. Y no quiero que pienses que no agradezco tu ayuda de todos estos años. Yo nací ese veinticinco de noviembre por mí misma, él me mató, no dejó ninguna posibilidad de que viviera. Mató a Manuela y destrozó la vida de su hijo y la del resto de mi familia. Siempre he creído que mi madre murió por un cáncer agarrado a las entrañas que él le provocó. De la única muerte de la que no le puedo culpar es de la de mi padre, todas las demás, todo mi mundo ha estado marcado por ese desgraciado. Y ahora no me digas que no puedes. Es mi caso, es mi vida y es mi decisión.

La voz de Verónica se escuchaba segura, altiva, fuerte. No tenía miedo.

El silencio de Mena era tenso, resignado, sin argumentos en contra.

–Vamos a la cocina ¿Te quedarás a dormir?

–No creo que tenga opción. Vas a estar preguntándome cosas toda la noche.

–Toda la noche no, hasta que me cuentes todo, sí.

Mena siguió los pasos de Verónica hasta la cocina, se sentó en una silla, abrió su bolso y comenzó a ordenar sobre la mesa las libretas pequeñas que siempre llevaba consigo, la grabadora, la cámara de fotos, el móvil, los localizadores y la pistola.

Verónica encendió la cafetera. El piloto parpadeante rojo se puso en verde. Cargó una cápsula y esperó a que la tacita se llenara. Repitió la misma operación sin pronunciar palabra.

–Se llama Víctor Melchor Heras.

–Eso ya lo sé. Lo dijiste en la Cámara y el nombre no me dijo ni me dice nada. Por favor sáltate la parte de fechas de nacimiento y demás las tengo en mi cabeza ¿Dónde vivía cuando tenía dieciocho años?

–Para ser de letras, que bien sabes calcular. En la Calle Sancho Dávila.

–¿Vivía con sus padres? ¿Tenía familia? ¿Sabes quiénes son?

–Vivía con su familia, padre, madre y dos hermanas menores, su padre era panadero. Tenía la tienda en la misma calle donde vivía. Además, el Viti se lo contó a su colega Jonás y, lo tenemos grabado.

–Ponme la grabación.

Mientras manejaba la grabadora para localizar la conversación del Viti con Jonás, notó que sus manos estaban inseguras, nerviosas. Sabía que las victimas podían reaccionar de cualquier modo y temía las consecuencias que pudiera provocar en su amiga.

—No te preocupes Mena que no voy a coger la pistola y liarme a tiros.

—Mira que eres bruta. Pero por si acaso la guardo en el bolso.

Mena colocó uno de los auriculares en su oído derecho y accionó la grabadora. Pulsó el botón de retroceso y volvió a darle al play. Se quitó el auricular, lo sacó de la entrada de audio y…

—Repítelo Jonás ¿El número cuatro de Doctor Olariz?

—Sí, macho el cuatro ¿Que más te da que sea el cuatro que el ocho?

—¡No me lo puedo creer! ¡Qué casualidad! Conozco el barrio, es mi barrio ¿Vale?

—No me jodas Viti ¿Eres un niño pijo?

—No atontao. Soy el hijo mayor del panadero de un barrio normal, cerca de uno muy pijo. Que no es lo mismo.

Los dedos de Verónica se reunieron con la palma formando dos puños en tensión. Se llevó las manos a la frente y abrió la boca desfigurando su rostro, tensionando su mandíbula…Pero no salió ningún sonido. Así se contaron dos, cuatro, seis segundos hasta que un grito desgarrador, acumulado, salió desde su garganta hasta el exterior. Mena se echó instintivamente para atrás. El dolor de Verónica era incontenible. Bajó del grito intenso, al sollozo y se abrazó asimisma con ambos brazos, soportando un estertor cargado de angustia. Sudor frío. Temblores. Lágrimas contenidas saliendo a borbotones. Aullidos sordos balbuceando en su boca.

Impulsada por el grito, Mena se levantó, la rodeó por la espalda pegada a la silla, intentando balancearla.

– Su… su… No pasa nada, su…, su…Ya pasó. Tranquila, cálmate, estoy contigo, cálmate.

La mantuvo agarrada durante más de un minuto. Poco a poco la fue soltando. No ofrecía ninguna resistencia. Abrió el cajón de las medicinas, el cajón de debajo del fregadero donde guardaba las drogas a las que Verónica tenía que acudir en situaciones de pánico extremo. Sacó un calmante y se lo hizo tomar. Verónica se tragó la pastilla como una obediente paciente sin preguntar, sin mirar ni lo que se estaba metiendo en la boca. Y con un finísimo hilo de voz dijo:

–¿*Vale?*

En su cabeza, se reproducían a modo de grabación las únicas frases que durante años su cerebro no quiso borrar:

–*Calladita estas más guapa ¿Vale? como grites me cargo a la vieja.*

¿Qué? ¿No dices nada?

–Déjala en paz, suéltala.

–*Por favor.*

–¿Qué?

–*Que lo pidas por favor ¿Vale?*

–Suéltala por favor. No le hagas daño.

–*¡Mírame a mí, no a ella, te digo que me mires puta de mierda! ¿Pero qué coño te pasa, eres sorda o qué?*

Mena le susurró al oído:

–Verónica cariño, creo que es el momento de dejarlo. Ya sabemos que es él.

Pero no respondía. La levantó de la silla y la subió al dormitorio.

El calmante pronto haría efecto. Abrió la colcha, la tumbó y, la tapó.

Bajando despacio los escalones hacia la cocina, dos lágrimas pequeñas y tristes le resbalaban por la mejilla. La grabadora seguía activada. Paró la cinta. Pulsó la tecla de fin y activó una nueva pista de grabación:

–Dieciséis de septiembre, 21:45, tras escuchar el audio de la grabación realizada a Víctor Melchor Heras, la víctima, Verónica Solí, ha reconocido a su agresor.

Recogió todo lo que había en la mesa. Apagó las luces y subió de nuevo al dormitorio. A pesar del tiempo, de su experiencia, de todas las vigilancias, de todos los casos en los que había intervenido, no siempre estaba lo suficientemente preparada para las consecuencias.

Nos abandonamos ingenuos a la idea de que todo pasa. Y casi siempre es cierto. Todo pasa. Pero en esta ocasión se sentía novata, principiante, perdida. Ahora ya estaba hecho, ahora no valía reprocharse que no hubiera sido necesario ponerle la voz del Viti. Ahora solo le quedaba esperar. Dejó su pistola en la mesilla y se acostó junto a una mujer totalmente abatida.

Desde la Cámara no solo podían verse las imágenes de la casa de Verónica, el servidor, recibía el audio, igual de fiel.

Allí sentado, recibiendo las noticias que tanto había esperado, el hijo de Manuela, Petit, Antonio el portero, suspiró profundamente. Conmocionado por el dolor de Verónica, pero aliviado.

Ahora sabía por qué, desde la confianza depositada en su persona, necesitaba manejar la información que se ocultaba en la Cámara. Por qué, de vez en cuando, cuando algún caso se aproximaba remotamente a un delincuente sospechoso de crímenes sin resolver, se encerraba sin ser visto y activaba los mecanismos necesarios para obtener toda aquella información secreta.

Hoy lo tenía claro. Siempre esperó este momento.

Se sentía mal por traicionar la lealtad de todos, sobre todo las confidencias que obtenía de Alice, el agradecimiento con que le trataban, pero ella, Manuela, era su madre. Y él nunca abandonó la idea de encontrar a su asesino.

Cuando Mena le comunicó que tenían una pista sobre el caso Solí, no dudó en aprovechar la ocasión. Ahora no había duda posible.

Dejándolo todo recogido como si nadie hubiera estado en la Cámara, se fue a su casa de portero.

Se acostó sin pensar qué haría a la mañana siguiente.

Debía dormir, como si durmiera junto a ella. Junto a aquella joven que siempre le acompañó en su dolor. Junto a Verónica.

Era una noche tranquila.

Verónica abandonó su cuerpo a un sueño profundo y artificial.

Jonás, fantaseaba con limusinas y mujeres bellas que le querían por su físico y su dinero.

Don Eusebio, estaba decidido a terminar con todo, no quería seguir luchando.

Alberto Carraira, dibujaba en sueños los planos de una vida nueva.

Alice, sentía el placer de dormir junto a su hijo, con el estómago lleno de palomitas.

Luis tocaba la barriga de su mujer, Natalia, mañana le diría a su hermana que por fin esperaban un hijo.

Don Julián descansaba tras haber diseñado la estrategia en un próximo encuentro con Don Eusebio.

Gonzalo, sospechaba que la historia de Verónica tocaba a su fin y se alegraba por ella.

Milagros tras una tila calentita creyó encontrar la solución para coser los cojines rotos del sofá de su señorito.

David de Fontfría, estaba cansado. Se quedó durmiendo pensando en llamar a Alberto al día siguiente, para que le contara, ante un buen chuletón, como iba todo.

Mena ordenó en su mente los pasos a seguir en la investigación.

El Viti, tras una cena proteica, viendo como la hija de su jefe se pegaba el lote con un bodeguero de notoria fama y sin que hubiera rastro de ninguna amiga, decidió salir a dar un paseo tras dejarlos en su nidito de amor, excesos y cocaína. Miró su móvil, Don Eusebio seguía sin dar noticias. Estuvo tentado de llamar al Jonás, pero sería demasiado pronto para mostrar interés. Claro que llamaría para seguir echándole la bronca y advirtiéndole de que no tocara nada, pero en el fondo necesitaba escuchar la voz de alguien con el que se sintiera unido a su manera.

Una asistenta con uniforme negro, paseaba al perro de la casa, un viejo mastín domesticado al que solo le quedaba un porte lejano de altivez canina.

Se sintió identificado con aquel chucho grande y lento, guiado por una correa en manos de un ser inferior en fuerza y en tamaño.

Se levantaría temprano, desayunaría poco y saldría a correr y después a machacarse en el gimnasio. Seguro que para cuando terminara y bajara de nuevo a desayunar arreglado como un huésped de cinco estrellas Alejandra y su baboso acompañante seguirían durmiendo. Encaminó sus pasos hacia su chalet privado. La vivienda que ocupaba en

la zona de servicio tanto si iba solo, como si tenía que proteger a su jefe.

Su baño y su habitación, aunque lujosa no tenía los
mismos acabados que el resto de la casa principal.

Él pertenecía a ese mundo, ese era su lugar. Los coches
de alta gama, las sirvientas con uniforme, la prensa rosa.
Vividos desde su puesto de guardaespaldas de un hombre de
poder, pero suyos al fin y al cabo.

No se imaginaba otra forma de vida. Y solo se mantendría en ella si servía a los propósitos de su dueño. Algo
tenía que hacer para recuperar la confianza.

Detuvo el paso y se quedó mirando como la asistenta
regresaba a la casa de sus señores acompañada por el perro.

No era el momento, ni el lugar, pero ganas de entrenar
no le faltaban.

La urbanización de Valdemar Golf, se dibujaba bajo
las farolas, con sus amplias avenidas rodeadas de parterres
con árboles perfectamente alineados en sus alcorques. Su
carril bici bordeando las calles. Un césped afeitado como
un recluta el primer día de servicio militar. Viviendas con
parking para el booggi del golf y una calma que provie-
ne del lujo que da la seguridad comprada a fuerza de miles
de euros. Un escenario maravilloso como en una película
americana donde todo brilla bajo la sospecha de que desa-
parecerá tras una hora y media. Demasiado bueno para ser
real. Y el Viti se aferraba a no salir de esa película, a que no
durara solo hora y media, a que pudiera convertirse en el
protagonista de la segunda entrega, de la tercera y de todas
las que hicieran falta.

La pequeña bombilla como luciérnaga amarilla de una bicicleta de paseo se acercaba lentamente hasta él bordeándole para seguir su camino, mientras el sonido de un tímido timbre metálico le avisaba de su paso.

La puta de la bicicleta vino a rescatarle de sus deprimentes pensamientos para recordarle su última hazaña.

A las 07:45 de la mañana bajaba del vagón del cercanías en Colmenar Viejo para hacer la ruta en bicicleta del Puerto de la Morcuera, un paso de montaña situado en la Sierra de Guadarrama. Utilizaba el tren para acercarse al punto de partida. Al salir de la estación, atravesaba la Ronda Oeste para dirigirse al carril bici recién inaugurado. En 1996, los ciclistas hacían prácticamente las mismas rutas que ahora sin que existiera el protector muro de hormigón que les separara de la calzada. Quería probar el tramo de ligeras subidas y bajadas que la llevarían hasta Soto del Real y desde allí tomaría la carretera hacia Miraflores de la Sierra. Después seguiría las indicaciones hasta llegar a la Hacienda Jacaranda un lugar de bodas y banquetes próximo al mirador donde pararía a contemplar las vistas y tomar aliento para enfrentarse a las empinadas rampas que la llevarían hasta la cima.

Pese a su delgadez, estaba en plena forma física, daba clases de aerobic y de bailes de salón en un gimnasio y su pasión era hacer rutas de montaña. Era una mujer tan activa como solitaria. Su última pareja le había quitado en partes iguales su dignidad y su autoestima. El deporte era su tabla de salvación.

Solo habían pasado unos días desde que saliera en libertad, tras el cumplimiento de su última condena en la prisión de Alcalá Meco. En el momento de la excarcelación le entregaron el certificado del tiempo que había estado privado de libertad y un informe sobre su situación sanitaria. Estaba hecho un roble. También le entregaron sus pertenencias retenidas desde el ingreso, la llave de la furgoneta y las de los candados del parque, su ropa y el saldo que tenía en su cuenta de peculio, unas tres mil pesetas.

Lo que más le costó fue poner en marcha la Fiat Ducato. Se compró una navaja nueva, eso le encantaba, era como estrenar su juguete preferido. Después enfundarse los guantes y volver a boxear. Tenía varios contactos que esperaban a que saliera de la trena para ofrecerle combates clandestinos donde se apostaba mucho y él ganaba un buen dinero. Y casi siempre tenía *encargos* que atender.

Dormía en "El Palomar". En cuanto consiguiera el dinero buscaría un alquiler. Se sentía libre escuchando los ruidos de los reptiles y roedores invadiendo el silencio y el olor a azufre de sudor cerrado que se respiraba en su interior. Una pequeña ventana redonda tapiada con tablones de madera y una puerta con su candado. Nadie sospechaba que dentro de esa construcción a todas luces abandonada pudiera vivir alguien. La puerta trasera con matorral bajo y maleza y una explanada de tierra donde poder dejar su furgoneta por la noche y descargar sus sacos, entrenar, descansar y salir por la mañana antes de que abrieran los municipales las puertas de hierro del parque. Era domingo no habría nadie haciendo tareas de mantenimiento.

Tenia un encargo.

A su veintiséis años se ganaba la vida usando sus poderosos puños dentro y fuera del ring.

Recoger a un "tipo importante" que salía de la cárcel de Soto del Real, una prisión prácticamente nueva a la que todos los huéspedes de Alcalá Meco envidiaban.

El destino final se lo diría el propio cliente. Las órdenes eran claras. Si alguien se acercaba a menos de un metro de su protegido, pegarle una buena hostia y si realmente le estuvieran esperando para matarle, matar él primero.

Un trabajo hecho a medida para él.

Nada de coches de alta gama ni de chofer. El "tipo importante" necesitaba salir discretamente bajo el protector disfraz de un vulgar ex presidiario.

Tenía que llevarle a la Hacienda Jacaranda, a tan solo unos pocos kilómetros de la cárcel. Allí su trabajo habría terminado dejándole instalado en una de las lujosas suites nupciales que le serviría de refugio temporal. Les estaban esperando. Accedieron al interior del recinto sin que nadie les siguiera. Regresó a la furgoneta sin el *paquete* a cambio de recibir un sobre. Giró en dirección contraria a la salida. Subiendo la pista de tierra para dar la vuelta en el mirador.

Y la vio.

Allí estaba ella. La bicicleta tumbada a su lado. Los ojos cerrados, la cabeza elevada hacia el cielo, el pecho llevando el movimiento de la respiración profunda, el casco en su mano derecha. El sol reflejando en su melena rubia los dorados brillos de su cabello.

Relajada, confiada, despreocupada, superior, altiva, creída…una puta como las demás. Se la veía en forma. Si era rápido, si se daba prisa, podría tener un buen entrenamiento. No se le podía escapar.

A plena luz, el corazón bombeando a máxima velocidad, excitado ante su próxima víctima. Tras el mirador, aparcada la furgoneta. Aceleró el paso y se agachó sin dejar de caminar para coger su navaja, se sentó de golpe a su lado clavándole el filo en las costillas.

–Si gritas te la calvo entera ¿Vale? No me mires y levántate despacio.

Agarrada por la cintura como novia recelosa ante las peticiones de su amado, la mujer de la bicicleta obedeció aterrada las indicaciones de su depredador.

Antes de llegar a la furgoneta. le propinó un puñetazo en los riñones para que sus rodillas tocaran el suelo que nunca más pisaría.

Amordazarla, ajustar las bridas, las cadenas, …todo empezó a ser rutinario.

–¡Vas a ser un saco de entrenamiento de puta madre! ¿Vale?

Cogió la bicicleta y la subió a la cabina de carga atándola junto a su dueña.

Permaneció todo el día amordazada en el interior de la cabina.

Poco a poco dejo de resistirse. Recuperaba algo de fuerzas, esperanza, ganas de vivir, y volvía a luchar en vanos intentos por desatarse. No entendía porque estaba allí ¿Porqué no se movían? ¿Porqué tanto tiempo esperando a que pasara algo?

El miedo era superior a las ganas de luchar, ya no podía más, estaba rota, le dolían muchísimo las bridas de las muñecas, si seguía intentando desatarse se contaría las venas, los huesos de los hombros parecían salirse de su sitio. Cada minuto era eterno. Dejó de entrar claridad por los milímetros abiertos de las ventanas. Ya no hacía tanto calor.

Estaba oscureciendo. Perdía a ratos el conocimiento. La sed y el dolor eran insoportables.

Arrancó la furgoneta de vuelta a "El palomar"
El corazón se le aceleró al notar movimiento en la parte delantera. Empezó a luchar de nuevo.
¡Que excitación! esa noche podría entrenar.
¡Por favor señor ayúdame! ¡¡¡¡Por favor señor que alguien me ayude!!!!
El camino de servicio pegado a la M30 estaba desierto.
¿Donde me lleva? ¿Dónde estoy? Nadie va a preguntar por mí hasta mañana…
¡La falta que le hacia un buen entrenamiento!
¿Que vida había vivido? Estaba sola iba a morir y solo se preocuparían por ella en el trabajo.

Sabía que nadie la iba a ayudar, sabía que estaba a punto de morir…Ahora tenía frío, tiritaba y lloraba sin parar.
No nos someten porque sean superiores a nosotros, nos someten porque simplemente son más fuertes, más malvados, menos predecibles.

Primero bajó la bicicleta.
Después el saco.
La cara aplastada entre la rendija de la puerta con el ojo izquierdo fijando la imagen. El parque ya estaba cerrado, soledad y oscuridad por toda compañía. Se preparó para el asalto.

Allí estaban esos ojos desorbitados pidiendo compasión. Ese sudor cristalino en la frente. El olor a orina recién hecha deslizándose por la entrepierna. Las lágrimas cegando su mirada. Los gemidos al recibir cada golpe. Y la muerte.

La muerte que ladea la cabeza, que hace que la tensión muscular se pierda dando paso a la rigidez. La muerte, que aumenta el balanceo del cuerpo al recibir cada golpe perdida la tensión.

Terminó su ritual como terminaba todos, clavando su navaja desde el abdomen destripando los tejidos hasta el pubis. Un aparato menos reproductor. Una mujer igual que su madre, igual que sus hermanas que dejaba de existir.

El eco del cuerpo desplomado bajo la trampilla. Las ratas se darían un festín.

Dormiría feliz de haber conseguido otro triunfo más.

Con ella la canción infantil apareció por primera vez en su cabeza recordándole lo miserable de su niñez. *Cinco lobitas tiene la loba….cinco lobitas detrás de la escoba…*Con ella la canción estaba completa.

Fue el combate menos satisfactorio, podía decirse que hasta se aburrió.

La primera vez que mentimos a un ser querido, el primer desamor, el primer beso, nuestra primera pandilla, la Primera Comunión…. La mayoría de las personas tenemos primeros recuerdos marcados por hitos similares. Esos recuerdos, el Viti los había borrado y sustituido por otros mucho más insólitos.

La primera vez que mató, la primera vez que violó a un colega, la primera vez que tiró a alguien por las escaleras, la primera vez que atracó un banco, la primera paliza, su primer KO. Un álbum de fotos escalofriantes que le mantenían firme y seguro como el mástil de un barco para el resto de la embarcación.

El único recuerdo que le avergonzaba, fue la primera y única vez que se probó a escondidas las bragas de su madre.

CAPITULO XIII

–Buenos días, Grupo Ripoll, le atiende Marta Galván ¿En qué puedo ayudarle?

–Buenos días Marta, soy Julián De la Villa–Garay, quisiera hablar con Don Eusebio Ripoll.

–Don Julián, en estos momentos el señor Ripoll no le puede atender. Si es tan amable déjeme su número de teléfono y el motivo de su llamada.

–Mi número de teléfono es el de mi despacho y el motivo de mi llamada es algo que solo nos concierne a Don Eusebio y a mí. Dígale que le he llamado. Gracias Marta.

–Gracias a usted Don Julián, que tenga un buen día.

Con la mano derecha buscó en el bolsillo de su americana el pañuelo de hilo a la vez que con la izquierda se quitaba las gafas ligeras de montura metálica que dejaban huellas gemelas en su nariz. Limpió los cristales y se las volvió a colocar. Descolgó de nuevo el teléfono y marcó el intercomunicador. Le pidió a Alice que avisara a Gonzalo, a Verónica y a Mena, la reunión interna tenía que comenzar. También había que avisar a Antonio. Los letrados iban a reunirse en La Cámara.

Eran las diez de la mañana. Miércoles 17 de septiembre.

Cuando Don Julián salió de su despacho, Alice le observaba. Aquel hombre mayor conservaba un porte distinguido. Sus pasos firmes atravesaron la recepción camino del pasillo. Con un amable gesto de cabeza saludó a Alice. Y ella le devolvió el gesto acompañado de una tímida sonrisa.

Cuando entró en la Cámara, Antonio estaba allí de pie, esperándole.

–Buenos días Don Julián.

–Buenos días Antonio ¿Necesita alguna cosa?

–Quisiera hablar con ustedes. Si no le importa, no les quitaré más que unos minutos.

–¿Se encuentra usted bien? Tiene cara de preocupado.

–Tengo cara de culpable, Don Julián.

–¡Vamos hombre! ¿De qué va a ser usted culpable?

–Pues de traición.

–Si no nos conociéramos…Pero sea lo que sea ya le digo yo a usted, que no será para tanto.

–Don Julián yo quiero hablarles a todos ustedes, a la señorita Verónica, a Gonzalo y a usted.

–Pues no se preocupe más, ahora tenemos una reunión y lo primero será escucharle. Siempre se ha de tener tiempo para los amigos.

La puerta se abrió y entró Gonzalo, con aire de estudiante universitario. Hoy no tenía citas, ni tenía que acudir a los juzgados. Los pantalones vaqueros y el polo de manga larga le hacían parecer un hombre mucho más joven.

–Papá… Antonio ¿Qué le trae por aquí?

–Antonio quiere hablar con nosotros, con Verónica también. Anda algo preocupado por un tema de honor ¿Sabes si está de camino?

–Pues sí, Verónica me ha llamado hace cinco minutos. Está con Mena aparcando el coche no tardarán. Antonio ¿Esperamos a las damas preparando unos cafés?

Mientras Gonzalo y Antonio desde el office del dormitorio de la Cámara preparaban la cafetera, llegaron Verónica y Mena.

Fueron cogiendo sus humeantes tazas y sentándose a la mesa. Todos menos Antonio que permanecía de pie.

–Antonio siéntese por favor y díganos en qué podemos ayudarle.

–No pueden ayudarme más Don Julián. Lo han hecho durante todos estos años. Y yo, en fin, yo me he tomado más libertades de las que debía, por eso quiero que me despidan.

–¿Pero hombre de Dios, que nos está contando?

Entonces Antonio, Petit, el hijo de Manuela, que permanecía de pie, se acercó al mando del ordenador central. Todos le miraban. Bajó la intensidad de la luz y activó las cámaras de vigilancia que en tiempo real estaban emitiendo las imágenes desde la casa de Verónica.

–Lo he hecho cada vez que creí que podía encontrar al asesino de mi madre. Nunca he contado nada a nadie, la información la quería para mí ¿Por qué? Imagino que para vengarme y descansar. Ahora ya sé quién es y quiero que me despidan. Les he traicionado a todos ustedes y les pido perdón. No voy a hacer ninguna locura. Hoy he dormido bien por primera vez en muchos años. Sé que lo cogerán y que lo meterán en la cárcel. Sé que harán que pague por lo que le hizo a mi madre y a la señorita Verónica.

El silencio acompañaba las imágenes dispuestas a modo de cuadrícula, del salón, el dormitorio, la cocina y la puerta de entrada del domicilio familiar de los Solí.

–Verónica se levantó de la silla. Le quitó suavemente el mando de la mano y con un gesto le pidió que se sentara. Miró a Mena.

–Serían las nueve cuarenta y cinco de la noche más o menos–contestó Mena a la mirada.

Entonces Verónica recuperó la hora de la noche anterior en la grabación y le dio al play.

Allí estaban las dos en la cocina escuchando el audio del Viti.

Antes de que su grito inundara la Cámara paró las imágenes.

Antonio apoyada ambas manos en su frente escondida tapándose la cara.

Gonzalo y Don Julián miraban a Verónica.

–No me cabe la menor duda de que es él. Voy a ahorraros la parte más dramática de la cinta. Y ya os adelanto que estoy bien. He dormido sedada por los fármacos y me encuentro tranquila. Entiendo que esta información no debía ser compartida más que por las personas implicadas. Pero no veo que tenga que disculparse por nada Antonio, por mi parte usted no ha violado mi intimidad y mucho menos traicionado mi confianza.

–Desde que se instaló la Cámara ¿Cuántas veces han sido? ¿Dos, cuatro? Siempre hemos sabido que alguien había repasado algún expediente. Era evidente que era usted el que trabajaba horas extra y nunca nos ha importado. A excepción de nosotros nadie más puede pasar el control digital–añadió Gonzalo.

Don Julián se levantó de la silla y se acercó a Antonio poniendo su mano derecha en la espalda curvada de aquél hombre bueno.

–Mire Antonio, no pienso jubilarme antes que usted y el día que usted lo haga le echaremos de menos. Así que, vaya de nuevo a su puesto y esté tranquilo. Llevo a gala estar rodeado de un equipo formidable del que espero no quiera dejar de ser parte. Además, especialmente hoy le necesito, como le hemos necesitado siempre.

Antonio se levantó despacio, y se abrazó a Don Julián. Un abrazo corto y suficiente para dar las gracias. Les miró, sintiéndose pequeño ante la grandeza de aquel auditorio. En silencio salió hacia la portería guardándose unas lágrimas que no sabían salir. "En boca del discreto lo público es secreto" se repetía para sus adentros.

Mena no pudo evitar soltar uno de sus comentarios.

–¡Si es que de verdad que sois la leche!

–Mena, Antonio es una buena persona, y sabíamos perfectamente que no iba a hacer ninguna cosa de la que pudiera arrepentirse, era cuestión de tiempo el que confesara. Lo único que lamento es el mal rato que ha pasado. Cabía una remota posibilidad de que algún día diéramos con el asesino de su madre y de Verónica. Nunca interrumpía ninguna investigación y siempre lo dejaba todo igual que se lo encontraba. En fin, me alegro de que se haya deshecho de esa culpa y de que todo se haya aclarado. Y por cierto, padre ¿No te vas a jubilar nunca? ¡No sabes que alegría nos das!

–Bueno Gonzalo vamos a dejar el tema y a centrarnos en lo que nos ocupa. Lo primero es agradecer que hoy esté Verónica en el despacho. Quiero que sepáis que he decidido citar a Don Eusebio para que nos haga una visita profesional. Hemos de conseguir que deje a nuestro cliente libre de sospechas, que le pague sus honorarios y, que consienta un divorcio que por lo visto requiere además de la aprobación de ambas partes, la suya propia. Tenemos evidencias que lo incriminan en un sinfín de actividades delictivas. Seguro que su abogado nos amenazará con la nulidad de las pruebas obtenidas mediante grabaciones no consentidas, pero no solo contamos con el testimonio de Alberto, sino que podemos citar como implicados a todos los altos cargos y autoridades que han hecho viable las actuaciones urbanísticas fuera de la más remota legalidad de Valdemar Golf. Y tenemos un as en la manga. Sabemos que su hombre de confianza, su guardaespaldas, es un asesino. Y le vamos a pedir que nos lo sirva en bandeja así como la libertad de nuestro cliente a cambio de evitar un escándalo mediático que no solo le arruinara económicamente si no también personalmente. Dejaría de salir en las portadas de la prensa como un triunfador para revelar su verdadero yo. La imputación de un delito le descalificaría para la vida pública, esa vida que tanto le fascina.

Espero que no te moleste que me haya tomado la libertad de llamarle sin consultarlo contigo. Alberto es tu cliente, es tu caso, pero por circunstancias obvias estás más implicada de lo que en un principio pensábamos y me gustaría que aceptaras mi intervención directa en este tema.

–No creo que haya interferido, realmente necesito que dirija este caso, es evidente que no estoy al cien por cien.

–Gracias Verónica. Ahora querida detective, cuéntanos en qué punto está tu investigación.

Mena sacó una pequeña Tablet del bolso y comenzó su exposición, mientras sus dedos se deslizaban por la pantalla:

–Uno de mis equipos está desplazado en Huelva. Han localizado a la mujer que hizo que Don Eusebio pasara unos días a la sombra. Tiene ganas de que se haga justicia y le hemos garantizado protección en caso de que tenga que declarar. Recuerda perfectamente al Viti, porque desde que apareció en su vida ha vivido con miedo.

El Señor Ripoll abusó de ella sexualmente y ella interpuso una denuncia. A él le arrestaron y fue a prisión, donde tuvo el placer de compartir celda con Víctor Melchor Heras. Ella, por presiones del abogado de Don Eusebio, retiró los cargos a los pocos días, creyendo que con aquel acto de humillación todo habría terminado. Pero no fue así. Pensad que solo era una joven de apenas veinte años. El Viti por orden de Don Eusebio fue a buscarla. Tuvo que estar vigilando su casa muchos días hasta que se quedó sola. Siempre había alguien de su familia con ella, pero los días pasaron y empezaron a ser confiados. Se presentó diciendo que venía de los juzgados para aclarar unos temas de la denuncia que había retirado. Y ella le abrió la puerta de un cuarto piso sin ascensor donde a las doce del medio día no había ningún vecino que pudiera ayudarla. No habló con ella, solo le tapó la boca con una mano, mientras con la otra le apretaba con una navaja en el cuello. Estaba convencida de que la iba a matar. Entonces se guardó la navaja y le dio un puñetazo que la dejó tumbada en el suelo, la agarró por las axilas y la arrastró hasta la escalera, la elevó todo lo que pudo lanzándola escaleras abajo. Cuando su cuerpo se detuvo entre dos tramos de escalera, se acercó y le susurró al oído: *No más denuncias ¿Vale?* Y se fue por donde había venido.

El parte de lesiones del hospital dice que fue una caída accidental. Han pasado muchos años. Se arrepiente de no haber tenido el valor suficiente para contar la verdad. Y no quiere seguir viviendo con esa culpa. No hace falta que demostremos que fue ordenado por Don Eusebio, solo hay que sumar dos más dos ¿De que iba el Viti a presentarse y actuar así si no fuera por petición de su nuevo jefe?

Mi equipo ha hecho un trabajo excepcional, así que no puedo más que felicitarlas.

Ahora pasemos a la familia de nuestro investigado.

Vivian muy cerca del domicilio familiar de los Solí. Tenemos todos los datos contrastados. Sabemos por qué dejaron de vivir allí, cuándo y dónde se desplazaron, y sabemos a qué se dedican actualmente.

Su madre necesitaba desahogarse y nos ha contado los disgustos y vergüenzas que siempre les ha causado "la mala bestia" de su hijo, que así es como le llama. No ha sido fácil, pero tampoco demasiado complicado sacarle información.

Vive sola con su marido. Sus hijas llevan tiempo fuera de casa, independientes, casadas y con trabajos normales. Intenta llenar sus horas en actividades parroquiales y, desde la fe y el perdón, expiar las culpas que cree tener por no haber sabido educar a su primogénito. Nada mejor que ponerla a prueba ayudando a una supuesta nueva parroquiana, que acaba de llegar a la ciudad y, que a través de la iglesia busca consuelo igual que ella para llenar su vida de esperanza. Le ha contado toda su historia, a la supuesta madre de un ex toxicómano, que está cumpliendo prisión en Huelva. No voy a entrar en detalles aburridos, pero sigo felicitando a mi equipo de auxiliares, son unas magníficas profesionales. Con sentido común y con algo de imaginación se consigue más que con toda la alta tecnología de la que hoy disponemos.

–Excelente Mena–dijo Gonzalo.

–No he terminado. Esta mañana temprano, Jonás, el carita de no haber roto un plato, ha salido del domicilio del Viti con su moto y se ha ido directamente a las oficinas del

Grupo Ripoll. Todavía no le ha recibido Don Eusebio que hoy anda poco madrugador, pero él le sigue esperando.

¡Si lo veis no le reconocéis! Se ha puesto la ropa y zapatos del Viti y medio litro de colonia. Parece un matón pero con cara de bueno. Llevaba tanta gomina que cuando se ha quitado el casco apenas se notaba la diferencia. Está sentado en la recepción del edificio Ripoll y espero que en breve una guapa y despistada hermana de una supuesta empleada del Grupo le coloque el audio que necesitamos para poder escuchar todo lo que tenga que decirle a Don Eusebio.

–Parece que has desplegado un ejército de auxiliares.

–No lo parece Gonzalo, es que estamos ante muchos frentes abiertos y necesitamos tenerlos todos cubiertos. Si llevamos más de veinte años siendo el mejor Gabinete de Detectives de España es por algo. Y sí, mis chicas son fabulosas y, mis chicos, aunque pocos, también lo son. Pero sigo sin haber terminado.

–Pues sigue, por favor, prometo no interrumpir –dijo Gonzalo terminándose el café.

–El Viti ha dormido en Valdemar Golf. Se ha levantado temprano y se ha ido a correr y a entrenar al gimnasio. Esta parte os la quiero comentar porque los gastos de la investigación van a ser astronómicos, ya sé que no debo preocuparme y que vuestro cliente puede hacer frente a mis honorarios, pero el alquiler de un día para otro de una villa residencial de este nivel no es pecata minuta. Independientemente de los gastos propios de una investigación de este tipo, esto encarece sobremanera la tarifa, pero hemos tenido suerte y hemos alquilado la más cercana a la residencia de los Ripoll cuando van a pasar unos días a su particular paraíso. Tengo a un matrimonio joven con su doncella y su anciano perro instalados allí. Y allí estarán mientras el Viti no vuelva a Madrid.

La hija de Don Eusebio, Alejandra, está con un afamado bodeguero instalada en el residencial, no en la misma vivienda que el Viti, que está en la de la familia, sino en otra villa no menos lujosa que pertenece a su madurito acompañante.

La vivienda de los Ripoll está a prueba de escuchas. Es lo que nosotros llamamos una residencia con barrido. No soportará ninguna intervención sin que se nos detecte. Así que nos tendremos que conformar con lo que podamos obtener sin acceso a audio ni video interior. A la antigua usanza. Paciencia y anticipación.

Gonzalo miró a Mena levantando las cejas a modo de interrogación.

–Y no, Gonzalo, no he terminado. Alberto Carraira tomó unas cervezas con nuestra letrada y la acompañó amablemente hasta casi su domicilio donde tuve el placer de relevarle y de paso quitarle de la cabeza intimar con ella.

–¡Mena! … No te pases. No creo que tenga ese tipo de intenciones conmigo. Solo despierto su curiosidad.

–No me paso querida, para mí que le gustas y mucho. Ha dormido en su ático de la calle Hermosilla y madrugador él, lleva desde las nueve de la mañana entregado a sus proyectos.

Y ahora sí, señores letrados, les cedo la palabra.

–Solo me pregunto ¿Cómo no te vuelves loca recibiendo toda esa información a la vez por el pinganillo que ocultas tras esa melena rizada en tu oreja derecha?

–Izquierda Gonzalo, izquierda –dijo Mena señalándose la oreja. A ver si observamos mejor. La derecha la dejo libre para audios puntuales. Y no me vuelvo loca porque mis auxiliares siguen a rajatabla una de mis premisas, que desde que están preparados y saben cómo llevar los casos a mí manera, desde el cariño, siguen fielmente: "No me toques los cojones y búscate la vida", perdón por la expresión. Así que solo me pasan información cuando es cierta, real y probada y no me molestan con gilipolleces de principiante.

Un silencio breve, como el que necesitamos para hilar la exposición de un discurso, invadió brevemente la Cámara. Don Julián tomó la palabra.

–Verónica, vamos a meter a ese animal en una celda. Solo me pregunto si podrás seguir soportando esta espera sabiendo que es él. Si necesitas apartarte del caso dínoslo ahora. Aceptaremos la decisión que tomes. Estoy intentando verme personalmente aquí con Don Eusebio, fuera de sus dominios y solucionar por la vía rápida la situación de nuestro cliente.

Pero también quiero, como todos nosotros, que se haga justicia y que ese malnacido del Viti pague por todo lo que hizo.

Verónica permanecía en silencio, en un estado de sobrecarga emocional. Esa sensación que tantas veces la hacía caer en el mutismo. Solo hablaría si se la preguntaba directamente. Su cerebro estaba asimilando que había encontrado al asesino que la mató. Al que destrozó su cuerpo y su integridad física para el resto de su vida. Al que debía cada una de las secuelas que le quedaban ¿Y ahora qué? ¿Dónde estaban esos deseos de venganza? ¿En realidad quería matarle o solo verle muerto? Si le hubieran dicho durante toda su segunda vida, que iba a reaccionar así cuando supiera quien era el culpable de la muerte de Manuela y de sus brutales lesiones, nunca lo hubiese creído.

Todas esas energías encaminadas al boxeo, a saber dar golpes, a saber como hacer daño de verdad, no habían estado dirigidas a usarse para vengar su pasado sino a protegerse para el futuro, para que nunca nadie pudiera repetir lo que el Viti consiguió esa maldita noche.

Ahora se estaba dando cuenta de todo y necesitaba tiempo para asimilarlo. Sentía decepción ante sí misma, como si el miedo a matar fuera superior a ella, que erróneamente pensó que podía llegar a ser una asesina, con motivos, pero asesina. Y esa especie de traición consigo misma la mantenía concentrada, callada y algo ausente.

Según los manuales de Psicología Criminal, *"la gente generalmente asume que su mundo es predecible, justo, legal y seguro, pero después de ser victimizado, estos supuestos básicos son sacudidos, lo que produce un sentimiento de vulnerabilidad, rabia y una necesidad de comprender por qué fueron abusados. Cuando las personas han sido expuestas a hechos inesperados e incontrolables, reaccionan con pasividad, indefensión aprendida y desesperanza.*

Los principales trastornos psicopatológicos que desarrollan las víctimas como consecuencia de la violencia sufrida, es lo que se conoce como Trastorno de Estrés Postraumático. Depresión. Ansiedad. Fobias específicas. Trastorno de ansiedad generalizada y trastorno obsesivo–compulsivo. Inadaptación a la vida cotidiana. Dependencia de sustancias. Ideación suicida"

Y cada una de las temidas consecuencias las había sufrido y las seguía padeciendo Verónica. Ahora se enfrentaba de verdad, por fin, a la noticia que toda víctima espera recibir. Su agresor existía, estaba vivo y localizado.

Don Julián se levantó de la silla:

–Tenemos que acabar con esto cuanto antes. La investigación de Mena debe seguir con una finalidad distinta a la que comenzó. Nuestro cliente tiene todo a su favor. Don Eusebio no va a poder negarse a negociar. Pero el Viti es cosa nuestra y, así se lo vamos a hacer entender, salvo que quiera verse involucrado en una guerra diferente. Las grabaciones que tenemos son un arma de trueque. No sacamos la trama de corrupción a la luz, consiente el divorcio de nuestro cliente, le paga sus honorarios y se acabó. Que siga expoliando el medio ambiente no es nuestro problema prioritario. Ya se ocuparán los tribunales de pararle los pies o seguir dejándole actuar.

–¿A que se refiere cuando dice que mi investigación tiene una finalidad distinta? Que yo sepa, desde que comenzó tiene el mismo fin. Al proteger a un cliente de este despacho y a nuestra letrada, han aparecido pruebas que hacen que paralelamente se vuelva a abrir un caso distinto. Sin embargo la finalidad es la misma. Yo protejo, obtengo pruebas y lo demuestro en un juzgado o en esta Cámara. Mi obligación de comunicar delitos públicos a la Policía está intacta. No me voy a jugar mi Licencia por eso. Todo lo contrario, lo pondré en conocimiento de la autoridad cuando mis sospechas sean irrefutables. Por ahora, tengo testimonios y, fechas que coinciden con el día de autos en la investigación abierta del caso Solí. Pero además tengo la seguridad de que vais a conseguir un trato con Don Eusebio que sin duda beneficiará a vuestro cliente.

Mena tomó aliento, dirigiendo su mirada hacia Verónica.

Pero el expediente Solí no tiene nada que ver con Alberto Carraira ¿Se lo vais a comunicar? ¿Le vais a decir que a través de él hemos encontrado al asesino de Manuela Carrascosa y de Verónica?

–Eso solo dependerá de si Verónica quiere o no que se lo comuniquemos –dijo Gonzalo.

Verónica les escuchaba, entendía cada palabra que pronunciaban y seguía inmersa en su estado de letargo. Evidentemente su mutismo hablaba por ella. Tenía que vencer el miedo que se estaba apoderando lentamente de ella. El terror a ser de nuevo una víctima. De caer en las garras de ese animal y volver a perder el control de su vida, de volver a morir. Las frases de su memoria se cruzaban con la nueva información…

–*Calladita estas más guapa ¿Vale? como grites me cargo a la vieja.*

–Déjala en paz, suéltala.

–*Por favor.*

–¿Qué?

–*Que lo pidas por favor ¿Vale?*

–Suéltala por favor. No le hagas daño.

–*¡Mírame a mí, no a ella, te digo que me mires, puta de mierda! ¿Pero qué coño te pasa, eres sorda o qué?*

Su nombre completo es Víctor Melchor Heras… Tiene treinta y nueve años… Debutó un veintiséis de noviembre de hace veintiún años… Ex – boxeador profesional…

En la niebla de sus recuerdos un hombre gigante la golpeaba sin piedad.

La idea de volver a ser sometida sin poder defenderse la paralizaba.

La bilis se apoderó de su garganta dejándole un sabor ácido en la boca.

Sentado en la recepción del edificio Ripoll, mirando el enorme hall decorado con lujo minimalista, Jonás se sentía como un niño pequeño al que llevan de viaje a un parque temático. En su cabeza ensayaba una y otra vez el discurso que quería soltarle a Don Eusebio.

Buenos días señor, verá, yo quiero trabajar para usted. Soy fuerte y se proteger a las personas… No, eso no era lo que quería, mejor…Verá Don Eusebio, mi compañero el Viti me ha dicho que usted es un buen jefe y que siempre le paga… Que le gusta trabajar para usted y yo he pensado que a lo mejor le haría falta otro ayudante, alguien como yo que sabe disparar… No, no, eso tampoco era lo que quería decirle.

Mejor ir directo al grano.

Mire Don Eusebio, yo quería hablar con usted para decirle que quiero ser su nuevo guardaespaldas. Que soy fiel y que el Viti es un malnacido al que quiero cargarme con su permiso.

Tampoco.

Demasiado directo.

Y mientras le daba a su disminuido cerebro buscando como enfrentarse a uno de los tipos más ricos e influyentes del país, una jovencita con unas piernas kilométricas y cara de empollona guapa, se sentó a su lado en la hilera de butacas que acomodaban una improvisada sala de espera a la vista de todo el que pasara por recepción.

–Buenos días.– Dijo la joven con una voz casi imperceptible.

–Buenos días.–le contestó Jonás.

–¿Estás citado con recursos humanos?

–No, yo vengo a hablar con el jefe.

–Pues que suerte. Mi hermana trabaja aquí y yo vengo a ver si hubiera algún puesto para mí. Acabo de terminar económicas y estoy desesperada, no hay nada en lo que trabajar. Bueno si, como señorita de compañía lo que quiera.

–Pero eso no es para ti, salta a la vista que eres una chica lista.

–Uf, pues muchas gracias por el cumplido. A ver si les parece lo mismo a los de personal. Entonces tú ¿Conoces al Señor Ripoll?

–Personalmente no, pero un colega mío también trabaja para él y he pensado que a lo mejor podía darme un curro, como guardaespaldas o algo así.

–O sea, que venimos a lo mismo. Pues que tengas mucha suerte. Me llamo Maribel, aunque todos me llaman Sisi.

–¿Sisi?

–María Isabel, Isabel, Isa, Sisi, no sé porqué acabaron llamándome así.

–Jonás, me llamo Jonás y, es por mi abuelo.

Entonces, de forma inesperada, Sisi, le plantó dos besos uno en cada mejilla que le hicieron sentirse un auténtico Don Juan. Y que sirvieron para depositar en su americana un micrófono de última generación.

–Estaría bien que nos cogieran a los dos ¿Verdad?

Mena tomó de nuevo la palabra.

–Tenemos al Jonás pinchado. Si Don Eusebio le recibe, nos enteraremos de todo. Este chico es lerdo, pero lerdo. Igual tenemos suerte y nos acaba sirviendo en bandeja al Viti.

–Perfecto, Mena –Dijo Gonzalo sin disimular su optimismo.

Con voz concentrada y fría intervino Verónica:

–Tenemos que avisar al señor Carraira de la reunión que queremos mantener con su suegro, igual quiere estar presente ¿No os parece? Lo digo porque aunque tengamos clara la estrategia a seguir, él debería estar al corriente.

–Tienes toda la razón ¿Le llamas tú o prefieres que directamente le llame yo y le ponga al tanto de todo?

–Le voy a llamar yo Don Julián.

El teléfono de la Cámara sonó. Era Alice anunciando que tenía en espera a Don Eusebio Ripoll contestando a una llamada del despacho.

Gonzalo conectó el manos libres.

–Buenos días Señor Ripoll, soy Julián De la Villa–Garay.

–Buenos días, me han dicho que ha llamado preguntando por mí, usted dirá en que puedo ayudarle.

–Me gustaría que nos viésemos. Tengo información que creo es de su interés y no quisiera tener que usarla sin antes ponerle personalmente al corriente de la misma.

–Mire Don Julián, no se ofenda, pero si esa información está relacionada con mi yerno, no tengo ningún interés en quedar con usted. Lo que tenga que arreglar con él lo haré en privado. Son temas de familia.

–No Don Eusebio, no solo es un tema relacionado con su yerno. Es un tema de corrupción, de malversación de fondos públicos, de falsedad documental, de cohecho, de ilegalidad de todo lo construido en su promoción de Valdemar Golf… Y de un asesinato… Realizado por su querido e inseparable guardaespaldas.

El silencio del otro lado de la línea duró lo que dura en reaccionar la mente ante una avalancha de noticias inesperadas.

–¿Cuando quiere que nos reunamos?

–Lo antes posible.
–¿Puedo acudir con mi abogado?
–Por supuesto.
–Le llamo yo.

Y Don Eusebio colgó el teléfono sin despedirse, dejando de manifiesto su exquisita educación.

Cuando llegó al despacho por la mañana, llegó tarde, abatido, como si el ritmo de su vida fuera más rápido que él, como si necesitara apartarse de todo, desaparecer. No disfrutaba de su dinero, no tenía tiempo. No disfrutaba de su familia, eran figuras decorativas a las que fotografiar, pero no le daban cariño. No disfrutaba del vino, de las comidas, de los negocios… De nada.

Sabía que Jonás le estaba esperando. Y ahora esa llamada. Un problema más que solucionar, otro fuego más que apagar ¿Dónde estaba su mala leche, su carácter de ganador, su afán de conseguir más que los demás? Llamaría a su abogado y tendría esa cita con los abogados de su yerno. Pero antes iba a atender a Jonás. Algo le decía que aquel paleto podía servirle.

–Matías ¿Sigue ahí ese joven que viene de parte del Viti?

–Si señor, está en recepción.

–Dígale que suba y avise a mi secretaría de que lo deje pasar.

–Ahora mismo Don Eusebio.

Matías acompañó hasta el ascensor privado a Jonás y le despidió con un "hasta luego" mientras las puertas automáticas se cerraban.

¡Música, el ascensor tenía música! En su vida se había podido imaginar que los ascensores tuvieran música. Esto era lo más… Este iba a ser su día de suerte. Lo presentía. Ya era hora de que le fuera bien. Él era un tío legal un buen chaval al que la vida no había sabido tratar. Pero eso iba a cambiar, estaba a punto de cambiar. Y es que Jonás era un optimista.

Un poco amedrentado por el lujo que avisaba de la superioridad, ya no pensaba qué decir, simplemente le pediría trabajo.

Don Eusebio se levantó de su sillón de jefe como si entrara un jeque árabe. Con la mano derecha extendida.

Jonás, el Jonás, no daba crédito y estiró los dos brazos hacia adelante en señal de correspondida cortesía.

−Buenos días Jonás ¿Qué le trae por aquí?

−Buenos días señor Ripoll. Vengo a pedirle trabajo y a darle las gracias por recibirme.

Pues vaya, ¡qué fácil! pensó Jonás: ¡Esto es la leche!

−¿Y de que quiere trabajar si se puede saber?

−Pues…Yo quiero ser como el Viti, quiero serle útil, protegerle o lo que haga falta.

−Como el Viti no, Jonás, como el Viti no −Respondió Don Eusebio.

−Tengo el graduado escolar, el carnet de conducir y sé disparar.

−Pues yo no tengo carnet de conducir.

−¿No tiene carnet?

−No. Por eso necesito un chofer.

−¿Y sabe disparar?

−Tampoco tengo puntería.

−Pero seguro que tiene estudios ¿O no?

−Tampoco muchos, pero tengo gente contratada que sí los tiene.

−¿Y cree usted que yo le podría servir para algo?

–Para algo has de servir. Todo el mundo sirve para algo.

–Eso mismo pienso yo.

–¿Y porqué piensas que te necesito?

–Si se lo digo de sopetón no sé si me va a echar directo a la calle, pero es que el Viti me ofreció ayudarle en eso de seguir a su nuero…

–Yerno.

–Eso a su yerno, perdón.., Y me pagó… Usted le dio pa mí quinientos euros y yo me animé y pensé, a lo mejor podría tener una nueva vida y dejar de vivir como vivo y tener un trabajo como el Viti y… Por eso me lancé y aquí estoy.

–Emprendedor. A eso se le llama ser emprendedor.

–Pues debo serlo si usted lo dice.

–Y exactamente ¿Por qué crees que te voy a contratar Jonás?

–Pues porque si tiene al Viti pa seguir a su…Yerno y le sale mal y, si lo perdemos y se enfada y lo manda lejos, a lo mejor ahora que no tiene al Viti cerca anda falto de guardaespaldas ¿No? o a lo mejor resulta que tiene muchos, no lo sé, pero yo creo que puedo hacerlo mejor y sobre todo es que yo no soy mala persona y el Viti sí.

–Muy bueno tampoco eres ¿no? Lo que tú quieres es quedarte en el puesto del Viti y estás, lo que se dice, levantándole el trabajo.

–Pues sí. Quiero vivir como él vive. Y trabajar para usted.

–¿Y que estarías dispuesto a hacer?

–Cualquier cosa que usted pida.

–¿Cualquier cosa?

–Sí señor.

–Está bien. Te voy a poner a prueba.

–¿Sí? ¿Eso quiere decir que me contrata?

–Eso quiere decir que te voy a poner a prueba y que ya veremos lo que pasa.

–¿Y cuando quiere que empiece?

–Ya has empezado. Y Jonás, al Viti, le di dos mil euros a repartir entre vosotros por vigilar a mi yerno.

Don Eusebio se levantó y le volvió a extender la mano. A Jonás casi le dan ganas de abrazarle, pero se mantuvo digno y se la estrechó con vehemencia. Le mandó esperar en la antesala hasta que lo necesitara y Jonás obedeció de mil amores.

¡Qué cabronazo el Viti! Él que pensaba que esos quinientos euros eran un dineral. Pero sin duda era su día de suerte, ese hombre le estaba dando la oportunidad de su vida. Y había sido tan fácil. Le temblaban hasta los pelillos de las orejas.

Don Eusebio telefoneó a su abogado.

En la Cámara, toda la conversación se estaba reproduciendo en tiempo real.

Era el momento de hablar con Alberto Carraira y ponerle al corriente de los planes que tenían.

Verónica sacó su móvil del bolso y le llamó. Su cliente le confirmó que acudiría lo antes posible al despacho.

Volvió a sonar el teléfono de la Cámara. Alice informaba. Don Eusebio Ripoll quería hablar de nuevo con Don Julián.

Conectaron el altavoz:

–¿Don Eusebio?

–Si Don Julián, acabo de hablar con mi abogado y esperamos a que usted nos diga cuándo quiere que vayamos a su despacho.

–Pues, verá, yo le pediría que a la mayor brevedad.

–Hay algo que quiero que me garantice.

–Dígame.

–Nada de audios ni videos. Si me graban o si captan imágenes mías en el interior de su despacho, sea lo que sea que quieran que les confiese lo negaré.

–Ya le estamos grabando Don Eusebio.

–Eso ya lo sé. Solo les pido que si voy, me dejen hablar tranquilo.

–Se lo garantizo. Nada de lo que se diga en nuestro encuentro podrá ser reproducido o utilizado públicamente en su contra.

–Solos usted y yo en un primer encuentro. Mi abogado esperará. Y si veo que es necesario le haré asistir a la reunión.

–Me parece bien ¿Podría usted estar aquí antes del mediodía?

–Puedo ¿Y puede usted garantizarme que ni prensa ni ningún medio podrá llegar a tener conocimiento alguno de nuestra conversación?

–Puedo garantizárselo.

–Pues vamos a conocernos personalmente. Espero estar en su despacho lo antes posible.

–Don Eusebio, le estaré esperando.

Gonzalo se levantó, miró a Verónica con la taza de café en la mano y pronunció sin palabras un signo de interrogación ofreciéndose a traerle otro. Verónica asintió y Mena se incorporó al asentimiento, Don Julián levantó la suya en señal de la más absoluta conformidad, mientras conectaba el intercomunicador de la Cámara con recepción.

–Alice, va a venir Alberto Carraira, hágale pasar al despacho de Verónica.

–Si Don Julián.

–Va a venir también Don Eusebio Ripoll, avise a Antonio. Dígale que desde la portería lo traiga aquí. Y si viene su abogado, que se quede en la sala de espera hasta que yo le diga otra cosa.

–De acuerdo.

–Gracias Alice.

–De nada Don Julián.

Mena estaba recibiendo información de sus auxiliares. Algo no iba bien. El Viti se había ido de Valdemar Golf. Su coche circulaba en dirección a Madrid. No podía saber si era por propia iniciativa o si Don Eusebio le había llamado. Había salido sin equipaje. Desde la ventana del dormitorio de servicio que ocupaba podía verse su maleta abierta con varias prendas extendidas sobre una de las dos camas.

–Siento comunicaros que el Viti viene para Madrid. Ha dejado todas sus cosas en el chalet. Le estamos siguiendo.

–¿Y? ¿Le preparo un cafelito? –Preguntó Gonzalo intentando desahogar aquel estado de estrés colectivo.

–Si te parece le presentamos a Verónica y le decimos que no se la cargó y que aquí estamos esperando a pillarle para meterle en la cárcel de por vida.

–Que mal humor tienes Mena, por eso cada día me gustas más.

–Y tu Gonzalo, cada día me gustas menos.

–Por favor ¿Queréis dejar vuestras diferencias para más tarde? Parecéis unos colegiales. Ahora mismo tenemos que organizarnos. Dejaremos conectado el audio y el video, Don Eusebio es un delincuente y yo no negocio pruebas con delincuentes por muchas condiciones de privacidad que me pidan. Verónica ve a tu despacho y espera a Alberto. Desde allí podréis seguir nuestra entrevista. Mena sigue haciendo lo que tan bien haces y no dejes que se nos escape ese malnacido. Quiero que seas tú quien reciba a Don Eusebio en la Cámara y me lo presentes. No sin antes dejarle caer información comprometida que lo deje preparado para negociar. Luego te vas y fingiremos que la reunión la mantenemos a solas. Y tu Gonzalo, quédate, vete al dormitorio, nunca se sabe que va a ocurrir. Hoy serás mi protector. Puede que venga con su abogado y que le deje fuera, pero seguro que su flamante y nuevo guardaespaldas, vendrá con él.

—Se van a presentar a la vez… Estaré recibiendo el audio de Jonás… La Cámara seguirá guardando las grabaciones, los localizadores de la moto y el coche del Viti siguen activos… Verónica te voy a poner un micro ahora mismo por si aparece…, y Don Julián, no se enfade con Gonzalo, su hijo y yo solo estamos haciendo lo que mejor sabemos hacer, es decir, él, el bobo y yo mi trabajo.

—Mira Mena….

—¡Ni mira ni nada, a ocultarte al cuarto espía Gonzalo! que si la cosa se pone fea contamos con tus años de gimnasio y pádel para defender a tu padre.

CAPITULO XIV

Don Eusebio, llamó a Marcos su abogado y avisó al Jonás de su inminente cita en el despacho De la Villa–Garay. Las instrucciones eran bien sencillas. No debería separarse de él ni un segundo, ese era su primer encargo. Boca cerrada, ojos bien abiertos y al primer signo de amenaza hacia su persona reaccionar como un verdadero matón. Primero pegar y luego preguntar.

Aunque la distancia era corta, había decidido ir en coche, con Matías como chofer y con su nuevo guardaespaldas. Con todo el lujo que su persona necesitaba para hacerse notar. Estaba decidido a negociar, pero eso no implicaba bajar de su estatus de superioridad. La humildad no era algo de lo que jamás alardeara, si llegara el momento, sería pobre, pero pobre con la cabeza muy alta. esa altura que aunque uno mida solo metro cincuenta y pocos centímetros, hace que el resto de los mortales noten que eres alto en dinero. Los valores morales no estaban dentro de sus prioridades. La buena educación recibida desde la cuna, tampoco. Don Eusebio era consecuente. Igual que intentaba engañar en su altura, porque era bajito, igual intentaba engañar en moralidad. Era un ser mezquino al que las apariencias habían ganado el pulso.

Cuando tienes que descalzarte y mostrarte desnudo ante ti mismo, no puedes defraudarte, no puedes timarte. Las alzas ocultas se quedan dentro de los zapatos. Si lo haces, es que realmente, eres un imbécil. Y Don Eusebio Ripoll Benalmádena hijo de Don Eusebio y Doña Eulalia, era sobre todo un imbécil venido a más.

Alberto salió andando por la puerta principal sin ninguna necesidad de aparentar nada.

Verónica le esperaba en su despacho con el ordenador a modo de pantalla, donde recibiría el audio y video de la Cámara a la vez que llevaba incorporado un micrófono, como medida preventiva, según Mena.

Sin saberlo Alberto y Don Eusebio estarían en el mismo sitio y a la misma hora.

Uno, junto a la mujer depositaria de su confianza. El otro frente a una realidad que sospechaba, temía y a la vez deseaba. Los retos donde medirse eran un deporte que practicaba habitualmente y de los que solía salir vencedor a base de billetes.

Ante el recibidor del despacho De la Villa–Garay, Don Eusebio sopesaba el verdadero lujo del que siempre ha tenido posibles. Una finca en el barrio de Salamanca, con la elegancia clásica de los detalles en la decoración y mármol desgastado. Imagen del verdadero sentido del bienestar. Saludó al portero, que para eso sí que tenía educación, anunciando su visita.

–Sí señor, subiendo el primer tramo de escaleras se encuentra el despacho de abogados, está en la primera planta. Pero Don Julián me ha pedido personalmente que le lleve a una dependencia privada. Tendrá que seguirme. Su acompañante ¿Vendrá con usted?

Don Eusebio no contestó, limitándose a asentir con un gesto de cabeza.

Antonio antes de abandonar la portería, simplemente marcó el intercomunicador con el despacho. Alice ya estaba sobre aviso.

En la Cámara, Gonzalo ocupaba el dormitorio que se comunicaba con la habitación que hacía las veces de pantalla, desde allí podía ver sin ser visto la reacción de todos los asistentes a la reunión y en caso de ser necesario intervenir a tiempo.

Cuando por fin atravesaron la puerta informatizada de la Cámara, Don Eusebio y Jonás estaban expectantes. Aquel laberinto de pasillos y aquellas puertas desvencijadas, les tenían algo desconcertados.

Al entrar en la Cámara, la puerta se cerró tras ellos y Antonio volvió a su portería.

Desde la tercera silla de la derecha, en posición erguida y con talante afable Don Julián dio los buenos días a sus invitados, pero no se movió ni un centímetro de su sitio.

Mena salió a su encuentro con una sonrisa amplia que para ella era como una especie de mueca muy forzada y que solo usaba por indicación obligada de sus colegas.

–Buenos días Señor Ripoll y compañía, soy la detective del despacho, pueden llamarme Mena.

–Buenos días Mena– contestó Don Eusebio examinándola de arriba a bajo sin ningún pudor– ¿Quiere que levantemos los brazos y depositemos cualquier cacharro electrónico?

–Me ha leído el pensamiento Señor.

–Pues me alegra acertar. Normalmente esto me lo piden, con muy poca frecuencia, hombretones de más de dos metros.

–No se crea, a mí cuando se me conoce, intimido mucho más.

Los rápidos movimientos de Mena explorándole el cuerpo dejaban ver una precisión que solo los profesionales adquieren con el paso de los años.

–Pues mire, no me importaría lo de intimar…

–No es el momento…

–Por lo menos no ha dicho que no soy su tipo.

–No suelo juzgar a las personas por las apariencias.

–Recuérdeme que si esto sale bien, la ponga a prueba para algún trabajito en mi empresa. Ayer me envió la foto que trajo una supuesta amiga de Alex ¿Verdad? …Me gusta su estilo.

–Con todos mis respetos, Señor Ripoll, para algún trabajito, llama a usted a algún Jonás aquí presente o, a algún Viti. A mi llámeme para algo más serio.

El silencio breve que hizo que la saliva se le espesara en la boca, solo consiguió añadir más emoción a la incertidumbre que aquella mujer le hacía sentir.

–Su turno Jonás– señaló Mena.

Jonás miró a su nuevo amo. No sabía qué tenía que hacer ¿Cómo sabía aquella mujer su nombre?

Con un leve movimiento de cabeza, Don Eusebio, le indicó que se dejara cachear.

–Bien señores. Ahora les dejo para que puedan tener una reunión tranquila.

–¿Se va? La espera será eterna.

–No lo crea, Señor Ripoll, nos volveremos a ver en breve. Lo presiento.

–Recuerde mi oferta.

–¿Para un trabajito? No lo creo. Algo me dice que usted promete trabajos…pero que luego si te he visto no me acuerdo y si le denuncio igual me caigo por las escaleras de un cuarto piso sin ascensor.

–¿Qué?

–¡Ah! claro, ya no se acuerda de cuando era usted irresistible…cuando alguna azafata le pedía trabajo y, cuando después de tener su ratito de violento desahogo le tiraba un montón de billetes encima de la cama y la trataba de puta. Y del puesto de trabajo prometido, eso prometido… hasta después de metido… Le pido disculpas por mi ordinariez, es que no sé como contárselo lo más gráficamente posible para que haga memoria. Ahora les dejo, que tengo que seguir con mi trabajo. Uno de verdad, Señor Ripoll. Un placer conocerles en persona. Por cierto Jonás, la ropa del Viti a ti te queda mejor que a él.

Y levantando sus manos a la altura de la cara del Jonás como si le estuviera viendo a través del objetivo de una cámara le dijo:

–Se te vé guapo. Quizá sin gomina estarías algo más natural. No tienes pinta de matón ni queriendo.

La Cámara, empezó a encoger como en la película de Alicia en el país de la maravillas. A la vez que el sudor se iba apropiando de las axilas, frente y manos de los invitados de Don Julián.

Mena había conseguido su objetivo. Estaban listos.

Alberto Carraira llegó con su buen talante y su inmejorable físico cuarentón al despacho de Verónica Solí.

La altura y envergadura de Don Julián, bordeando la mesa en forma de herradura para salir al encuentro de su visita, contrastaban con la figura rechoncha y bajita de Don Eusebio. Esa mesa dividiendo el espacio entre uno y otro bando, hacia las veces de zona de tregua, atravesada por el apretón de manos que ambos se dieron.

–Disculpe a nuestra detective, es sin duda una mujer con carácter y muy independiente. No era mi intención molestarle, aunque trabaje para nuestro despacho ella administra a su criterio la información que obtiene, como habrá podido comprobar– Y con un gesto de atención les señaló las sillas donde debían sentarse.

–Cuando llegue mi abogado ¿Podrá incorporarse a la reunión?

–Eso depende de usted. Su caso se ha complicado mucho.

–¿Mi caso?

–Si Señor Ripoll, su caso.

–Que yo sepa no les he encargado nada.

–Y no lo ha hecho. El único encargo directo, como bien sabe, ha sido el de su yerno el señor Alberto Carraira.

–¿Y?

–Y nuestras investigaciones, le han involucrado a usted en un sinfín de delitos que han provocado esta reunión. Tal y como le dije por teléfono.

–Pues Don Julián, me denuncian…Lo demuestran en los juzgados y listo ¿No? "Que le voy a decir yo que usted no sepa"

–A eso nos dedicamos y somos muy buenos. Pero siempre damos la oportunidad de negociar.

–¿Negocian con delincuentes como yo?

–Créame, si no fuera así, no negociaríamos con nadie.

Alice contactó con la Cámara, anunciando que Marcos García de la Vega, el abogado de Don Eusebio, había llegado.

–Y bien Señor Ripoll ¿Comenzamos la reunión?

–Y si le digo que se quede con su reunión y que me voy.

–Está usted en todo su derecho.

–¿Sabe que me gustaría? Me gustaría saber qué es lo que realmente tienen contra mí. Su detective no ha hecho más que mencionar temas pasados.

–Contra usted nada que no podamos solucionar. Ese es el talante de este encuentro. Buscar soluciones antes de llegar a los tribunales. Solo puedo decirle que a ambas partes nos interesa.

¿Porqué había mencionado aquella frase…? "Que les voy a decir yo que usted que no sepa…" ¡Dios mío amenazaba igual que el Viti! Había sido una frase poco convincente, nada ingeniosa, mediocre… Y así se estaba sintiendo, mediocre. O se levantaba y les mandaba a todos a tomar por culo o seguía y se enteraba de todo lo que aquellos energúmenos tan preparados, tan listos, tenían que ofrecerle. Podía contar con su abogado, él era rápido y estaría a la altura de las circunstancias. Aquella detective ya le había amenazado, la curiosidad le mantenía inquieto.

Miró fijamente a los ojos de su rival y vio seguridad. Aceptaba el reto.

–Está bien, tengamos la reunión, pero traigan aquí a mi abogado.

–De acuerdo Don Eusebio.

Marcos García de la Vega, de pie ante el mostrador de recepción del despacho De la Villa–Garay esperaba a ser atendido. Llevaba muy mal que no le atendieran inmediatamente. Él era uno de los mejores abogados de Madrid. Tenía fama, poder y, una lista de clientes tan larga como su soberbia. Que aquella secretaria entrada en años le hubiera dedicado una sencilla frase de "espere un momento por favor" le estaba sacando de quicio. Ni siquiera advirtió la más mínima expresión de admiración en la mirada de aquella mujer.

Alice disfrutaba sobremanera cuando tenía la ocasión de hacer padecer su superioridad ante seres tan osados como Marcos García de la Vega. Era un sentimiento casi infantil. Pero era una gozada, ver las caras de los famosos de las revistas esperando a que ella les atendiera. Casi estuvo tentada de decirle que le repitiera su nombre, pero le pareció demasiado y ante el evidente nerviosismo y cara de malas pulgas que se le había puesto al abogado del Señor Ripoll, le hizo pasar a la sala de espera donde Mena le recibiría y, donde tras las correspondientes presentaciones le pidió que se dejara cachear.

–¡Esto es increíble detective! ¿Me está pidiendo que me deje registrar? ¡Soy el abogado de Don Eusebio Ripoll!

–Por mí como si es usted su confesor personal. Le han convocado a la reunión y sin que pase por mis manos usted no entra… Y su jefe le está esperando, así que ¿Usted me dirá que hacemos?

–¿Don Eusebio está al corriente?

–Al Sr. Ripoll le he cacheado yo personalmente y creo que ha estado encantado. A él y a su guardaespaldas.

Un breve silencio de…no me queda más remedio… hizo que el tono de voz y la petulancia en las maneras bajaran como marea sin viento.

–Pues proceda.

Mena se entretuvo más tiempo del necesario solo para alargar la sensación de malestar que el abogado estaba padeciendo. Y ahora venía lo mejor. La parte en la que soltaba una de sus frases para dejarlo preparadito para la reunión.

–Lo vé, no ha sido para tanto. Está usted limpio, al menos de aparatos. No veo porqué ha tenido que ponerse así. Yo solo hago mi trabajo, al igual que usted cuando deja que se someta a todo cargo público que se le cruce en su camino a lo mismo que le acabo de hacer yo. Debería estar acostumbrado.

El silencio fue la única respuesta inteligente que a Marcos García de la Vega se le vino a la cabeza. Mena salió de la sala diciéndole que esperara. Avisó a Antonio, le informó de que el Viti había dejado Valdemar y que se dirigía a Madrid y, juntos volvieron a buscar al abogado.

–Tendrá que acompañar a nuestro portero, si es tan amable–Le dijo Mena.

–Señor ¡sígame! Por favor.

Cuando salieron de nuevo a la escalera del edificio, el abogado recuperó el habla.

–¿Pero salimos del despacho?

–Sí señor, aunque no del edificio. La reunión es en una dependencia privada.

Le estaba pareciendo demasiado tener que seguir al portero de la finca por aquel laberinto de pasillos con olor a humedad. Empezaba a tener miedo. Marcos García de la Vega, era sobre todo un cagón. Toda la mala leche que tenía en los juzgados, en las entrevistas para la televisión o en las revistas, desaparecía en cuanto temía lo más mínimo por su integridad personal. La situación le intimidaba.

Antonio, notaba el respirar agitado de su acompañante y decidió echarle un capote.

–No se preocupe señor, su jefe ha venido también conmigo y le está esperando.

–No estoy preocupado y no es mi jefe es uno de mis mejores clientes.

–Sí señor, lo que usted diga.

¿Pero que le pasaba a toda esa gente, es que no se daban cuenta de quién era él? Menudos personajes, primero la secretaria, después la detective y ahora el portero.

Hasta que no entró en la Cámara no se dio cuenta de lo que realmente le pasaba. Tenía miedo de estar, o peor, de ser torpe. Conocía perfectamente a Don Julián, a su hijo Gonzalo y a Verónica Solí y sabía que eran superiores a él en todo. En la forma de preparar los casos, de ser humildes, de tener clase, de ser discretos y de ganar. Ese buen nombre que solo unos pocos en la profesión tenían. Ese buen nombre que él nunca llegaría a tener por mucho que lo deseara.

–Colega, bienvenido a nuestra reunión.

–Don Julián, un placer conocerle personalmente. Don Eusebio…

–Marcos, este es Jonás, es mi nuevo guardaespaldas.

A Jonás solo le dedicó una mirada de ¡vale, ya sé qué haces aquí! Y Jonás se sintió ofendido por la falta de educación, al menos tenía que haberle saludado ¿No?

–Estábamos esperándote. Toma asiento. Don Julián quiere negociar– Apuntó Don Eusebio, mientras se daba pequeños toques en el labio superior con su dedo índice.

–Y si no es mucho preguntar ¿Qué tenemos que negociar?–contestó el abogado de Don Eusebio.

–La libertad y el buen nombre de su cliente y posiblemente el suyo también.

–¿El mío también?

–Todo a su tiempo. Si me permiten voy a hacerles una breve exposición de los hechos que nos han llevado a convocarles aquí esta mañana.

En el despacho de Verónica, Alberto y Mena miraban fijamente la pantalla del ordenador que Verónica había girado en dirección a sus acompañantes ella prefería por el momento solo escuchar.

–Voy a intentar resumirles los hechos de los que tenemos pruebas contrastadas, para que ustedes evalúen la situación en la que se encuentran. No hablaré nunca de sospechas ni de deducciones lógicas, solo de hechos. Como ambos saben o, al menos Don Eusebio conoce perfectamente, su yerno el señor Carraira vino el lunes a nuestro despacho con la intención de separarse de su mujer y de poder seguir ejerciendo su profesión y terminar sus encargos de Valdemar Golf cobrando lo que sus honorarios profesionales estipulan. Dos hechos que en este caso van unidos ya que el responsable del pago de sus proyectos es a la vez el padre de su esposa, quien a la vista de los acontecimientos debe dar su beneplácito en ambos asuntos. Y es aquí donde empieza "su caso" Sr. Ripoll.

–Mi cliente no ha solicitado sus servicios, aunque usted quiera relacionarlo.

–Su cliente, tenía bajo vigilancia a su yerno y, nuestra abogada Verónica Solí fue sometida a la misma vigilancia por el mero hecho de ser la letrada que se ocupa de su caso. Sin ustedes saberlo, abrieron una investigación paralela. No se puede amenazar a un miembro de mi despacho sin sufrir las consecuencias. Y ustedes lo hicieron al depositar aquella fotografía por debajo de la puerta del domicilio de nuestra letrada ¿No es así Jonás?

Jonás palideció y buscó la mirada de ayuda de su nuevo jefe sin encontrar ni el más mínimo leve gesto de apoyo.

–Perdone que le interrumpa, pero no entiendo que hacemos aquí. Tendrá que demostrar que Don Eusebio está relacionado con esa intromisión en la privacidad de su letrada. En cualquier caso, eso no es motivo para que nos haya convocado.

–Marcos, cállate, creo que Don Julián no ha hecho más que empezar.

–Gracias Señor Ripoll, si no me interrumpen, acabaremos antes.

Marcos García de la Vega dejó de tener un sable atravesando su altiva espalda y sufrió una curvatura que le situó en la edad real que tenía. ¿Pero qué le pasaba hoy a todo el mundo? ¿Por qué hasta el cretino de su cliente le trataba así?

–Antes de entrar en el tema principal para nosotros, quiero decirles que tenemos grabadas todas las negociaciones que manifiestan la ilegalidad más absoluta de su proyecto de Valdemar Golf. Grabaciones que le involucran principalmente a usted Marcos y por añadidura evidente al Sr. Ripoll. No creo que tarden en darse cuenta de cómo y quién nos las ha hecho llegar. La custodia de las mismas está aquí en nuestra Cámara y les aseguro que no se pueden destruir.

Ambos han conocido a Mena, nuestra particular detective y quisiera, con su permiso, convocarla a la reunión para que sea ella quien les explique por qué creemos que pueden ayudarnos, para que sigamos simplemente teniendo esas pruebas en su contra y no usarlas jamás. Ya sé que lo que les pido es un acto de fe, pero tendrán que confiar en nosotros. Solo les puedo asegurar que si algo podemos ofrecerles, es nuestra palabra. No les amenazaremos con las pruebas que tenemos, no les convocaremos para una nueva reunión. Si nos permiten exponer nuestras peticiones y nos ofrecen su colaboración, lo comprenderán.

Pedir ayuda aun cuando no se necesita a alguien mezquino, hace que este se sienta humano, bondadoso, y crea firmemente que de él depende que alcancemos nuestra felicidad. A partir de ahí solo hay que tener la habilidad suficiente para mantener el engaño. Don Julián era un maestro en el arte de la seducción y su tela de araña les envolvía como suave manto calmando el malestar de una brisa inesperadamente fría.

–Llame a su detective Don Julián, estoy impaciente por conocer cuál es el verdadero motivo de esta reunión.

–No será necesario llamarla estará aquí enseguida.

–¿Eso significa que están grabando esta reunión? Le pedí expresamente…

–Eso significa que trabajamos seguros, tanto ustedes como nosotros. Y no dejamos lugar a interpretaciones posteriores todo lo que aquí se decida.

–Vaya con mi yerno, para que se fíe usted de las apariencias. Marcos hemos caído como pececillos en una red.

–La confianza, imagino señor Ripoll, es la que le ha jugado una mala pasada.

–De confianza nada Julián, que no lo creía tan hábil.

–Al fin y al cabo Don Eusebio, mi cliente sólo estaba asegurando el cobro de sus honorarios y el desenlace de un final de su matrimonio sin más inconvenientes que los propios de cualquier separación. Créame cuando le digo que las grabaciones que tenemos son más que comprometedoras y que si salieran a la luz, el escándalo les llevaría a la ruina no solo económica, sino mediática, tanto a usted como a mi colega aquí presente.

–Estamos inmersos en negociaciones que van a garantizar la total legalidad del proyecto, tardaremos más o menos tiempo pero todo será legal. Hemos conseguido nuevos inversores y como abogado del Grupo Ripoll puedo asegurarle que nuestros objetivos financieros no se van a truncar por unas irregularidades legales que a fuerza de apelaciones…

–¡Solo si nosotros se lo permitimos Marcos! Y tenemos custodiadas las pruebas que harían imposible su legalización. Creo que no lo ha entendido bien. Están las fechas, los intervinientes, sus comisiones… Absolutamente todo. Por eso, porque lo tenemos todo, queremos algo a cambio.

–¿No son ustedes la brigada anticorrupción? No me diga que tienen un precio– preguntó Don Eusebio volviendo a usar su dedo índice para darse toquecitos en el labio superior.

–Señor Ripoll no nos subestime. El dinero podrá comprar a los de su calaña, pero no a nosotros. Queremos algo que posiblemente a usted se le escapa.

–Los de mi calaña como usted dice Julián, solemos salir triunfando.

–Hasta que se topan, aunque sea por casualidad, con alguno de nosotros, que no nos creemos más ricos, por tener solo dinero, sino por obtener justicia.

El sonido rítmico de la puerta de acceso a la Cámara interrumpió el tenso diálogo entre las partes. Don Julián pulsó un mecanismo encastrado casi de forma invisible en el sobre de la mesa y la puerta se abrió dando paso a Mena.

–¿Me he perdido algo interesante desde el despacho de la letrada Solí hasta aquí? ¿No? Bueno, al menos sé que están intrigados, si no ya se hubieran ido. Don Julián con su permiso voy a ir al grano.

–Adelante Mena.

–Comenzaré por usted señor Ripoll ¿Traiciono la confianza que su abogado cree tener con usted si cuento los episodios de su entrada en prisión? ¿O me salto esa parte y vamos a su estrecha relación con su anterior guardaespaldas, Víctor Melchor Heras, conocido como "El Viti"?

–No entiendo nada ¿Qué tiene que ver mi paso por prisión o el Viti con la separación de mi hija y con la legalidad de Valdemar Golf?

–Pues le creía más rápido pero se lo voy a tener que contar despacito con la ayuda de Jonás.

La cara del Jonás de "¿pero a qué Santo me nombran a mí en esta reunión de la que no me entero de nada?" fue estupenda.

Verónica ocupaba ahora el asiento libre dejado por Mena junto a Alberto. Sabía lo que iban a escuchar juntos.

Mena continuó su exposición tal y como estaba, de pie frente a Don Eusebio:

–Víctor Melchor Heras, El Viti, el guardaespaldas que ha guardado su secreto todos estos años, es un asesino. Ignoro si le hizo a usted alguna confesión durante los días en que compartieron celda. Pero casi podría asegurar que no le contó nada. Más bien fue a la inversa. Y por eso y, bajo su encargo, le propinó aquella caída fortuita a la azafata con la que usted mantuvo un encuentro violento y que posteriormente le denunció. El pasado siempre vuelve, y su pasado es de todo menos limpio– retrocedió unos pasos para seguir con su intervención:

Aquellos escasos días con el Viti le han reportado un bienestar ficticio. Depositar la confianza en un ser mezquino acaba pasando factura y no porque el Viti le haya traicionado, que no lo ha hecho, sino porque usted se equivocó. Ahora sigue atado a él. Imagino que en más de una ocasión se lo habrá querido quitar de encima, pero no puede. Le ofrecemos la posibilidad de deshacer ese vínculo que les une, dejándole al margen de cualquier sospecha y alejándole para siempre de ese contrato basado en el silencio que ambos tienen ¿Qué tiene que hacer usted? Es muy sencillo. Ayúdenos a cogerlo y meterle en prisión de por vida.

Don Eusebio enlazó sus dedos y los deslizó por su frente.

–Mis secretos solo cambiarían de dueño ¿No le parece? ¿Y todo esto es por aquella azafata? Asesino. Ha dicho asesino… Y aquella joven sigue viva ¿No?

–¡Gracias a Dios! Y dispuesta a testificar contra usted. Pero lleva razón no es el tema principal. El Viti es un asesino y gracias al seguimiento al que sometieron a su yerno y a nuestra letrada, le hemos encontrado. Es un caso abierto hace más de veinte años y nos lo han servido en bandeja. ¿Recuerdas Jonás cómo reaccionó el Viti cuando te escuchó decir la calle Doctor Olariz? Pues desde ese momento toda nuestra investigación cambió. El asesino de Manuela Carrascosa y de nuestra letrada Verónica Solí, estaba localizado.

–No entiendo nada– dijo Marcos García de la Vega empujando levemente su silla hacia atrás a la vez que apoyaba sus antebrazos sobre la mesa– créame detective, suelo ser rápido pero hoy no sé de qué va esto y me siento fuera de la reunión. Para mí que todos ustedes han hecho un pacto de medias palabras que no consigo interpretar. Nos piden ayuda y no sé de qué me están hablando ¡Qué si mi cliente estuvo en prisión! ¡Qué si el Viti asesino a su letrada, pero esta sigue viva! ¿Puede explicarse mejor?

–Marcos… Por favor… ¡Cállate!

Y en medio de todo aquel lio, el Jonás no pudo contener una risa espontánea, acallada por su mano, viendo como su nuevo jefe se cargaba de un plumazo a aquel tipo tan estirado y que le caía tan mal.

Alberto la miró a los ojos sin entender, pero casi comprendiéndolo todo. Aquél accidente del que le había hablado…Verónica se levantó y marcó el número de la Cámara. Mena contestó.

–Por favor Mena, pásame con Don Julián.

–Sí, Verónica.

–Don Julián, si van a exponer esta parte de mí vida, quisiera estar presente.

Don Julián colgó el teléfono.

–Creo Marcos, que ahora va a entenderlo todo, usted y los demás.

La puerta del dormitorio de la Cámara se abrió. Gonzalo miró a su padre buscando aprobación.

–Sí, Gonzalo, únete a nosotros.

Adelantándose a los saludos que pudieran producirse, Gonzalo extendió su mano primero a Jonás, después a su colega Marcos y por último de forma más calmada y especial a Don Eusebio Ripoll.

–Señor Ripoll, espero que no le moleste que me incorpore a la reunión.

–Joven, esta mañana estoy abierto a cualquier inesperada aparición. Si esto iba a ser una reunión familiar, me podrían haber avisado, hubiera llamado a mi esposa y a mi hija.

–Con todos mis respetos señor Ripoll, no creo que su hija quisiera venir, está demasiado liada con su amigo el bodeguero compartiendo adicción al mismo tipo de medicación–dijo Mena terminando la frase con una miradita de reojo a Gonzalo de aquí estoy yo y te echo un capote cuando haga falta.

Los bornes de la puerta interrumpieron con su sonido la última frase de Mena adelantando la presencia de un nuevo invitado.

Cuando Verónica entró en la Cámara, su aire elegante, su belleza casi perfecta depositó en cada uno de los presentes un silencio de admiración. Junto a ella Antonio, el portero, al que pidió con su mirada que la acompañara.

Dos bandos divididos por la herradura de la mesa, a la derecha Gonzalo, Mena y Don Julián que se levantaron cuando se abrió la puerta.

A la izquierda, Marcos García de la Vega, Don Eusebio Ripoll y Jonás, que seguidos por un impulso de imitar lo que los demás hacen, también se pusieron en pie.

–No creo que necesite presentarme. Usted, señor Ripoll, es quizá el único que personalmente no me conoce.

Y extendiendo su mano estrechó con firmeza la de Don Eusebio. A continuación se dirigió al abogado.

–Marcos hemos coincidido en los juzgados y sin ser presentados sabemos quiénes somos.

Y tu Jonás…

Entonces se le acercó tanto que Jonás tuvo que echarse un poco hacia atrás sintiéndose intimidado.

–Has sido el causante de uno de los últimos ataques de pánico que he padecido. No sé si agradecértelo…En cualquier caso, sé que no eras consciente del daño que me estabas haciendo al dejar aquella foto por debajo de la puerta de mí casa. Espero que cuando cuente la historia de mi vida, lo comprendas y entiendas porqué creo que no te voy a poder olvidar. Gracias a ti, hemos podido saber quién es realmente Víctor Melchor Heras.

Hizo una breve pausa manteniendo sus ojos anclados en los ojos de Jonás.

–Pareces un buen hombre. Espero que no seas su amigo.

Aquella abogada, le acababa de tratar como si entendiera lo que le estaba contando. Quizá pensaba que era un tipo listo. En cualquier caso, era tan amable que le conmovió lo que le dijo y a punto estuvo de pedirla perdón. Encima le agradecía que la hubiera seguido. Le miró directamente a los ojos como si fueran iguales. Sin sentirse amenazada, no le tenía miedo, más bien era ella la que imponía respeto. Qué guapa era así de cerca. Y se había dado cuenta de que él era un buen chaval. Pero no le salían las palabras. Se quedó en silencio mirándola mientras se sentaba de nuevo.

–Preferiría, si todos están de acuerdo, exponer personalmente mi caso y a continuación dejarles con los ajustes de la negociación que Don Julián tiene que ofrecerles.

Verónica se situó al lado de Don Julián sentándose justo en la silla siguiente, Antonio se sentó en la misma hilera. Así los dos bandos estaban enfrentados como en un debate televisivo.

–Un veinticinco de noviembre de hace veinte años, un hombre joven, entró en mi casa y asesinó de forma inesperada a la persona que me cuidaba. Esa mujer era Manuela Carrascosa, la madre de Antonio aquí presente. Ese día yo estaba sola en casa. Mi madre y mi hermano estaban de viaje y Manuela iba a pasar la noche conmigo. Iba a cuidar de mí, como lo había hecho desde que vine a este mundo.

Antonio erguido en su silla no miró al resto de los presentes, solo simuló un leve asentimiento de cabeza siguiendo la voz firme de Verónica.

–Me torturó, me propinó una brutal paliza. Ató mis manos con una cuerda, inmovilizándome y dejándome colgada de la barandilla de la escalera.

Una pausa, un trago de saliva, un respiro.

–Ese joven era boxeador. En aquel combate, mi cuerpo solo fue un indefenso saco de carne y huesos que encajó todos los golpes que estaban en su repertorio. Antes de irse, sacó la navaja que había clavado en la espalda de Manuela y me apuñaló el abdomen moviéndola en sentido vertical, atravesando los órganos internos de mi cuerpo. Me asesinó.

Otro silencio necesario para tomar aire despacio y poder continuar

– Un coma profundo, múltiples intervenciones quirúrgicas y la interminable rehabilitación que he padecido todos estos años fueron gracias a él.

Mi caso "El crimen de la Calle Doctor Olariz" sigue abierto. Antonio nunca supo quién mató a su madre, ni yo quién me había destrozado la vida para siempre.

La inmovilidad y el asombro cayeron como granizo inesperado de verano sobre el bando de los Ripoll.

Verónica, siguió hablando despacio:

–La policía no encontró pruebas suficientes para incriminar a nadie y el tiempo ha pasado sin tener ninguna pista del asesino, hasta ahora. Aquél joven es hoy un hombre que sigue libre y del que no tengo la más mínima duda sobre su identidad. Es Víctor Melchor Heras. El Viti.

Don Eusebio sospechó siempre que el Viti era aun más animal de lo que él podía imaginar. Marcos había oído rumores sobre aquella abogada y ahora lo entendía todo. Antonio, sintió como se le revolvían las tripas una vez más al escuchar el relato breve y preciso de la muerte de su madre.

Entonces y para sorpresa de todos habló Jonás:

–Lo siento mucho señorita, señora… Él es así, es un animal y odia a las mujeres. Siento lo que le hizo –y dirigiendo su mirada a Antonio añadió– siento también lo que le hizo a su madre señor. Es un malnacido, es un hijo de…

–¡Un hijo de puta, Jonás, un hijo de puta! Eso es lo que es– añadió Don Eusebio con vehemencia–Y ahora, dígame letrada ¿Cómo podemos ayudarla nosotros? Mi abogado y yo haremos lo que esté en nuestra mano. Le juro por mi hija que jamás me ha contado nada. Puedo ser un cabrón, pero guardo algo de moral ¡No estoy loco! ¡ No soy un asesino y no voy a consentir que se me meta en el mismo saco!

Don Julián tomó la palabra.

–Deje que demostremos que es él. Y a cambio no revelaremos la trama de ilegalidades de Valdemar Golf. Ni la relación personal que le une a usted como colega de prisión con el Viti. Ni porqué tuvo que cumplir esa condena.

–Y además quieren que mi yerno cobre sus honorarios y que se separe de Alejandra ¿Es así?

–Por supuesto señor Ripoll. Creo que es un buen trato. No le arruinamos su vida económica ni su vida personal relacionándolo con semejante criminal.

–¿Y cómo se supone que mi cliente va a ayudarles a demostrar que el Viti es quién dicen que es?

Marcos García de la Vega, hizo la pregunta convencido de que era una buena pregunta. Pero la ausencia de contestación, le mantuvo en su estado de falta de sentido de la oportunidad que estaba padeciendo durante toda la mañana.

–Por mi esta reunión ha terminado –dijo Don Eusebio, mirando a su abogado con cara de desprecio– Firmaré el acuerdo de honorarios que me presenten, ya venía dispuesto a hacerlo.

Se levantó despacio y acercándose a Don Julián adelantó su mano para estrecharla con su rival.

–Pídanme lo que necesiten, cuando lo necesiten. Ahora si me disculpan, mi nuevo guardaespaldas y yo nos vamos a retirar.

–Antonio les acompañará hasta la calle. Cuando tengamos listo el acuerdo se lo haremos llegar a través de su abogado.

–Don Julián, no se ofenda pero prefiero quedarme y darle forma jurídica con ustedes– Don Eusebio se le acercó tanto que a pesar de su baja estatura, Marcos tuvo que retirarse unos pasos para recibir de nuevo otra reprimenda de su cliente:

–Marcos, creo que no te ha quedado claro, Don Julián va a redactar el acuerdo y tú como mucho le darás el visto bueno y yo lo firmaré, así que te vienes con nosotros.

Mena interrumpiendo aquella despedida y dirigiendo su mirada a Don Eusebio le preguntó:

–Señor Ripoll ¿ha llamado usted al Viti para que venga a Madrid?

–Tenía que estar en Valdemar hasta que yo le indicara otra cosa ¿Se ha ido? No, no tengo ni la menor idea de porqué ha desobedecido mis órdenes.

En el despacho de Verónica, Alberto miraba fijamente la pantalla. Había conseguido llegar a un acuerdo en solo tres días. Debía estar contento y satisfecho con lo conseguido y, lo estaba, pero toda aquella información sobre Verónica, sobre su asesino, le inspiraba una lástima tremenda, le sobrepasaba.

Le sobrepasaba, como le sobrepasaba cualquier decisión importante que tuviera que tomar.

Por eso su matrimonio había sido un desastre. Porque no tomaba decisiones. Porque era más fácil echarle toda la culpa a su mujer, a sus adicciones, a su forma de vivir. Dejar pasar el tiempo y quejarse, consentir, abandonar antes de luchar. Él, socialmente correcto, educado y triunfador. Alejandra, socialmente incorrecta, maleducada y fracasada, representaba el exceso de tenerlo todo. Pero ella era real, no tenía otra cara. La verdad es que Alberto sintió fascinación por aquella joven mimada que representaba una vida de lujo y posicionamiento. La verdad es que nunca ayudó realmente a su esposa. La verdad es que ahora le sobraba Alejandra. Consentía igual que su odiado suegro que la evasión fuera el lema de vida de su mujer. Y lo que es peor, sabía que ella le quería de verdad, con todo su corazón y que si hacía las cosas que hacía era porque ya no encontraba la manera de demostrarle lo mucho que le necesitaba. Y aún así, prefirió volcarse en el trabajo, abandonarla y llegar a este punto de no retorno. No eran tan diferentes su suegro y él. Ambos, más claramente o más veladamente, querían lo mismo, el reconocimiento social y la popularidad. Y ambos consentían los excesos de Alejandra. Iba a obtener el divorcio y cobraría sus honorarios.

Volvería a estar soltero.

La puerta del despacho de Verónica se abrió y entró Alice llevando un cenicero en la mano. Lo colocó en la mesa delante de Alberto.

–Señor Carraira ¿Creo que es un buen momento para abrir la ventana, no le parece?

CAPITULO XV

Matías esperaba de pie apoyado en el Audi último modelo propiedad del Grupo Ripoll. Junto a sus zapatos, tres cigarrillos pisoteados formando una pequeña procesión recordatorio del tiempo transcurrido.

En cuanto vio salir por la portería a Don Eusebio, se incorporó y esperó a que se acercara al vehículo para abrirle la puerta.

Jonás ocupó el asiento del copiloto y Marcos García de la Vega se despidió sin entrar en el coche alegando que quería dar un paseo hasta su despacho para reflexionar sobre todo lo acontecido.

Don Eusebio le pidió a Matías que subiera el cristal interior del vehículo y que se dirigiera hacia el trabajo. Quería hablar con su hija y tener un poco de intimidad. Alejandra seguía sin contestar. Estuvo tentado de llamar al Viti, para preguntarle por ella, pero no lo hizo. No tenía a nadie a quien contarle lo que le acababa de pasar. Alguien a quien llamar por teléfono cuando algo malo te pasa o cuando algo bueno te ocurre.

Katherine, su flamante esposa, no estaba preparada para conocer tantos detalles de su pasado. Su ex mujer, Adela, seguramente le escucharía, pero no quería llamarla para expiar culpas. Su abogado ya estaba al corriente de todo.

Su hija, no le devolvía las llamadas. Estaba solo.

Mirando por la ventanilla, Madrid se le ofrecía como la ciudad atractiva que es. Sintió hambre. Un hambre urgente, imperiosa. No eran ganas simplemente de comer, eran ganar de saciar el apetito de la ansiedad.

Acercó su mano hasta el cristal y lo golpeó con la sortija que llevaba en el meñique. En alguna reunión de postín escuchó que llevar en ese dedo un anillo era un símbolo de nobleza y no tardó en comprarse el más ostentoso que pudo encontrar.

—Matías, para en el próximo semáforo. Ya no te vamos a necesitar. Jonás y yo seguimos a pie.

Tan solo habían bajado por la Calle Goya y llegado a la esquina con el Paseo de la Castellana. Jonás se bajó del coche y abrió la puerta de Don Eusebio, que aunque intentaba mantener una presencia personal de hombre maduro y atlético, se acercaba bastante más a la figura de un abuelo bien conservado.

—¿Tienes hambre Jonás?

Jonás siempre tenía hambre. Hambre de comer, de beber, de ser alguien y de que le tuvieran en cuenta.

Caminaban por la amplia acera del lateral derecho de la Castellana. Don Eusebio pegado a las fachadas y Jonás a su izquierda. El rítmico ruido de sus zapatos les acompañaba. Sin nada más que hacer que dejarse llevar.

El encuentro en el despacho De la Villa–Garay les mantenía mentalmente ocupados.

—¿Qué tal tu primer día de trabajo Jonás?

—Pues no lo sé. Dígame usted cómo lo estoy haciendo.

—Bien chaval. Lo estás haciendo bien.

Los rápidos y cortos pasos de Don Eusebio se detuvieron delante de un lujoso restaurante, un clásico de Madrid, donde le conocían y le saludaban por su nombre, donde podría impresionar a aquél joven inexperto, que era la única compañía que podía tener.

–¿Crees que aquí nos darán bien de comer?

–Señor, creo que aquí nos darán de comer de pu…Estupendamente.

–Bien Jonás, vamos a entrar. Aunque es pronto nos atenderán como a unos reyes. Para que luego digan que en España se come tarde. Ya verás, vamos a disfrutar.

El coche del Viti estaba localizado a apenas cuarenta kilómetros de Madrid. En un lugar de repostaje, en "Los Vegones", una gasolinera con un servicio de cafetería inmejorable y con un personal amable y atento que hacía del peaje un verdadero lujo. El equipo de Mena no tardaría en alcanzarle. Solo les llevaba una pequeña ventaja.

De tanto hacer el mismo trayecto a Valdemar Golf, llevando a su amo, a los amigos de su amo y a los clientes súper vips. De tanto poner gasolina en el mismo sitio y tomar un café, le saludaban. Le ofrecían el articulo de oferta de la semana, jamón, queso, vino, naranjas, o lo que tocara y el Viti a fuerza de recibir amabilidad correspondía haciendo alguna pequeña compra. El chico que se ocupaba de los artículos de la gasolinera era guapo, joven y homosexual. Sin afeminamientos, sin gesticulaciones exageradas, sin pluma. Motero con tatuajes, músculos y andares de tiarrón.

La noche anterior lo vió claro. Tenía que averiguar si aquella mujer era la misma que creyó matar. Si era ella ¡Que mejor que volver a matarla! Casi le daba igual que lo pillaran, habían sido tantas veces…Necesitaba una inyección de moral, sentirse de nuevo el más listo y el más rápido.

Lo haría solo. Como siempre. Sin contar nada, sin que se notara nada. Lo que aun no había decidido es si iría primero a casa y sometería de nuevo al Jonás o hacérselo después de matar a la mujer saco de mierda rojo. La puta abogada de la fotografía.

Estaba borracho de imaginación.

La canción que sonaba en su cabeza le reprochaba su falsedad…*Cinco lobitas tiene la loba, cinco lobitas detrás de la escoba.* No eran cinco, eran cuatro las mujeres que pagaron por ser lo que eran y el estribillo le repetía incesante que su primea víctima seguía viva.

El aire que respiraba entraba mejor por sus pulmones, por fin tenía un objetivo. Demasiado tiempo sin ejercitar sus habilidades ¿Quién iba a notar que no estaba en Valdemar Golf? ¿Los abogados? ¿Y? A Don Eusebio le daría igual, su princesa andaba de coca hasta las orejas con aquel afamado bodeguero. De Valdemar no se iban a ir ¿Adónde? Sin ser vistos, a ningún sitio. Ese era su refugio hasta que él se cansara o hasta que ella lo cambiara por otro más joven, o viceversa. Terminaría lo que hacía más de veinte años creyó zanjado y volvería al golf. Un golpe maestro. Con la moral venida arriba, solucionaría sus diferencias con Don Eusebio, al fin y al cabo su amo era tan siervo como él de sus miserias. Sus secretos quedarían de nuevo anclados en su contrato de guardaespaldas como lo habían estado hasta ahora. Todo volvería a la normalidad.

Sabía que le estaban vigilando. Abandonar Valdemar Golf siguiendo su impulso asesino no implicaba que lo hiciera sin pensar. Improvisaba aprovechando los recursos que se le ponían por delante, y sin duda aquel dependiente de la gasolinera era un tipo a quien poder embaucar.

Mirándole directamente a los ojos, le pidió que le echara la gasolina. Y juntos se fueron hasta el dispensador.

–Me están siguiendo– Le dijo el Viti susurrándole.

–¿Perdone?

–Tienes que ayudarme ¿Vale?

–¿Yo? ¿Y por qué le voy a ayudar yo?

–Mi mujer me ha puesto vigilancia. La muy zorra no me deja divorciarme de ella. Yo solo quiero vivir mi vida y ella sacarme todo el dinero. Cree que se la estoy pegando, pero eso es imposible. A mí no me gustan las mujeres.

–Pero está casado.

–Lo descubrí después de casarme. Y creo que *entiendes* lo que te estoy diciendo.

–Si *Entiendo*.

–Si vienen preguntando por mí ¿Puedes decir que no me has visto?

–Puedo.

–¿Me dejas tu moto? Prometo cuidártela. Te doy quinientos euros.

–¿Mi moto? ¿Y como vuelvo yo a Madrid? ¿Cómo sé que me la vas a devolver?

–Dejo el coche aquí. Esa es mi única garantía ¿Vale?

Entonces aquel tatuado y musculado joven, se metió la mano en el bolsillo y sacó las llaves de su moto.

–Te debo una...

–Miguel, me llamo Miguel ¿Y tú?

–Víctor.

–Pues Víctor, como le pase algo a mi moto…

–Toma los quinientos euros ¿Vale? aparca el coche y quédate con las llaves. Volveré lo antes posible. Tengo que quitarme a esos detectives privados de encima ¿A qué hora acaba tu turno? ¿Puedo invitarte a cenar o a tomar una copa?

Los negros ojitos de Miguel se alegraron y su cuerpo sintió un escalofrío. Aquel cliente al que tantas veces había mirado de reojo estaba ligando con él.

–Hoy termino tarde, sobre las nueve de la noche.

–Si puedo a las nueve vengo a buscarte.

–¿Y si no?

–Te invito a cenar. Quedamos donde tu quieras. Te vienes en mi coche y te devuelvo tu moto ¿Vale?

Y sacando su móvil del bolsillo, le pidió el número a Miguel para hacerle una perdida. Demostrando ser capaz de exhibir sus habilidades sociales cuando le daba la gana.

No le había resultado nada complicado deshacerse del coche y seguir rumbo a Madrid. Ahora sí que no podían saber dónde estaba. Para cuando llegaran a la gasolinera solo encontrarían su coche aparcado. Y si preguntaban, Miguel le cubriría. Lo notaba, esa mirada delataba que le gustaba, que estaba dispuesto a mentir por él. Lo había notado antes en otros hombres. No entendía porqué producía ese efecto. Un efecto que nunca notó en el sexo opuesto. Él no era homosexual. Simplemente odiaba a las mujeres. Eran seres aberrantes que solo servían como aparatos reproductores. Tener familia era necesario para mucha gente, pero no para él. En la cárcel conoció el termino misoginia, y lo que más le sorprendió fue comprobar cuantos misóginos ilustres había. Aristóteles, Alfred Hitchcock o Francisco Umbral, compartían sus sentimientos. Claro que lo que obviaba, era que esos hombres excepcionales no eran psicópatas asesinos.

Pedir ayuda a semejante maricón, había sido una gran idea. Ya le daría lo suyo llegado el caso. Todo iba a salir como la seda porque seguía estando en forma.

Dió gas a la moto y sonrió para sus adentros. Total, las multas no irían a su nombre.

El mantel de hilo con relieves de seda, las copas de fino cristal alineadas como un pequeño ejército acompañando a la infantería de cubiertos dispuestos a los lados de la vajilla de porcelana fina, intimidaban tanto o más a Jonás como los ademanes discretos y serviles de los camareros.

Sentados ante una mesa impoluta, el Metre del local les recitaba los manjares que fuera de carta podían degustar.

Don Eusebio observaba feliz a Jonás. Impresionable e impresionado ante tanto lujo.

—Pide lo que te apetezca Jonás que hoy invito yo.

—Prefiero que pida usted si no le importa. A mí, se me saca del bocata de lomo con queso y… estoy perdido.

Este chaval era un autentico paleto. Pero era buena gente. Se le notaba. No disimulaba su falta de recursos y eso le hacía aun más encantador. Parecía un niño pequeño al que hay que explicar los ingredientes de cada plato, cómo se usan los cubiertos y porqué no hay que poner los codos en la mesa.

Ejercer de anfitrión, padre, o jefe, le encantaba a Don Eusebio. Pidió la comida y un excelente vino para acompañarla.

—¿Te gusta el vino Jonás?

—Mi madre decía: "Pregunta a un gitano si le gusta algo".

—Que lista tu madre ¿No tienes familia?

–Si. Tengo dos hermanos. El pequeño, el Josué, que está en el trullo y el mayor, Salvador, del que no se ná desde hace muchos años.

–Nada Jonás, se dice nada.

–Pues eso, que tengo familia, pero como si no la tuviera.

–En eso estamos empatados.

–No diga eso Don Eusebio. Usted tiene una hija, una esposa.

–¿Sabes quién es mi hija? ¿Por la prensa?

–No. Solo sé que la tiene porque no quiere divorciarse de su nuero… Su yerno, el arquitecto.

–Alejandra. Se llama Alejandra. Y es la única persona que realmente me importa. Quiero a mi mujer, pero no es lo mismo. A un hijo se le quiere por encima de todo.

–¡Eso lo dirá usted! Porque lo único que yo recuerdo de mi padre es que nunca estaba en casa. Y que cuando aparecía era aun peor.

–Hay padres de muchas clases.

–Y hay padres que mejor que no lo fueran. Pero mi madre… Mi madre sí que nos quería.

–Seguro que sí ¿Hace mucho que murió?

–Mucho. Éramos pequeños. Pero me acuerdo de ella ¿Sabe? como si la viera.

–¿Tienes algún contacto con tu hermano, el de la cárcel?

–Poco Don Eusebio. Me llama cuando sale, pero…Es que está pillao ¿Sabe? y eso no tiene remedio. Vamos, que es drogadicto perdido.

–Pues ya lo siento ¿Y tú?

–He estado enchironao más de una vez. Pero no me drogo. Estoy limpio. Me saqué el graduado escolar y el carnet de conducir. Algo bueno sí que me dio pasar por el trullo. Y además tengo una puntería de puta madre.

–Al Viti ¿Lo conociste en la cárcel? ¿Por eso es amigo tuyo?

Entonces Jonás se incorporó girando el cuerpo, levantándose la camisa para enseñar rápidamente a Don Eusebio el puño que el Viti le había dejado tatuado en los riñones.

–¡Pero hombre de Dios cómo se te ocurre! ¡Siéntate por favor!

No le iba a contar que otras cosas le hacía el Viti, eso se lo guardaba para sus adentros. Le daba vergüenza solo de pensarlo. Y rabia, mucha rabia.

Camino de Madrid, acercándose a su destino, el vibrante ruido de la moto acompañaba su pulso acelerado.

No podía coger la radial y adelantar su ruta por la VíaT como estaba acostumbrado, así que entró con todo el tráfico mundano que accedía a la capital. Con todo aquél atajo de desgraciados de clase media que soportaban el atasco como viandantes sorprendidos por una lluvia fría sin paraguas.

Se incorporó a la M30 y accedió a la salida que le llevaba directamente a la Colonia de Fuente del Berro. Quería llegar cuanto antes. Estudiar el terreno. Preparar el combate. Sorprender a aquella mujer en su casa y comenzar de nuevo lo que en su día creyó terminado.

Un asalto, un solo asalto con la mujer saco de mierda rojo que tanto le hizo disfrutar.

Entrando por la Colonia le envolvió un rancio sentimiento de familiaridad.

En la memoria el olor a pan de la tienda de su padre, los interminables sermones de su madre sobre su mala conducta, las risas de sus hermanas cuando se burlaban de él.

Era un huésped inesperado de su propio pasado.

–Sabes Jonás, tú y yo hacemos un buen equipo. Has estado muy bien en la reunión.
–Pues me alegro Don Eusebio que piense eso.
–Solo me preocupa una cosa.
–¿Y es?
–Que sepas guardar silencio.
–Si usted me pide silencio, eso es lo que va a tener.
–No tienes la menor idea de lo que te estoy pidiendo ¿Verdad?
–Pues no señor, si no me dice algo más, no sé de lo que no tengo que hablar.
–De nada de lo que yo te diga ¿Lo entiendes? Lo que te pida, lo que te ordene, es solo asunto nuestro.
–Ni media palabra más Don Eusebio. Nuestra charla será solo nuestra y lo que usted me quiera mandar, solo pa mi… Para mí.

Con los codos en la mesa, echando su cuerpo hacia adelante, Don Eusebio le susurró:
–Firmaré el acuerdo que me presenten los abogados, ya venía dispuesto a hacerlo, pero el Viti es cosa suya. Yo no voy a colaborar en nada y tú tampoco ¿Entendido? Si lo quieren ver entre rejas, que lo metan ellos. No pienso mover ni un dedo para ayudarles. Si ha decidido abandonar su puesto y, venir a Madrid para hacer lo que tenga que hacer, es cosa suya. A partir de ahora el Viti es historia. Si me llama ya me ocuparé yo de decirle lo que le tengo que decir y terminar con él.

Jonás se limitó a levantar la cara y asentir. Vaya tipo este Don Eusebio, no hacía ni media hora que había prometido colaborar… Aquel solemne apretón de manos…Ya sabía con quién estaba. Su nuevo jefe era otro malnacido más. Otro tipo sin palabra.

En la Cámara la conversación se reproducía en tiempo real. A nadie le sorprendió el testimonio de Don Eusebio.

En la Calle Doctor Olariz, se respiraba tranquilidad. Ningún viandante, ningún sonido eclipsando la calma, solo los elegantes chalets cual pequeños castillos rezumando bienestar.

Recorrió la calle con la moto a mínimos de velocidad, acusando una prudencia impropia de él.

Sin duda era el momento adecuado para inspeccionar el terreno. La hora de comer o de la siesta serían los cómplices de su acecho.

Entrado en un letargo, fuera del mundo real, su universo descansaba concentrado ante la urgente necesidad de un nuevo combate. Le hervía la sangre, como si una pequeña e inofensiva mecha de pólvora quisiera hacer estallar la bomba de su agresividad contenida.

Tanto tiempo sin acercarse a su antiguo barrio y qué pocas cosas habían cambiado.

Conocía cada uno de los rincones de los jardines de la Fuente del Berro. Sus sendas menos transitadas. Sus fuentes, sus parques de recreo, los bancos ocultos al normal recorrido de los paseantes. Sus múltiples casetas de aperos decoradas como pequeños palacios… Y el foso del palomar donde descansaban los huesos roídos de sus cuatro sacos de entrenamiento. Pronto serian las cinco lobitas. Pronto volvería a alimentar a las ratas pardas y negras que se darían un banquete hasta dejar el esqueleto limpio de carne del cuerpo de la puta abogada de la fotografía.

Frente a la casa de los Solí, sintió un estremecimiento. Paró lo justo para comprobar que estaba vacía. Las persianas, la puerta cerrada…Todo indicaba que allí no había nadie. A plena luz del día le pareció más grande, mas señorial.

Se acercó despacio sin bajarse de la moto, recorrió los escasos metros que le separaban de una de las numerosas entradas al parque con sus altivas puertas de hierro abiertas de par en par.

Allí seguía sucia y abandonada la verdadera fuente que daba nombre a la Colonia. Resultaba curioso que estuviera fuera de los jardines. Inútil, sin dar agua. Pequeña, casi a ras de suelo, como si se humillara de su ubicación. Franqueada por dos escudos de piedra que pretendían darle una importancia de la que carecía. El de la derecha irreconocible por el paso del tiempo. El de la izquierda dibujaba un pequeño oso alzando sus patas delanteras apoyadas en su correspondiente madroño. Cualquiera que accedía a los jardines, pasaba delante de ella y no la veía. Invisible. Él sería como esa fuente.

Volvió a la entrada de la Colonia para revisar la vía de servicio. Un camino de tierra que solo transitaban los jardineros y los dueños de los chalets. Dos carteles descoloridos rotulados con el fondo de prohibido indicaban que no se podía pasar. Solo unas pocas casas lindaban directamente con los jardines. Dejó atrás las escasas calles interiores cortadas con barreras de acceso privado para los coches, acompañadas por pequeñas cabinas donde los guardias de seguridad se turnaban veinticuatro horas para prestar un servicio cada vez menos demandado. Dentro de la Colonia, también había clases.

Una mujer mayor paseaba a su perro por el camino de tierra. La confianza de estar segura, de que en este barrio nunca pasaba nada, se reflejaba en sus despreocupados y elegantes andares. No mostró ningún signo de desaprobación cuando la moto del Viti pasó despacio para llegar al final del camino, deteniéndose ante una doble puerta de barrotes metálicos que cerraba el paso a los jardines públicos. Allí seguían su candado y su cerradura. Se podía ver como continuaba el camino detrás de ella y, la bajada en cuesta que suponía atravesarla. Pero la verdad es que para cualquier persona que no conociera la zona, tampoco resultaba un escenario tan apacible. El hecho de tener el parque pegado a las viviendas, un parque que se cerraba por la noche sin que hubiera ninguna vigilancia y los caminos de acceso por todas partes, no ofrecían exactamente tranquilidad.

Un mismo lugar puede resultar relajado o inquietante, sereno o alarmante, según quien lo transite sea confiado o temeroso.

Detuvo la moto. Estaba donde quería estar. Preparando su golpe maestro. La aparcó bajo el muro de ladrillo que le separaba por la parte trasera de la vivienda de Verónica. Se quitó el casco y respiró el aire cargado de aromas de los jardines.

La mujer se alejaba para salir de la vía de servicio y volver con su perro a alguna de las casas de la Colonia.

Podía dejar la moto aparcada y darse un paseo hasta "El Palomar"

Tenía que pensar.

Las viviendas se comunicaban por los escasos metros de jardín privado que las rodeaban. Todas, menos algunas contadas villas como la de Verónica, envuelta por una gran parcela. Fincas que estaban en estado de ruina, otras en proceso de rehabilitación y, las más, habitadas con mayor o menor lujo, según pudieran permitírselo sus huéspedes.

La casa de Doña Paquita colindante a los Solí, presentaba un aspecto menos cuidado con idéntico cartel de alarma que el de Verónica.

Prosiguió su paseo y entró a los jardines dejando la vieja fuente y las enormes puertas de hierro abiertas tras sus pasos.

Un cuidado estanque recibía a los paseantes con sus perennes patos surcando elegantes la lámina de agua.

El mismo estanque que acompañó a Verónica cuando era una niña feliz, una adolescente brillante, una muerta viviente en proceso de recuperación anclada a la silla de ruedas empujada por los generosos brazos de su hermano y una mujer adulta y atlética que ejercitaba su cuerpo entregándose al esfuerzo físico de forma compulsiva.

Todo aquello de lo que había querido alejarse estaba allí. Su antiguo quiero y no puedo. Su afán de superarse, de ser un brillante boxeador al que todos admiraran, su juventud irrecuperable y fracasada, el eterno olor a pan pegado a sus fosas nasales, su resentimiento a un destino que le colocó tan cerca de lo que nunca pudo alcanzar. Odiaba a Verónica por ser mujer y seguir viva. Por haber tenido una familia rica, bien avenida, respetable. Por haberle enseñado a disfrutar. Su primer combate ganador absoluto. Nadie como ella encajó todo lo que quiso darle. Después, después…sus combates resultaron menos satisfactorios. Recuperar aquella emoción alimentaba su envenenado ánimo.

La "sangre fría", la puta de la fotografía, esa abogada había puesto en peligro su forma de vida.

Tenía tiempo.

En un mismo día, se puede, matar, viajar, comer, follar y seguir viviendo como si no hubiera pasado nada.

La puerta trasera del palomar ocultaba la entrada a "la casa del terror". Tras ella la locura, la brutalidad y la falta de compasión le llamaban. El mismo candado, la misma alcantarilla que abastecía de agua la manguera interior, la misma ventana tapiada...entró rápidamente y cerró la puerta. La luz del sol atravesaba los huecos de los tablones de la ventana como hilos de seda blancos escupiendo las partículas de polvo almacenado. Comprobó la polea, la sujeción de las cadenas...apoyada en una pared la bicicleta, colgados en el manillar, los walkman, las gafas de sol enganchadas en los radios de una de las ruedas...ecos de gemidos, olor a orina y heces, a sangre.

Volvió sobre sus pasos. Subiendo la cuesta hacia el camino de servicio, la sombra de su cuerpo se reflejaba en el suelo de las calles devolviéndole la silueta de un hombre joven, atlético, ligero, fuerte y poderoso.

Nuestra sombra siempre nos engaña con una versión mejorada de nosotros mismos.

Arrancó la moto del incauto de la gasolinera y se dirigió a su gimnasio.

Bajo el casco, sus labios dibujaban una perversa mueca a modo de sonrisa.

Jonás, mirando a Don Eusebio intentó quitarse de la cabeza su mala y buena suerte. Tenía trabajo. Estaba donde quería estar. Pero aquél hombre era uno más, un despiadado ser humano con el que debía ser cordial sin poder sentir hacia él la más mínima admiración. Había conseguido lo que quería y sin embargo no estaba contento. Su básica educación le decía que tenía que darle conversación, que no notara el rechazo que le estaba provocando.

–Don Eusebio, si no es indiscreción. ¿Su hija va a querer separarse?

–Alex hará lo que yo le diga.

–Eso es que es una buena hija.

–Es mi hija, es lo único que tengo. Y si le digo que lo mejor para ella es que se separe de su marido... Pues lo aceptará.

–Está en ese sitio, en el Golf...

–En Valdemar. No es un sitio. Es el mejor sitio donde poder descansar y abandonarse a los placeres, sin que nadie nos controle. Alex pasa allí muchas temporadas, alejada de la prensa y de los cotilleos. Por eso creo que lucharé con todas mis fuerzas para que Valdemar siga adelante.

Y adelantando su cuerpo rechoncho sobre la mesa, bajando mucho la voz, añadió:

–Por eso y, por la cantidad indecente de dinero que estoy ganando.

Don Julián y Gonzalo redactaron las condiciones que liberaban a Alberto Carraira y comprometían a Don Eusebio Ripoll en el pago de sus honorarios y cese de intervención en la vida de su yerno. El acuerdo ya estaba terminado y las copias del mismo, firmadas por Alberto. Don Julián pidió que las enviaran por mensajería urgente a la atención de Marcos García de la Vega.

De una parte, el arquitecto Alberto Carraira terminaría el Proyecto de Ejecución y, de otra, Don Eusebio en representación del Grupo Ripoll le abonaría los honorarios pendientes. El estado civil de Alberto Carraira no sería determinante para el cobro de los mismos. Visado el Proyecto, quedaría desvinculado de cualquier posible encargo relacionado con el Grupo. El equipo técnico que colaboraba con él podría ser libre de elegir entre seguir trabajando para Don Eusebio o mantenerse a las órdenes de Alberto en un estudio independiente. No realizaría la Dirección de Obra por renuncia expresa a dicho encargo. Dejando firmadas las Venias correspondientes sin arquitecto designado. No emprendería ninguna acción legal por el seguimiento al que había sido sometido. Entendía el particular celo que Don Eusebio tenía hacia su única hija y perdonaba la intromisión.

Un acuerdo breve y directo, sin parrafadas jurídicas enrevesadas. A toda luz legal, como impecable mantel sobre la mesa, que no deja ver las imperfecciones reales de la madera oculta.

El destello de los dorados gemelos anclados en los puños de la camisa de Don Eusebio fijaban la atención decepcionada de Jonás. Perturbado por un día lleno de acontecimientos que sus expectativas habían superado. Perturbado, por el hecho de estar ante la situación que él mismo había provocado.

–¿Has comido bien Jonás?

–Si Señor, he comido como un rey.

–¿Tienes casa? ¿Dónde estas viviendo?

–La verdad es que no tengo donde caerme muerto.

–Bueno tienes quinientos euros ¿No?

–Si, pero poco más señor, hasta la ropa que llevo es del Viti.

–Y su moto.

–Si, su moto. Y su puño en los riñones, también.

Don Eusebio Ripoll, sacó su móvil y llamó a Matías. Mientras viniera a buscarles le daría tiempo a tomarse un primer whisky, solo, sin hielo, a modo de chupito digestivo.

Jonás no quiso acompañarle, con el vino había tenido suficiente. El whisky se deslizó por la garganta ávida de Don Eusebio como un bálsamo medicinal saciando su necesidad de sentirse elocuente y superior ante su nuevo guardaespaldas.

—Mira Jonás te voy a proponer un trato. Te vienes a mi casa. Tengo tres habitaciones para el servicio y, solo una ocupada por mis mayordomos filipinos. No tienes que pagar nada. Pero a cambio tendrás que estar disponible las veinticuatro horas del día, los trescientos sesenta y cinco días del año.

La cara de Jonás reflejaba perplejidad absoluta, que era exactamente lo que Don Eusebio esperaba recibir.

Aun quería ver más signos de adoración, así que sacó su cartera y contó en efectivo hasta dos mil euros entre billetes de cien y quinientos.

—Ya hablaremos de tu sueldo. Pero si aceptas, no puedes ir con la ropa de otro. Coge este dinero y te vas de compras.

Ahora si que había conseguido impresionarle. Si cogía el dinero, tendría un esclavo.

Jonás no había visto tanto dinero junto en su vida y solo pensaba en acertar, en saber que estaba haciendo lo correcto, en… madre mía, pero ¿Qué tenía que pensar? Ese hombre era un cabrón muy generoso. No podía decirle que no.

Los segundos de duda se desvanecieron ante el apretón de manos con billetes incluidos que Don Eusebio le ofrecía.

—¡Esto se merece un brindis Jonás!

Y el segundo whisky ya no se lo tomó solo, Jonás le tuvo que acompañar.

Matías apareció servil en el umbral del restaurante. Desde la mesa Don Eusebio lo distinguió.

–Jonás, nos vamos.

Y levantando la mano, llamó la atención con el signo universal de firmar en el aire para que le trajeran la cuenta.

Don Eusebio en su coche con Matías como chofer y Jonás de copiloto volvía a estar en su sitio. Repetía lo que hacia ya más de diez años hizo con el Viti. Tener un siervo. Un ser de clase baja a quien impresionar y por quien sentirse admirado. Con quien establecer una distancia desde lo que él era y lo que aquellos infelices representaban. Conseguía alejarse de sus propios orígenes, de su propia manera de ser. Él era tan mezquino como sus siervos, pero su dinero le hacía superior. Y lo necesitaba. Necesitaba sentirse idolatrado aunque solo fuera por el hecho de ser rico.

Cuando regresó a su despacho se sintió bien. Todo estaba bajo su control. Le dijo a Jonás que se tomara la tarde libre y se fuera de compras. Le esperaba al día siguiente en las oficinas con sus pertenencias. Se mudaría a su casa.

Jonás aceptó, sin saber cual sería su sueldo, sus vacaciones, ni mucho menos sus ocupaciones. Era el nuevo guardaespaldas a merced de sus caprichos.

Encima de la mesa descansaba un sobre con la indicación de urgente.

Don Eusebio Ripoll, buscó sus gafas de presbicia y estampó su firma por duplicado en el acuerdo que Marcos García de la Vega había llevado en mano. Enviaría una copia por mensajero inmediatamente. Ese tema ya estaba resuelto.

En el despacho De la Villa–Garay la mañana había sido muy intensa. Don Julián, descolgó el teléfono.

–Alice ¿Podría pedirnos algo de almuerzo? Y si es tan amable cuando llegue la comida que Antonio la traiga a la Cámara.

–Por supuesto ¿Se quedan todos a comer?

–Si, se ha hecho tarde y creo que nos vendrá bien tomar algo.

Alice telefoneó a la proveedora que llevaba años atendiendo las necesidades gastronómicas de los miembros del bufete solicitando que el almuerzo fuese acompañado por unas cervezas muy frías. A Verónica le sentarían bien. Llamó por el intercomunicador a Antonio para indicarle que tenía que llevar el pedido a la Cámara. No obtuvo respuesta. Esperó unos minutos y volvió a intentarlo. Ante la falta de contestación, abandonó su puesto y bajó a la portería. La silla giratoria de Antonio mostraba su raída tapicería.

Descendió los desgastados escalones hacia la casa del portero. Dudó si tocar o no el timbre de la puerta que avisaba con un barato felpudo la existencia de un hogar humilde al traspasarla. Respiró hondo y llamó. Ningún ruido delataba movimiento en el interior. Giró sobre sus medianos tacones y al emprender el camino de vuelta, la puerta se abrió. Un hombre bueno la miraba con necesidad de comprensión. Estaba solo. Inquieto. Deseando ser un asesino y no pudiéndolo ser. Alice le extendió sus manos, como alas de mariposa posándose inquietas en una frágil rama. Antonio sorprendido las tomó.

–No se preocupe Antonio, no pasa nada. Quédese aquí.

–Alice, no sé qué hacer.

–Nada. No tienes que hacer nada. Quédate aquí. Ya es medio día y hasta la tarde no tienes que volver. Si alguien necesita algo que te lo pida luego.

–Gracias Alice, si te soy sincero no me encuentro bien.

Tantos años y por fin se habían tuteado. El tacto con sus manos fue cómodo y familiar. Nada excitante, simplemente seguro.

–Si no te encuentras bien, pongo el cartel de "ocupa-do" y que te llamen al móvil si hay alguna urgencia.

–Eso es exactamente lo que tengo que hacer, estar ocupado. Gracias.

Antonio regresó a su portería y cuando llegó la comida la llevó a la Cámara.

Durante el breve almuerzo todos excepto Verónica, hablaron del acuerdo, de las irregularidades de Valdemar y de cómo la corrupción llegaba a todos los partidos políticos. El "caso Gürtel" y su red de telaraña cada vez con mas implicados y con más extensión geográfica, estaba de actualidad. Como lo estaban el "caso Noos", el escándalo de los ERE de Andalucía, el "caso Palma Arena"… Cualquier tema era válido mientras no implicara exhibir de nuevo la vida de Verónica y el temor, más que fundado, de la aparición del Viti.

Para Mena la mañana, aunque era primera hora de la tarde, no había terminado. Ninguna noticia del Viti, solo su coche en la gasolinera la mantenía en alerta. Liberó el teléfono de Alberto Carraira. Ese audio ya no era necesario. La casa de Verónica estaba pinchada. Los localizadores del coche y la moto del Viti funcionando. El audio de Jonás también. Y Verónica llevaba puesto un micro que activaría en cuanto abandonara la Cámara.

Sentada ante sus múltiples cacharros informáticos esparcidos sobre la mesa, Mena se aislaba del resto de los presentes. Antonio se sentó junto a ella. Necesitaba hacer algo. Manejar los dispositivos de audio y las grabaciones se le daba bien, era un verdadero manitas. Sin mediar palabra entró a formar parte del equipo de vigilancia.

–¿Me permitís?– les pidió Gonzalo. Me gustaría echar una mano.

–No tienes ni la más mínima idea de cómo funciona nada, lo más fácil es que te cargues...

–¿Eso es un sí?

–Otra cosa no, pero cogiendo indirectas eres un hacha– le contestó Mena indicándole que se sentara con ellos.

–Y seguramente me cargaré algo, pero quiero ayudar.

Imposible negarse a tal ofrecimiento. Eran la cara y la cruz de una misma moneda. Él tan educado como su padre, ella tan directa como su trabajo.

De pie Don Julián y Alberto charlaban aparentemente de forma trivial.

–No se preocupe Alberto, Verónica estará bien. Es una mujer fuerte, la he visto ganar una batalla tras otra. Nadie como ella merece una segunda oportunidad para ser feliz.

Verónica les miraba como si fueran actores. Con una cerveza entre las manos, retirada en la última silla de la mesa, descansando del esfuerzo de relatar los hechos de su vida. La calma antes y después de la tempestad. Los observaba. Mena daba siempre lo mejor de si, muy inteligente y comprensiva hasta la implicación, pero tenía que engañarla. Gonzalo fiel compañero, casi un hermano con el que poder contar en las alegrías y, sobretodo, en las dificultades. Antonio un hombre habilidoso, sencillo y bueno, cargado de sabiduría natural. Y Alberto, un sorprendente desconocido que ya tenía su acuerdo, que ya era libre. Esa mirada de lástima cuando se reunió con ellos en la Cámara… Esa mirada de profunda compasión hacia ella. Y Don Julián… Su apoyo incondicional. Le admiraba como se admira a un padre cuando eres pequeño o cuando de mayor por fin entiendes sus consejos cargados de generosa protección.

–Pero esas pequeñas ráfagas de pensamientos tan triviales como emotivos, bajaban del pódium, para que una sola idea ganadora subiera al escalón más alto. Una idea que llevaba rondando su cabeza desde que escuchó a Mena recitar los datos personales del Viti,… *Su nombre completo es Víctor Melchor Heras… Tiene treinta y nueve años… Debutó un veintiséis de noviembre de hace veintiún años… Ex – boxeador profesional…*desde que escuchó el audio de su asesino… *Repítelo Jonás ¿El número cuatro de Doctor Olariz?*

Sí, macho, el cuatro ¿Qué más te da que sea el cuatro que el ocho?

No me lo puedo creer ¡Qué casualidad! Conozco el barrio, es mi barrio. ¿Vale?

Iba y venía, ella la apartaba o la evocaba, como cuando tenemos pendiente un tema que especialmente nos desagrada y el pensamiento hace que se nos crucen mil cosas para quitarnos ese peso de encima, o al revés, cuando estamos tranquilos y confiados y surge la temida idea para situarnos en el estado de inquietud que creíamos superado.

Saber reaccionar era algo que siempre le había preocupado. Ahora, además, tenía que actuar. Engañar a Mena iba a ser lo más complicado.

Don Julián se iba a su despacho. Si ocurría cualquier hecho relevante, quería ser informado. Antes de abandonar la Cámara la miró asintiendo con la cabeza. Verónica le devolvió la mirada sabedora de lo que le quería decir. Que debía descansar, que dejara hacer a los demás su trabajo. Le dio la respuesta silenciosa que ese generoso hombre merecía recibir con unos leves movimientos de afirmación acompañados por una relajada sonrisa.

Alberto se acercó a ella.

–Parece que debo empezar a recoger mis cosas y avisar a mi equipo de la decisión que tienen que tomar.

Jonás arrancó la moto en el garaje de las oficinas del Grupo Ripoll y se fue directo a casa del Viti. La aparcó en la plaza de parking vacía. Subió al piso. Juntó las llaves de la casa con las de la moto y las metió en el cajón del recibidor de la entrada. Se puso su ropa, quitándose el traje que llevaba. Lo colocó de nuevo en su correspondiente percha, dejando así inútil el micrófono. Tiró en la cesta para la lavandería la camisa sucia. Se movía muy rápido como si no quisiera ser sorprendido. En el baño, su mochila de tela descolorida, refugio de sus viejos enseres, le pedía que se la llevara. Al salir a la calle, la tiró en un contenedor de basura.

Cuando eres pobre, tus pertenencias valen tan poco, que desprenderse de ellas no significa renunciar a nada.

Y obedeciendo las ordenes de su nuevo amo, repetía en su cabeza lo que le había dicho…"si lo quieren coger y meterlo en la cárcel, que lo cojan ellos"

Si el Viti se enteraba de que le había quitado el trabajo, le iba a dar más que un puñetazo en los riñones. Ahora tenía que luchar por lo que había conseguido. Si matar era el precio que tenía que pagar, tampoco era un precio tan alto. Ese animal era escoria humana. El mundo continuaría mejor sin él. Pero la idea de cargárselo no abandonaba su cabeza.

No hacia falta estudiar psicología para saber que si había abandonado el Golf camino de Madrid, es que quería cargarse a la abogada. Recordaba la cara casi de felicidad cuando escuchó la dirección de la casa, cuando le dijo que ese era su barrio, cuando se lo quitó de encima mandándole que fuera a vigilar al "guaperas".

Jonás no tenia la más mínima duda, el Viti iba a intentar matar de nuevo a la abogada. Se tocó los riñones, recordando como le sometía. Buscaría un hostal solo para una noche, mataría al Viti y, al día siguiente cuando abrieran las tiendas se compraría ropa. Después desayunaría en la cafetería del Grupo Ripoll como un empleado más.

Con el dinero que tenía, hacerse con un arma era coser y cantar. Tan fácil como para el resto de los mortales identificar una farmacia bajo una iluminada cruz verde. Un disparo a distancia. Conocía los alrededores de la vivienda de Verónica y sabía donde esconderse. En cuanto le viera aparecer acabaría con él. Confiaba en su buena puntería. Deshacerse del arma. Perderse entre los jardines. No parecía tan difícil. Él también tenía sus recursos.

CAPITULO XVI

El Viti estuvo tentado de llamar a Jonás pero no lo hizo. No quería que supiera que estaba en Madrid. Sacó del bolsillo de su cazadora deportiva la libreta donde estaban apuntados los datos de la vigilancia de la abogada. El Restaurante Mejicano donde cenaron, el número de la plaza de parking de la Calle Castelló, la matrícula del BMW 5GT...estaba todo escrito, con una letra redonda y grande de caligrafía de parvulario.

Se acercó a su gimnasio, al gimnasio que cada vez pisaba menos y donde guardaba la ropa de entrenar. Se cambió ejercitando un pequeño ritual. Un ligero chándal gris oscuro sobre el banco de madera que dividía las columnas de taquillas. Unos gruesos calcetines negros que se colocaba por encima de la goma talonera del pantalón y luego recogía hacia abajo. Las deportivas negras. El pasamontañas. Las vendas. La cuerda de saltar capaz de guardarse en una sola mano, al que le había quitado las asas para hacerlo más ligero. Apartó los guantes de boxeo. Se quitó la navaja y la ocultó en la taquilla. Se desnudó dejando su ropa ordenada. Los zapatos en la balda, el vaquero y el suéter doblados encima. Cuando terminó de cambiarse, se ajustó las vendas, a sus manos y pasó la cuerda varias veces por ellos, la enrolló y se la guardó en el bolsillo derecho de la sudadera, el pasamontañas en el del chándal. El último toque consistió en ajustar bien la navaja en su pierna. Se puso de nuevo la cazadora liberando la capucha de la sudadera para cubrirse la cabeza. En posición de guardia, alzando los puños, el espejo de los vestuarios le devolvía la imagen de un auténtico boxeador. Metió llaves, cartera, móvil y guantes de boxeo en una pequeña mochila de tela que cargó a su espalda. Ya estaba preparado.

Quería repetirlo todo paso por paso. Dar vida de nuevo a uno de sus mejores recuerdos. No era jueves ni noviembre. Tampoco iba a matar a una veinteañera ni él era un joven de dieciocho años. Destrozar a golpes el cuerpo de esa mujer, emplear a fondo sus puños, clavarle la navaja… No sabía distinguir que le producía mas placer, anticiparse con el pensamiento o ejecutar a su víctima realmente. En cualquier caso, era feliz.

Como si recuperara su juventud, bajó a la sala de entrenamiento. Un ring central rodeado de sacos y espacio para practicar golpes, movimientos, saltar.

Todo el personal del gimnasio le conocía y a todos les parecía un tipo mal educado, soberbio y reservado. Su fama le precedía y nadie le dirigía ni un simple saludo. Si quería boxear, lo hacia con los púgiles mas veteranos. Con aquellos que se pasaban allí todo el día y que a pesar de no sentir por él ningún respeto, con tal de tener unos asaltos, peleaban con quién fuera.

Aun no había llegado la hora fuerte y el gimnasio estaba medio vacío. Necesitaba estirar, soltar los brazos, golpear el saco.

Se quitó la cazadora tirándola en un rincón del suelo, se ajustó los guantes y empezó el entrenamiento, imaginando en el saco como se doblaba el cuerpo de la puta de la fotografía, bombeando sangre por la boca, gimiendo primero, mudo después. Cada vez pegaba con mas fuerza, notando el crujido de los huesos y el hundimiento de sus puños en zona blanda. El goteo de la sangre en el suelo, la rotura de su mandíbula, de sus pechos, del abdomen. Recorría el saco subiendo y bajando el impacto de sus puños según el órgano que quería destrozar. Sudaba, sudaba mucho y disfrutaba más.

Paró de entrenar cuando estuvo a punto de sacar la navaja y clavarla en el saco.

Sus brazos y sus piernas ya estaban sueltos.

Tras despedir a Alberto volvió sobre sus pasos, bajando los escalones desde la portería hacia la Cámara, las paredes de los estrechos pasillos pintaban un lienzo en blanco donde poder imaginar sus deseos de venganza. Sustituido por el saco de entrenar del sótano de su casa, el Viti, inconsciente y enorme recibiendo cada uno de los golpes que quería regalarle. Su fuerza contenida desbordando los guantes. Le destrozaba la mandíbula, los intestinos, los pulmones. Ella era invencible, rápida, ágil, pequeña e implacable. Joven de nuevo, el tiempo se detenía devolviéndole una vida que debió vivir si el destino la hubiese dejado. Se lo debía a su madre, a su hermano, a Manuela, a Antonio…y sobretodo se lo debía a ella, a aquella chica normal que desapareció ahogada por el dolor de sobrevivir a su propia muerte.

Como si le quitaran una venda de los ojos, como si el diagnóstico de una enfermedad incurable fuera falso, como si pudiera cambiar lo que ocurrió, su mente empezó a trazar un plan. Por fin el miedo a reaccionar se esfumó. Ahora sentía que tenerlo cerca era lo mejor que le había pasado en estos últimos veinte años. Por fin sus plegarias habían sido escuchadas. Renovado su afán de venganza, se sentía feliz.

El Viti recogió la cazadora del suelo, solo eran las seis de la tarde. La calle le devolvió a la realidad. Unas nubes plomizas oscurecían el ambiente. El sol se ocultaba tras ellas acompañado por la brisa fresca propia de una tormenta de verano.

El ambiente tenso de la Cámara cortaba como afilado silencio ante un veredicto de culpabilidad. Era su turno, el turno del alegato a la inocencia.

–¿Alguna novedad?–preguntó Verónica.

Mena se giró sobre la silla sin levantarse.

–La moto del Viti está en su garaje, Jonás la ha dejado, se ha ido y hemos perdido su audio porque se ha cambiado de ropa. El equipo seguirá vigilando el domicilio del Viti por si aparece. El coche sigue aparcado en la estación de servicio de "Los Vegones". Y ya me ves, custodiada por dos hombres dispuestos a colaborar. Nunca he tenido tanta ayuda ¿Y tú? ¿Cómo estás?

–Dispuesta a molestar lo menos posible Mena ¿Qué quieres que haga?

–No quiero que vayas a tu casa.

–¿Hasta cuándo?

–Hoy no. No sé que decirte. Puedes quedarte aquí, puedes ir a casa de tu hermano, puedes ir a mi casa...

–Me has puesto un micro. Me siento más protegida que el Presidente de los Estados Unidos. Si no estoy en mi casa él no va a aparecer y lo sabes. Tienes las cámaras, el audio y recibes las imágenes.

–Vas lista si piensas que me vas a convencer.

–No pienso convencerte de nada. Piénsalo. Así no lo vamos a coger.

–No voy a dejar que te ataque de nuevo– le contestó con un tono enfadado.

–¡Ni yo tampoco! de eso puedes estar segura ¿Cuánto tiempo tendremos que esperar? ¿Y si no aparece nunca? ¿Qué hago? ¿No vuelvo a mi casa? Es un asesino pero no es tonto. Si no me ve, si no comprueba que estoy en casa, no entrará.

–Y si se da prisa y te liquida antes de que lleguemos ¡lo habrá conseguido!

–Está bien. Paso por mí casa, cojo ropa me vuelvo aquí o me voy a tu casa. Tengo que decidirlo ¿Contenta?

–Digamos que menos enfadada pero igual de preocupada. Y no, no dejo que vayas a tu casa. Dime que ropa quieres y te la voy a buscar. Dejaré una luz encendida en la planta alta, la del balcón de tu dormitorio. Creerá que estas en casa. Con que fuerce la entrada será suficiente.

–Suficiente para culparle de allanamiento de morada. Solo tenemos mi testimonio y sabes que la defensa alegará que han pasado muchos años; que todas las pruebas son circunstanciales; que el deseo de encontrar a mi asesino ha hecho que reconociera su voz igual que podía reconocer cualquier otra; que si ha entrado en mi casa es para robar, porque me han seguido por el caso de Alberto Carraira y ha aprovechado para apoderarse de alguna cosa de valor; que solo tiene antecedentes de robo y de lesiones; que entró sabiendo que no había nadie…

–¡Para! No vas a ir ni sola ni acompañada. Ese tipo se puede cargar a cuantos se le pongan por delante. Solo voy yo.

Gonzalo se levantó de la silla. Estirando sus brazos, desentumeciendo su espalda.

–Pues a mí me vendría bien salir un rato de aquí y acompañarte, Verónica se puede quedar con Antonio hasta que…

–¡No sé que parte no entendéis! Gonzalo, estoy conectada con mi equipo y si necesito ayuda la voy a tener de forma inmediata ¿Qué pasa?¿No tienes nada que hacer?

–¡Claro que tengo cosas que hacer! ¡Siempre tengo cosas que hacer! ¿Qué te pasa a tí? ¿No puedes entender que necesitemos ayudar? Sabemos de sobra que puedes hacerlo sola o con tu estupendo equipo, ese no es el tema.

Los ojos de Gonzalo la interrogaban esperando una disculpa.

–Perdona, no quería que te molestaras. Está bien, si quieres, acompáñame.

Verónica ocupó la silla que Mena había dejado libre al lado de Antonio.

–Aquí os esperamos. Si vemos algo extraño te llamamos Mena. En el altillo de mi armario hay una pequeña bolsa de fin de semana. Además como te estaremos viendo te digo lo que tienes que traer ¿Te parece?

Mena se tranquilizó al ver que Verónica no insistía en ir a su casa. Prefería que se quedara en la Cámara, no se imaginaba sitio más seguro, ni compañía mejor que la de Antonio.

Cuando arrancó la moto, el Viti sintió un hambre voraz. En Atocha el bocadillo de calamares era un clásico. Servicio rápido, lleno de gente, donde nadie le reconocería.

Devoró con una cerveza muy fría el jugoso manjar de rebozado entrepan. Tiró la libreta de Jonás a una papelera, rompiendo las hojas de su interior. Su siguiente destino el parking de la Calle Castelló.

Si no podía entrar en la casa, la propia victima le facilitaría el acceso. Conocía el modelo BMW5GT de Verónica a la perfección. Berlina de cinco puertas con una peculiaridad en la carrocería. Podría acceder de dos formas al maletero. Abriendo totalmente el portón o a través de una tapa. Los asientos posteriores se abaten presionando un botón que está dentro del propio maletero. Desde que leyó el tipo de coche que tenía la abogada no paró de pensar. Era una oportunidad, otra señal, otra forma de aprovechar los recursos que se le ponían por delante. Ella le metería en la casa. Abrir el coche no le supondría el mas mínimo esfuerzo y esperar en el interior tampoco. Se acomodaría, respiraría el aire del vehículo dejando algo vencidos los asientos traseros. Imperceptible. Y si la puta de la fotografía no recogía el coche, saldría entrada la noche y volvería con la moto a rondar por su casa.

El parking estaba medio lleno. Las plazas para motos, escasas pero existentes, al lado de los baños. Entró en ellos, los usó y se fue a buscar el coche de la abogada. Ni siquiera abriría el maletero por completo, con levantar la tapa del portón sería suficiente. En su cartera llevaba una pequeña ganzúa, la misma con la que solo dos días antes había abierto la cerradura de la casa de Alberto.

En el interior del maletero una bolsa de cadenas ocupaba un mínimo espacio. Puso su móvil en silencio. De lado, con las rodillas encogidas, encontró acomodo. Antes de encerrarse empujó el botón para abatir los asientos posteriores dejando un breve hueco por donde respirar. La mochila bajo su cabeza a modo de almohada. Perfectamente capaz de relajarse y echar una cabezadita. En sitios peores había pasado la noche. Tenia mucho a su favor: Era miércoles por la tarde, día laborable. Fácil que la abogada saliera del trabajo y se fuera a casa.

Las calles de Madrid recibieron la inesperada visita de una lluvia torrencial que descargaba con furia litros de agua. Mena y Gonzalo aparcaron en la puerta de la casa de los Solí. Con la ropa algo mojada entraron al salón. Gonzalo se quedó esperando mientras Mena subía las escaleras para ir al dormitorio de Verónica. Encendió la luz y abrió el armario. Tal y como le había dicho una bolsa de equipaje de mano la esperaba en el altillo. Cuando la tuvo abierta encima de la cama la llamó.

–¿A ver señora letrada, qué necesita?

–Poca cosa Mena, de los cajones de la cómoda calcetines, pijama y underwear deportivo. Y del armario un chándal, zapatillas de deporte y una camiseta. Lo dejo a tu elección.

–Lo del underwear, son las bragas y el sujetador de toda la vida ¿no?

–Justo las palabras que no quería emplear.

–Pues hay que llamar a las cosas por su nombre y no ser tan cosmopolita guapa.

–Se te ve muy bien Mena, sales favorecida.

–Déjate de coñas. Voy al baño ¿necesitas algo más que los cepillos de dientes y del pelo? ¿Body lotion, day cream?

–Buena pronunciación.

–Pues esto ya está. Voy a dejar la luz de tu dormitorio encendida. Nos vamos al despacho.

–Mena, en la cocina, en el cajón de las medicinas…

–Vale, pillo un variadito de pastillas. Cuelgo, ahora nos vemos.

Gonzalo la veía moverse por la casa. Tenía la sensación de estar contemplando una película de acción. La detective implacable y dura, amiga de la víctima valiente y frágil.

Cuando abandonaron el domicilio, la incesante lluvia aun arremetía con más fuerza. La humedad de sus ropas dentro del vehículo y su propia respiración empañaron los cristales.

Cuatro imágenes estaban dispuestas en el monitor del interior de la Cámara. Una era la del exterior de la vivienda, cuyo receptor era el único conectado mediante cableado a la electricidad y las otras tres, salón, dormitorio y cocina que se alimentaban por Wifi. La casa estaba vacía de nuevo. La visión nocturna, activada. Verónica y Antonio veían llover mientras el coche de Mena regresaba.

Antonio tecleó la desactivación de la grabación interna de la Cámara dejando que el reloj siguiera corriendo como si no se hubiera desconectado. Se dirigió a Verónica con una voz clara y decidida:

–Si provocamos un corte de luz dejarán de recibirse imágenes del exterior.

–Tengo un generador que saltará automáticamente y Mena lo sabe.

–Si retrocedo la grabación y hago una captura de pantalla veremos durante hora y media una foto de las tres cámaras internas que sustituirá a las imágenes reales.

–Un time–lapse de hora y media.

–Si, Verónica, nadie lo notará pero su duración es limitada.

–Me dará tiempo.

–Nos dará tiempo.

–No Antonio, a usted, le necesito aquí. Es mi coartada.

–Pero Mena y Gonzalo no tardarán en llegar. Y activará el micro que le ha puesto en cuanto salga de la Cámara.

Verónica se levantó de la silla, dio unos pasos en círculo y le confesó su plan:

–Lo sé. Pero no soy yo la que se va a ir. Tenemos que conseguir que sean ellos los que se vayan. Si Mena cree que me quedo aquí con usted, contigo, se irán y no activará el micro. Puede seguir la vigilancia desde su gabinete de detectives o desde su casa. La idea de tenerme controlada en la Cámara la relajará.

–¿Y si él no aparece?

–Aparecerá, soy un error, una prueba, una victima viva. Aparecerá.

–Tengo que ir con usted ¡Necesito ir!

–No saldría bien. Nos acusarían de complicidad y premeditación. Cuando actives la grabación te voy a decir que me quedo contigo aquí.

–Está bien. Solo tiene que hacerme una llamada perdida antes de que su coche se vea a través del monitor. Desde ese momento tendrá hora y media. Ahora voy a volver a conectar la grabación interna.

–Es mejor así, no verás nada, ni escucharás nada. Nadie podrá implicarte, y yo conseguiré acabar con esta pesadilla.

Capturada una imagen del interior de la vivienda, ésta se podía dejar colgada hasta un límite máximo de tiempo, a partir del cual se activarían automáticamente la recepción de las imágenes en tiempo real.

Noventa minutos, noventa minutos con su asesino, noventa minutos para matarle y deshacerse del cadáver, de las pruebas, de su implicación.

El crimen de la Calle Doctor Olariz, seguiría sin resolverse y Víctor Melchor Heras habría desaparecido para siempre.

Mena y Gonzalo llegaron a la Cámara.

Verónica y Antonio, bajo una aparente normalidad, mantenían una actitud calmada.

Los registros seguían guardándose en el Panel 6 Caja 1C.

–Su bolsa letrada. Ya puede ponerse cómoda.

–Gracias Mena. Creo que voy a quedarme aquí si te parece bien.

–Me parece bien, pero que muy bien ¡Por fin algo de cordura!

Mena respiró sonora y relajadamente. Se acercó a sus asientos y miró junto a ellos la pantalla.

–Antonio si quiere puede irse, Gonzalo y yo vamos a quedarnos con Verónica el tiempo que haga falta.

–Verá Mena, a mi me gustaría quedarme–dijo Antonio–Créame, no voy a poder dormir esta noche y aquí al menos siento que hago algo. Si a usted no le molesta puede turnarse conmigo y descansar.

–No Antonio claro que no me molesta, al contrario agradezco su ayuda. Pero no veo la necesidad de estar cuatro personas vigilando la misma casa.

–Mena, Antonio tiene razón. Él y yo nos podemos quedar aquí y tu…pues tu puedes seguir la vigilancia desde tu gabinete o desde tu casa. Al menos tú puedes ir a la tuya. No hace falta que estemos los cuatro vigilando a la vez. Podemos hacer turnos. Mañana será otro día y no sabemos cuanto puede alargarse esta situación.

Mena les miraba asintiendo con la cabeza. Realmente la vigilancia podía durar muchos días o terminarse esa misma noche. Nadie lo sabía.

–Si quieres yo puedo acompañarte. Tampoco me apetece quedarme al margen. Si no te molesto claro–dijo Gonzalo.

No había mucho que objetar. Su móvil y su Tablet recibirían las imágenes y los audios igual que en la Cámara. Gonzalo podía acompañarla y seguir la investigación desde su casa descansando hasta bien entrada la noche y luego turnarse con Antonio y Verónica. Quitarse de en medio a todos y seguir la vigilancia ella sola con su equipo era impensable. Querían colaborar y era más que comprensible.

–Bueno, pues parece que lo tenemos todo organizado. Observad y no hagáis nada. Si aparece él o quien sea merodeando tu casa, ni se os ocurra moveros de aquí. Si decide ir a hacerte una visita, llamaré a la policía.

–Mena, todos estamos deseando que aparezca y a lo peor ha venido a hacer cualquier otra cosa y regresa al Golf sin más– dijo Verónica.

Y sonó convincente. Tanto como para conseguir quedarse solos Antonio y ella.

–Está bien. Cualquier decisión que implique salir de la Cámara debes avisarme ¿Entendido?

–Entendido– contestó Verónica señalándoles a Mena y a Gonzalo la puerta a modo de despedida. Se levantó y se fue al dormitorio llevando en la mano su bolsa con la ropa.

La recibieron dos camas individuales lisas e impecables. Dejó la bolsa sobre una de ellas. Ejercitando un ritual, comenzó quitándose los zapatos y los calcetines para meterlos en el interior del armario, colocando el resto de la ropa perfectamente colgada en las perchas de madera. Mecánicamente se vistió. Miraba su cuerpo atlético y ligero reflejado en el espejo de la pared que separaba ambas camas.

En posición de guardia dio unos puñetazos al aire. Instinti-vamente sus pies saltaron rítmicamente acompañando los movimientos de su cintura, cadera y piernas. Soltó sus bra-zos, sus puños. Acercó su rostro al espejo centrando su mi-rada en los ojos. En su forma almendrada, en su color verde grisáceo. La joven que convivía en su interior la miraba a través de ellos implorándole venganza. Estaba preparada.

Cuando Antonio escuchó que Verónica salía del dor-mitorio, desactivó de nuevo la grabación interna.

—Él me está esperando. Lo sé.

—Tenga cuidado, está vez no dejará la más mínima po-sibilidad a que sobreviva.

—Ni yo pienso dejar que vuelva a matarme. No te pre-ocupes Antonio, pase lo que pase necesito terminar con esto de una vez por todas. Gracias por tu ayuda, no podría hacerlo sin ti.

—Ya lo creo que podría, encontraría el medio. Es una mujer muy fuerte, no dude de sí misma y recuerde que la estaré esperando.

Verónica se acercó a la pantalla del ordenador.

—Así se verá todo. En calma, sin actividad.

—Así se verá.

Solo unos segundos mirando juntos las imágenes de la pantalla, uniendo de nuevo sus destinos.

—Espere Verónica. Está lloviendo mucho. Le voy a traer un paraguas de mi casa. No tardo nada.

Sentada frente al ordenador, esperando a que Antonio regresara, imaginaba su cuerpo colgado como un saco, ma-niatada en la escalera del salón, recibiendo aquella brutal paliza. Manuela muerta en el suelo.

Respiró profundamente. Quería matarle. Necesitaba matarle. La única decepción a la que no podría enfrentarse, sería al fracaso.

Antonio regresó a la Cámara. La quietud de Verónica absorta en sus pensamientos le hizo quedarse de pie tras ella, sin decir nada.

El teléfono de la Cámara con su sonido rítmico y discreto les sobresaltó. Verónica descolgó contestando con la mayor naturalidad posible:

–Dime Alice ¿Todo bien?

–¡Verónica¡ ¿Cómo que si todo bien? ¿Cómo estás tú?

–Dispuesta a pasar la noche en vela mirando mi casa por un monitor.

–¿Quieres que me quede contigo?

–Antonio me va a acompañar.

–Si, ya me ha dicho Mena que está contigo. Es por si podía ayudar yo en algo. Se ha ido Don Julián y me preguntaba ¿qué podría hacer por ti?

–Vete con tu hijo, Alice ¿harías eso por mí? Y no te preocupes que estaremos bien.

–Si cambias de idea o necesitas cualquier cosa…

–Gracias Alice–Y girándose para mirar a Antonio siguió contestando– cuando todo acabe, volveremos al mejicano a celebrarlo ¿Te parece?

Antonio sujetaba el paraguas como si se tratara de una espada samurái a la vez que asentía con la cabeza.

–Me parece perfecto. Estaré en casa con Lucas. Y de verdad, cualquier cosa, solo tienes que llamarme– Alice colgó el teléfono convencida de que su amiga estaba tranquila a pesar de la tensa situación. Pero también conocía la fiera interior que Verónica guardaba y lo bien que podía desenvolverse en situaciones de peligro extremo. Aquellos golpes que propinó en su presencia al musculoso latino al que casi liquida, aquella manera de entrar en otro estado… pero estaba con Antonio, y nada malo le podía ocurrir. Gonzalo, Mena y su equipo también estaban preparados para actuar si aparecía ese tal Viti. Ojalá lo pillaran y le metieran de por vida en la cárcel. Ojalá su amiga por fin pudiera descansar.

CAPITULO XVII

–¿*Pa* qué la quieres?
–*Pa* matar patos –contestó Jonás.
–Pues con un tiro de esta te cargas al pato fijo. *Pa* un cerdo, si es grande…igual necesitas dos balas.
–Ya sabes, quien dice un pato dice un cerdo. Se me ha despertado la pasión por la caza.
–Llévate dos cargadores, que te cobro lo mismo–le dijo a Jonás su compadre.
–¡Macho! ¡cómo en las rebajas! Solo necesito uno, que tengo buena puntería ¿Me aseguras que no está fichada?
Y haciéndose la señal de la cruz a la altura del corazón le contestó:
–Palabra.
–¡Igualita que la pipa del Yeins Bon!– Jonás la estudiaba empuñándola bien sujeta de lado a lado.
–La 7.65 y, la munición pa el silenciador, que ya sabes que no es la misma.
–Como han cambiado las cosas antes si no queríamos hacer ruido colocábamos una patata en el cañón y listo.
–Mira compadre, hay que trabajar fino, si no quieres que "tu cerdo" despierte al vecindario.
El frio metal, sujeto entre su espalda y los calzoncillos, rozaba la huella morada del hematoma. Mejor colocársela

delante, a la altura de la hebilla. Metiendo un poco de tripa, bajo la camiseta holgada, disimulada por completo. El silenciador iría en el bolsillo de los pantalones.

–Despúes de cazar igual la pierdo.

–*Pa* mi ya está perdía. Solo si no cazas me la pues traer, si no, ya sabes, tuya *pa* siempre. Y a servir, que me has pagao al contao y eso se agradece. Aquí estamos *pa* lo que necesites… Y si ves a tu hermano, al Salvador, dale un par de hostias de nuestra parte, que le echamos de menos.

No solo necesitaba el arma, llegado el caso, quería contar con la ayuda de los compadres del poblao.

–Si necesito deshacerme del cerdo…¿cuánto me va a costar?

–Depende ¿Es un cerdo importante, normal o, un mierda por el que *naide* va a preguntar?

–Un mierda talla XXL.

–*Pa* ti precio especial. El doble que por la pipa.

De sobra sabía Jonás que si le había dicho el doble no le iba a bajar ni un céntimo pero tenía que intentarlo:

–Te lo dejo preparao. Solo sacarlo de donde esté. Limpiar y amén.

–¡El doble que por la pipa! Ya te lo he *dixo*. Que seguro que tu cazando lo bordas, pero ¿a que no me vas a llamar en horario de oficina? Pues yo y mis colegas por tarifa 24 horas tenemos un precio. Y va con garantía ¡No encuentran a tu cerdo ni poniéndole trufas!

Jonás sacó el resto del dinero, apartó lo que creyó iba a necesitar para la pensión, un pantalón y una camisa. El resto lo cerró en la palma de la mano de su compadre el vendedor.

–Por delante la mitad. Si no cazo, convidas a la parienta a lo que quieras y, si cazo, me echáis una mano *pa* deshacerme del cerdo y te esperas unos días hasta que te pague la otra parte.

–¿*Pa* qué te guardas ese parné?

–Tengo un trabajo, un jefe, un traje que comprarme y, una pensión que pagar *pa* esta noche.

–Anda Jonás, que *paece* mentira ¿De que marca lo quieres?

–¿De que marca quiero el qué?

–¡Joe! ¡El traje, hijoputa, que va a ser! del Emilio Tichi, del Hugo Bo…

Y saliendo fuera del furgón, le abrieron "el almacén" expresamente para él. Una caravana enorme aparcada junto a las chabolas, rodeadas de calles embarradas y, toneladas de basura apilada por todas partes.

–¡Ya me pagarás! Si no nos ayudamos entre hermanos ¿Qué nos queda, eh? Te vas a ver como un novio *pa* una boda ¡Que tengo de *tó*! Zapatos de marca, corbatas de Guchi…Tú a prosperar, que sé que eres legal. Si necesitas que el cerdo ese desaparezca nos lo dices. Pero me lo dejas bien matao al animal y esta noche te duermes aquí. Que si la *Mama* se entera de que un hijo de la Carmelina, que en paz descanse, ha *pasao* por el poblao y no se le ha tratao como a un rey, me corta los…Ya sabes. Que la *Mama* es mucha *Máma*. Y toma, este paraguas del Moschino, éste te lo regalo yo, que llueve que *paece* el diluvio.

El mayor de los hermanos de Jonás, el Salvador, un día se cansó. Se cansó del miedo en los ojos de su madre, del miedo en los de sus hermanos, de los golpes, de las borracheras de su padre y lo mató. Matarlo y desaparecer para no implicar a la familia. Para no hacer que sufrieran más sus hermanos. Para que su madre muriese de su enfermedad y no a manos de aquel bestia que tenían por padre. El silencio de toda la comunidad fue su mejor coartada. Se ganó el respeto que merece un hombre siendo solo un niño. El respeto que merece un buen hijo ayudando a su familia a vivir y a su madre a morir en paz. Y por añadidura Jonás, era un chaval respetado. Su hermano pequeño y él anduvieron años perdidos en la droga. La fortuna acompañó más a Jonás. Quiso aprender, quiso salir de ese circulo vicioso y quiso darle a su madre la satisfacción de ser un hombre normal, aunque ya no pudiera verle más que desde el cielo. No tenía familia con quien contar, pero el reconocimiento de querer progresar, sí lo tenía. Y en su mundo, en su comunidad, estaba tan bien visto ser un hombre de ley como mal visto pegar a una mujer.

Además Jonás nunca volvió, nunca les puso en el apuro de tener que ocuparse de él. Solo ahora y por causa o por caza mayor acudía en su ayuda.

En la calle, la tormenta oscurecía con prontitud un cielo grisáceo.

Verónica salió por la calle Gurtubay. Su bolso colgado al hombro y protegiéndola de la lluvia el paraguas de Antonio. Miraba de reojo a los pocos viandantes por si reconocía a alguna de las chicas del equipo de Mena. Pero no vio a ninguna de ellas. El corto recorrido hasta Velázquez, hasta llegar a la calle Castelló, hasta entrar en el parking, lo hizo prácticamente sola…¡Llovía a mares!

Bajando las escaleras peatonales de acceso al aparcamiento sacudió varias veces el paraguas y lo cerró de forma fácil, con un velcro grande, como Dios manda, perfectamente reconocible entre los pliegues de la tela impermeable. Tan fácil de colocar como la ultima pieza de un puzzle gigante. Y no como esos paraguas que tienen una tira tan estrecha con un velcro tan escaso que encontrar la parte donde pegarlo lleva más tiempo que dejarse empapar y secarse de forma natural. Ella era así, seguía teniendo en cuenta esos pequeños detalles aunque estuviera a punto de encontrarse con su asesino.

Metió la mano en el bolsillo derecho del pantalón del chándal y pulsó el botón de apertura de la llave del coche.

Abrió la puerta trasera del vehículo lanzando el paraguas al suelo de los asientos posteriores. Se colocó en el suyo acomodando el bolso en los pies del copiloto. Y sintió algo similar a unas repentinas nauseas. El interior del coche olía mal, a sudor, a un sudor fuerte, humano e invasivo. Llenaba todo el habitáculo impregnando densamente el aire. Instintivamente miró hacia la parte trasera del coche. Imperceptible, el respaldo de los asientos posteriores se adelantaba unos milímetros. Arrancó el motor, y antes de salir de la plaza un pitido acompañado con su correspondiente icono luminoso llamó su atención en el salpicadero. La tapa del maletero estaba mal cerrada. Paró el coche y elevó el freno de mano. Pero cuando iba a salir fuera para cerrar bien el maletero, detuvo su impulso. Desactivó el sonido del salpicadero usando los botones del volante. El icono luminoso seguiría parpadeando pero el sonido dejaría de escucharse. Quitó el freno de mano, y lo supo.

Llevaba al Viti en el maletero.

El trayecto hasta su casa, no duraría más de quince minutos. Tenía que pensar rápido. Tal y como había quedado con Antonio, haría una llamada perdida en cuanto llegara a las inmediaciones de la Colonia. El pulso se le aceleró ¡Qué capullo más listo! No le había costado nada meterse en el coche. Así seguro que conseguía dar con ella. Claro que también podía ir derechita a comisaria y terminar con todo. Pero saldría pronto de la cárcel. De eso estaba segura y volvería a por ella. Solo conseguiría aplazar lo que tenía que ocurrir y seguir viviendo con miedo. Puso la radio a todo volumen, le daba la sensación de que sus pensamientos podían ser escuchados. Así se protegía y de paso le haría creer que no sospechaba nada. Al entrar en la Calle Torregrosa, de acceso a Fuente del Berro llamó a Antonio. El marcador automático del coche daba la señal de llamada pero nadie contestó y la música siguió sonando. Todas las calles tenían elevaciones en la calzada para que los vehículos redujeran la velocidad. En vez de reducir aceleró botando en su asiento y notando como el cuerpo del Viti chocaba contra las paredes del maletero. Así hasta tres veces antes de encontrarse frente a la puerta del garaje de su casa. Desactivó la alarma y aparcó en el interior. Cogió su bolso y respiró hondo. No tenía la más mínima duda. No estaba sola. Entró en el salón. A la izquierda, el ascensor que ya nunca utilizaba y acompañándole en la misma pared la puerta automática de acceso a las empinadas escaleras para bajar al sótano. En cuanto estuvo delante, el volumétrico detectó su presencia y se abrió.

Los escalones volaban bajo sus pies. Encendió todas las luces. Dejó su bolso sobre el banco de abdominales. Girando la polea manual descolgó el enorme saco de entrenar y lo arrastró apartándolo en el suelo. Puso el equipo de música elevando el sonido. Con una barra de pesas subió de nuevo muy despacio las escaleras hasta el salón. Se colocó tras la puerta del garaje en posición de ataque. La música evitaría que se escuchara su acelerada respiración. Las manos comenzaron a sudarle. El troquelado metal parecía deshacerse sometido a la presión de sus dedos.

Aturdido por los golpes, tras esperar unos minutos, el Viti decidió que había llegado el momento de salir del coche ¡Menuda hija puta la abogada! conducía como una autentica loca. Esa noche acabaría con ella.

Salió despacio. Se colocó el pasamontañas. La cuerda en el bolsillo. Palpó la navaja. La mochila sujeta en su mano derecha. Agarró el pomo de la puerta y lo giró despacio. No ofrecía resistencia, sin duda era su día de suerte.

Sin dejar el picaporte girado, empujó la puerta hacia afuera. Lo soltó suavemente. Ya estaba abierta. Respiró hondó ejerciendo presión con su mano izquierda en la robusta madera. *"Don't stop me now"* de Queen hizo que entrara en el salón girando su cuerpo en el ángulo que sus sentidos reclamaban.

Tenía que golpearle con todas sus fuerzas, sin dudar, de forma determinada y firme. Era él, lo tenía en su casa, las cámaras no grababan y sobre todo no podía darle la oportunidad de defenderse, el más mínimo fallo y ella volvería a estar sometida a sus terroríficos caprichos.

Un primer golpe a la altura de los genitales le volcó hacia delante, a la vez que soltaba un aullido brusco interrumpido por un segundo golpe en la espalda que hizo desplomarse su cuerpo mudo precipitándose en el suelo.

Tumbado boca abajo con la cara tapada por el pasamontañas, con el cuerpo desencajado, no parecía tan peligroso. La mochila aun firmemente sujeta aplastada bajo su peso.

Verónica soltó la barra.

Parecía totalmente inmóvil.

Le dio la vuelta agarrándole por las axilas. Pero no se atrevía a levantarle el pasamontañas y tener que rozar su piel. Empezó a arrastrarlo camino de la puerta del ascensor.

Sintió como un leve gemido salía por la boca del Viti, un leve sonido de dolor. Casi inaudible, lastimero.

Lo soltó. Esa no era la dirección adecuada. Acababa de encontrar la forma de llevarle hasta el sótano.

La mano derecha del Viti se alzó como mástil de proa agarrando la pierna de Verónica y tirando fuertemente de ella hizo que se tambaleara hasta caer al suelo. Sirviéndole de agarre para impulsarse y hacer que cayera junto a él. Ambos frente a frente. Sin soltarla le grito:

–¡Puta de mierda!

Verónica intentó lanzar un gancho de izquierda que el Viti paró con su mano abierta mientras reaccionaba con sorpresa ante el ataque de su primer saco de mierda rojo.

Aprovechó la presión de su puño encerrado en la mano de su contrincante para levantarse y ponerse en posición de guardia.

Ambos en pie, separados por la risa seca y entrecortada del Viti.

–¡Que coño haces engendro de los cojones! ¿Quieres boxear? ¡se boxea con los rivales! *¿Vale?* ¡con putas como tu solo se entrena!

La seguridad del Viti, su fortaleza, y el miedo que le inspiraba empezaron a hacer mella en el ánimo de Verónica ¡Dios mío! ¡otra vez no! ¡otra vez no!

Pero como en un baile su pareja seguía girando en la dirección adecuada.

Uno frente al otro, el Viti se adelantó con un directo de derecha que Verónica esquivó ante la sorpresa de su rival.

–¡Muy bien! pero no te va a servir de nada. Hoy no te voy a dejar colgando de la barandilla *¿Vale?* Esta vez saldrás conmigo en tu coche y te llevaré al parque *¿Vale?* Ya estas muerta.

Acercándose para golpearle con un croché, Verónica volvió a esquivarle a la vez que lanzaba una patada lateral que consiguió acercarlo lo suficiente al volumétrico de la puerta de acceso a las escaleras del sótano que se abrió como una gran boca por donde el cuerpo del Viti se precipitó sin poder sujetarse a nada que le salvara del abismo.

Rodó sobre su espalda, escalón a escalón, hasta quedar sin conocimiento chocando la cabeza contra el frío suelo del gimnasio. Sus piernas abiertas en los últimos peldaños como un muñeco de trapo.

Esa empinada escalera de mármol que tanto tiempo tardó en poder bajar. No era un cuarto piso sin ascensor, pero se lo brindó a la azafata. Bajó evitando rozarle. Agachada, le gritó al oído:

—¡Vas a morir a manos de una mujer! ¿Vale?

El Viti la escuchó.

Esa frase fue lo último que sus oídos llevaron de su corazón a su ánimo.

Si de su boca salió algún otro quejido, fue inaudible.

Desplomado en el suelo del gimnasio. Lo tenía allí, inmóvil e inofensivo.

Mientras lo arrastraba, cada empujón para moverlo iba acompañado por un suspiro gritado de su boca. Le encadenó las manos a las sujeciones que servían para alternar los distintos aparatos en la estructura de entrenar. Subiendo la polea, no le costaba más esfuerzo que de si del propio saco se tratara.

Le tocó el cuello. Tenía pulso.

Así es como ella debía estar el día en que él la mató. Atada, con los brazos sujetos en alto, la cabeza ladeada y perdido el conocimiento.

Le palpó en los bolsillos y sacó la cuerda. Juntó sus pies a la altura de los talones y descubrió la navaja. La dejó en el suelo. Le ató por los tobillos.

Acercó su mano a la cara quitándole bruscamente el pasamontañas. Retrocedió unos pasos calculando el combate.

Enfundarse los guantes era un ritual que realizaba sin prisa. Siempre que entrenaba, en algún momento, pensaba que estaba vengando su propia muerte. Ahora le miraba, atando el cordaje y recuperando el aliento.

Comenzó a girar alrededor del cuerpo inerte del Viti sin dejar de mirar fugazmente la navaja que la llamaba desde el suelo.

Tenía poco tiempo para un único asalto.

Una voz en off, tronando en sus oídos:

"Bienvenidos señoras y señores, a nuestra especial velada de boxeo aficionado. Ya tenemos aquí a nuestros finalistas. Por fin hemos conseguido reunir a dos rivales invictos"

"Esta vez haciendo de saco, el Viti, un aspirante a morir tal y como él mata. Y como rival femenino la nueva promesa del boxeo amateur, la mujer sin rostro, llegada directamente del salón de su casa, tras años de espera. Veamos como se desenvuelve. Máxima emoción. Vamos contrarreloj"

La campana emitió su sonido. Primer y único asalto.

Comenzó con un Jab. Un puñetazo veloz y directo, lanzado con la mano derecha desde la posición de guardia. Acompañado de una pequeña rotación del torso y la cadera, en el sentido de las agujas del reloj, mientras que el puño rotaba 90 grados, adquiriendo una línea de golpe horizontal en los nudillos en el momento del impacto.

"Recibido el primer y demoledor golpe en la mandíbula, el Viti sigue pidiendo que le maten. Atentos a la estrategia de nuestra campeona"

Retomando la posición de guardia por delante del rostro, Verónica combinó su mejor repertorio de golpes más pesados y fuertes, durante más de un minuto sin descanso.

"Esto se acaba señores, el objetivo de pulverizar el hígado y los riñones está conseguido. ¡Que hábil combinación!" Y por último su Uppercut, su gancho final. De nuevo, partiendo de la posición de guardia, la mano posterior se desplaza en dirección ascendente en forma de arco hacia el mentón. Gancho de derecha seguido de otro de izquierda, en una combinación poderosa.

"Parece que ha decidido repetir el combate que los unió. El Viti lo encaja todo. No gime, no se retuerce. KO absoluto"

"A punto de sonar la campana, en este único asalto de su vida…"

El sudor de la frente resbalaba hasta sus ojos.

Se quitó los guantes.

Cogió la navaja.

Tenía que clavársela en el abdomen y bajarla hasta que no pudiera seguir.

Le temblaba la mano.

Pequeñas ventanas saeteras, como rectángulos horizontales, que de día recibían luz del exterior situadas en la unión de la pared con el techo iluminaban el jardín de forma tenue cuando Verónica encendía las luces para entrenar.

Apostado como un francotirador, Jonás presenció el combate guarnecido de la lluvia por el balcón encendido del primer piso. Quería dejarla golpear el cuerpo del Viti, pero no iba a dejar que lo matara. Esa mujer no era una asesina. Y si aun seguía vivo, él lo mataría. Colocó el silenciador y disparó solo una vez. Blanco, diana perfecta.

Nunca sabrían quien de los dos lo había matado.

Los pequeños cristales cayeron a la vez que el cuerpo del Viti recibió una sacudida por el impacto de la bala.

Verónica se arrodilló ante el hecho inesperado de ver al Viti recibir un balazo por la espalda.

Miró hacia la ventana. No se veía nada. Solo entraba la humedad de la lluvia que incesante seguía cayendo.

No podía moverse.

No entendía nada.

El tiempo se detuvo hasta que la cara inocente de Jonás la miró frente a frente con una pequeña sonrisa de complicidad.

–Váyase de aquí. Váyase. Déjelo en mis manos.

–Pero ¿Cómo has sabido, cómo…?

–¡Era un hijo de puta! Usté no ha hecho na…nada. Tranquilícese.

–No tengo tiempo. Las cámaras empezarán a enviar imágenes en menos de media hora.

–Usté no me conoce. Me sobra tiempo. Váyase de aquí. Usté no ha estao en su casa esta noche. Tengo a mis compadres esperando en la parte trasera. No tardaremos na… nada.

–Jonás, tu…

–No le voy a decir lo que me hacia. Pero…lo que le hizo a usté…Deje que termine de una vez. Coja su coche y vaya a donde tenga que ir. Vamos a hacer limpieza. Son las nueve en punto, antes de media hora lo único que tendrá es una ventana rota.

Verónica soltó la navaja. Se levantó despacio, miró el cuerpo destrozado del Viti, la admiración en el rostro de Jonás. Podía confiar en él. Dejaría la alarma desconectada. Mena no lo detectaría.

Conduciendo hacia la Cámara, el olor a sudor de un cuerpo ya muerto seguía penetrando por su nariz.

Unas lágrimas brotaron lentamente acompañadas por el vaivén de los parabrisas. Soltaba el aire rítmicamente por la boca. Necesitaba recuperar la calma.

El teléfono del coche comenzó a sonar. Su inicial sobresalto duró escasos segundos al comprobar que era su hermano. Tenía que contestar. Necesitaba escucharle.

–Hola Luis.

–Hola cariño ¿Conduciendo? Ten cuidado, llueve a mares ¿Un día duro?

–Si…Acabo de terminar …un caso.

–Bien hermanita. A ver si nos vemos ¿Estás bien? Te escucho algo rara.

–Cansada… nada más.

–Pues mira, te voy a alegrar lo que queda del día que ya no aguanto más ¡Vamos a ser padres! ¡Natalia está embarazada!

–¿Qué?

–Lo que oyes, por fin lo hemos conseguido, estamos como locos de contentos.

–¡Madre mía!

–¡Dios existe hermanita! tanto rezar y ya ves. Nuestras oraciones han sido escuchadas.

–Ya lo creo que existe…Me alegro mucho…Muchísimo por vosotros de verdad, os lo merecéis.

–Luis, te tengo que dejar… ¿Sabes cuánto te quiero?

–No.

–Ja, siempre igual.

Y las lagrimas dejaron de salir.

El mundo seguía su curso normal. En un mismo día se puede trabajar, matar, amar y seguir como si no pasara nada.

En la Cámara, las imágenes interiores seguían congeladas.

En el exterior de la vivienda de Verónica, una furgoneta aparcada en el camino de servicio, cuya imagen no seria captada, esperaba su carga.

Antonio comprobaba la cuenta atrás en el reloj. Sin saber que el asesino de su madre ya estaba muerto.

Miguel Ruiz Quesada, terminaba su turno en la gasolinera.

Ante la falta de contestación a sus insistentes llamadas, arrancó el coche y condujo cabreado en dirección a Madrid, hasta llegar a su barrio, en el centro de Leganés. El localizador se activó. La Tablet de Mena emitió un pitido largo seguido por dos cortos. El coche del Viti se movía.

Verónica abrió la puerta de la Cámara. Antonio desactivó la grabación interna y se incorporó interrogándola con la mirada.

–Se acabó. No podrá matar a nadie más.

–¿Está usted bien? ¿Le ha pasado algo?

–Nada y todo Antonio. Solo necesitas saber que está muerto. Quizá cuando pase un tiempo…te lo pueda contar. Ahora no. Yo he estado aquí contigo. Créeme, así no tendrás que mentir. Me fuí al dormitorio a descansar, prácticamente desde que Mena y Gonzalo abandonaron la Cámara, hasta ahora.

Antonio asentía. En su cabeza apareció el refrán apropiado, que en voz baja recitó:

" Vida sin amigos, muerte sin testigos".

El móvil de Verónica interrumpió su cómplice conversación. Antonio activó la grabación interna. Verónica tosió aclarándose la garganta y contestó:

–Hola Mena ¿Alguna novedad?

–El Viti…ha cogido su coche y viene camino de Madrid. Vaya donde vaya lo localizaremos. Vamos tras él ¿Estáis bien? ¿Necesitas algo?

–Estamos bien.

En la puerta principal de la vivienda de los Solí dos hombres con mochilas al hombro cargaban el cuerpo del Viti como si fuera una alfombra. Mientras un tercero, tras el cortejo, se cubría con un paraguas de Moschino. En la valla trasera del chalet lanzaron al camino de servicio el cuerpo sin vida. La lluvia comenzó a cesar mientras lo tiraban dentro de una furgoneta.

Jonás nunca había disparado a una persona. No sintió venganza. Ni remordimientos, ni alegría. Solo paz, mucha paz. La tranquilidad de hacer lo que debía. Su hermano debió sentir lo mismo cuando mató a su padre. Era una cuestión de humanidad. Nadie tiene que matar a nadie. Pero en ocasiones, no queda más remedio. Sus propios motivos estaban entrelazados con los de Verónica. Su madre también recibía aquellas brutales palizas. Los hombres que pegan a las mujeres deben desaparecer.

Su primer recuerdo de niño era en la cama, con fiebre, muy enfermo. Su madre le ponía paños en la frente. La chabola olía a vinagre. La palabra "virus" se incorporó a su infantil vocabulario. Y con aquella fiebre alta, rezaba al Cristo de su madre, al Cristo de los gitanos, para que ese virus se metiera en el cuerpo de su padre…Sin que nadie le pusiera paños de vinagre. Para que su Cristo enviara a su padre al infierno. Para que su Cristo hiciera que un virus matara a todos los padres malos.

El localizador del coche del Viti desvió la señal hasta pararse en el centro de Leganés.

Verónica entró de nuevo en el dormitorio de la Cámara. Se desnudó en el baño guardando su chándal en la bolsa. El agua recorría su cuerpo. Las rayas de sus cicatrices seguían sin sentir el tacto de sus manos. Eran como corcho insensible que resistía indemne el paso de los años. Nada había cambiado. Solo la sensación de haberles hecho justicia.

Vestida con su traje de lino se miró al espejo. Su melena rubia, acompañaba un rostro claro y elegante. Armónico en cada uno de sus rasgos. En esa edad madura en que es difícil situar a las mujeres y a los hombres. Una franja ancha, que se abre desde que se cumplen los treinta, y según uno se cuide, puede llegar hasta los cincuenta, o más.

–Bienvenida Verónica. Todo ha terminado. Empieza a vivir sin miedo. Te lo has ganado.

Se lo dijo a sí misma, en voz baja, confesándose, sin nada de lo que arrepentirse.

La joven que desapareció sonreía en su interior dándole las gracias. La voz de Manuela cantándole canciones en francés mientras la peinaba, mientras cocinaba, mientras vivió con ellos haciéndoles felices, la acompañaba.

La lluvia cesó. Sentado sobre el capó del coche del difunto Viti, Miguel insistía en las llamadas.
–Buenas noches ¿Espera a alguien?– preguntó Mena.
–No. No espero a nadie.
–¿Es suyo este coche?
–No. De un amigo.
–¿Y podemos hablar con su amigo?
–Pues eso depende. A mi no me coge el teléfono ¿Y para qué quieren hablar con él?
Cuando Mena le relató de forma precisa y breve, el porqué querían hablar con su supuesto amigo, un asesino despiadado, Miguel, el tiarrón musculoso, el motero ingenuo, se desinfló. Acercándose a Gonzalo, buscando apoyo masculino en su relato, les contó con pelos y señales como el Viti le había engañado para llevarse su moto, entre suspiros de incomprensión y breves sollozos de angustia.
La investigación de Mena estaba en punto muerto. Tan muerto como el epigrafiado al que nunca más encontraría. Así quedaría reflejado en su informe. Su móvil recibía una llamada de Verónica:
–¿Te interrumpo? ¿Puedes hablar?
–Verónica el Viti…no está. Tenemos su coche pero nada más. Ya te contaré. Nos vamos al despacho.
–Y yo con tu permiso ¿Puedo irme de aquí?
–A ver Verónica ¿A donde te quieres ir?
–A cenar. Antonio se quedará aquí. Necesito comer fuera de esta Cámara. Necesito salir. Quiero ir a mi restaurante favorito sola. Haz lo que quieras. Activa mi micro. Ponme vigilancia.

–Verónica estás nerviosa, cansada…Espéranos. Y que sepas que no he dejado de hacer ninguna de esas cosas.

Esa última frase de Mena, no la detuvo. No sabía muy bien que quería hacerle entender pero le daba igual.

–Me voy dando un paseo ¡No aguanto más! No me va a pasar nada. Mi casa está vigilada y sola. El Viti…no está. Si quieres te llamo cada cinco minutos. Pero me voy.

–Activaré tu micro.

–Hazlo. Pero te advierto que te vas a aburrir mucho. Mastico con la boca cerrada y no pienso hablar con nadie.

Colgó el teléfono. Se quitó el micrófono de la americana y lo dejó sobre la mesa blanca y firme con forma de herradura. Descalzó su pie izquierdo y lo destrozó con el tacón.

Antonio sorprendido y boquiabierto, no pudo evitar una tímida carcajada.

–¡Se acabó! Me voy Antonio. Dile a Mena que la quiero.

Cuando salió a la calle, recordó el caso de una mujer joven prácticamente recién casada a la que el marido abandonó poniendo una breve nota pegada en la nevera "No puedo seguir contigo, te quiero demasiado". Aquella joven anduvo desconcertada sin entender nada, tras sus escasos seis meses de matrimonio.

Pero esa noche, después de leer el enigmático mensaje de su recién estrenado y fugado marido, se puso su abrigo de Visón y salió a la calle a cenar sola en su restaurante favorito. Estaba tan atónita que no podía reaccionar.

Ahora la comprendía perfectamente. Tenía tantas ganas, como las tuvo ella, de comer, de devorar alimentos que saciaran su repentino cambio de vida.

Las calles húmedas y vacías de Madrid le devolvían la calma después de su propia tempestad. Daría un paseo hasta el restaurante mejicano. Sin miedo. Dueña de sí misma. Con antiguas cicatrices y con un futuro por estrenar. Juanito la recibiría como siempre. Se sorprendería de que no fuera con Alice. Pero le daba igual. Por fin le daba igual. Estaba sola y muy acompañada. Tenía muchas personas que la querían. Y nadie a quien amar.

El letrero iluminado del restaurante vacío la recibió a punto de cerrar.

No quería pensar en lo que acababa de hacer.

Simplemente, no podía.

Con Queen en el subconsciente *"Don't stop me now"* acompañaba sus pasos.

La lluvia había dejado a los posibles comensales en su casa. Las ventanas de la fachada mostraban en penumbra el restaurante completamente vacío. Pero ella entró. Y sin dar tiempo a que la acomodaran en la mejor mesa, sin dar tiempo a preguntas propias de un inesperado recibimiento, se sentó. Ni rastro de Juanito.

Nicolás al verla se quitó el delantal tirándolo en los brazos sorprendidos de Juanito y salió de su acristalada cocina para ir a la barra del bar a coger unas cervezas.

No le preguntó qué quería cenar.

Separó la silla situada frente a ella y agachando su cuerpo pidió permiso para sentarse, llevando las dos coronitas en la mano.

–Hoy ha sido un día extraño. Tengo la cocina llena de comida, deliciosa comida, y ni un comensal ha entrado por la puerta. Seguramente he cocinado solo para usted. Pero hasta ahora no lo sabía.

Verónica, sorprendida e interesada, le contestó como si le conociera de toda la vida.

–Hoy ha sido un día extraño, también para mí. Tengo la cabeza llena de secretos…Inconfesables. Seguramente los guardaré solo para mí. Pero hasta ahora no lo sabía.

Juanito, daba brincos chiquitos en la cocina. Subió el volumen de la música que tanto le gustaba a su jefe y que a él particularmente le parecía una cursilada. Abandonó el restaurante por la salida de servicio. Su turno había terminado.

El silencio les acompañaba mientras bebían a tragos sus cervezas.

La camisola de cocinero blanca contrastaba con su piel tostada. Muy alto, tan delgado como atlético, con una buena cara. Atractivo y algo misterioso. Con los rasgos marcados de haber vivido, de saber de qué va la vida. Con unos limpios ojos azules a los que no se podía dejar de mirar. Y un acento inglés y mejicano difícil de interpretar. Mezcla entre gentleman y chico de la calle.

Nicolás se levantó para traer unos sencillos burritos caseros de la cocina.

–Perfecto, estoy hambrienta. Intento recordar esta música…– preguntó Verónica señalando en el aire el sonido que les envolvía, mientras disfrutaba de la comida.

–*More than words*.

–Es otra música, aquí siempre se escuchan rancheras… algún bolero.

–Es otro día. A solas no sólo escucho boleros.

–¿Por qué nunca le había visto?

–Me ha visto, a través de mis platos.

No se sentía intimidada. Solo algo expectante, ante ese hombre que dejaba ver su alma a través de los ojos.

Terminaron de cenar.

Nicolás se levantó hasta la barra del bar. Volvió con dos pequeños vasos en una mano y la botella de tequila en la otra. Ya no pidió permiso para sentarse.

Verónica se dejaba llevar. Por fin, se dejaba llevar. No tenía que medir los tiempos, las conversaciones, la más que encorsetada educación, los miedos, las incertidumbres, el estar, el quedar bien, el ser ocurrente, inteligente, divertida, normal. Simplemente tenía que ser ella.

–¿No va a preguntarme nada? ¿Por qué he venido sola? ¿Cómo es que estoy así *contigo*?

–Tengo una curiosidad mezquina. Nada cotilla. Como curiosidad, he de reconocerte que es una porquería.

–Me encanta tu curiosidad– contestó Verónica con una entrecortada carcajada.

–¿Te apetece un postre?

Verónica asintió con la cabeza, sonriendo también con la mirada.

De vuelta en su cocina, seguía viéndola a través del cristal, mientras unas pequeñas quesadillas se preparaban en sus ágiles manos antes de meterlas en el horno.

–En cinco minutos estará listo.

–Gracias…–dijo Verónica interrogándole con la mirada ¿Te llamas?

–Nicolás, aunque también es Nícolas.

–Nícolas, suena muy Inglés.

–Mi madre –miró hacia arriba y se santiguó– era mejicana y quería ponerme un nombre tan inglés como castellano y a mi padre, Inglés, le pareció muy acertado. Así la mitad de la familia me llama Nicolás y la otra Nícolas.

Cuestión de acentos, puedes ponerlo donde más te guste, y si no quieres tomar una decisión, me puedes llamar Nic.

–Verónica, me llamo Verónica.

–Encantado Verónica.

–Igualmente Nic. Hemos empezado al revés, normalmente uno se presenta y luego cena.

–Bueno, yo ya te conocía, solo me faltaba tu nombre… Verónica. Eres exigente y… fácil de contentar, ligera y … explosiva, impaciente y calmada…

–¿Y todo eso lo sabes?

–No soportas esperar…Exigente, y Juanito te acomoda lo más rápido posible viendo cómo te alegras…Fácil de contentar. Tomas una coronita…Ligera y terminas con un tequila…Explosiva. Esperas la comida impaciente y la disfrutas normalmente calmada.

–¿Observas así a todos tus clientes?

–No. Y si te digo que solo a tí, puedo sonar inquietante y…No quisiera hacerte sentir incómoda.

La puerta del local se abrió para dejar en la entrada a una pareja de jóvenes con acento británico aparentemente bastante bebidas. Nicolás, les dijo que estaba cerrado, dando la vuelta al cartel colgante, con su perfecto inglés.

–Voy a buscar nuestro postre.

–Si tienes que cerrar, prometo tomármelo menos calmada y mas impaciente.

–Tomémoslo sin prisa ¿Quieres?

Mientras Nic iba hacia la cocina, Verónica sacó su móvil y escribió un mensaje a Mena.

– Estoy cenando. Voy a quitar el sonido.

Inmediatamente Mena contestó.

–¿Cierran el mejicano solo para ti?

Esa pareja de chicas…¡la habían estado siguiendo?…
¡y antes? ¡también? ¿Mena lo sabía todo? ¡Por qué seguía
entonces buscando a un muerto?

¡Que lista era! Le estaba ofreciendo la mejor coartada.
Solo se le ocurrió contestar:

–Gracias.

Mena ya no estaba en línea.

CAPITULO XVIII

El teléfono última generación de Don Eusebio interpretaba una melodía a todo volumen amplificada por el eco de las paredes de cristal de su piscina cubierta. Eran muy pocos los que tenían su número privado.

Nadó lo más rápido que pudo para cogerlo, pensando que Alejandra, su princesa, por fin le devolvía las llamadas.

Pero la pantalla de su móvil mostraba el número del Director de Seguridad de Valdemar Golf.

–¿Sí?

–Don Eusebio, no sé como decírselo, lo siento mucho…Su hija.

–¿Mi hija qué? ¿Qué pasa?

–Está muerta.

Se le cayó el teléfono, cortando la llamada.

Sin pensar que nos puede pasar, sin saber porqué, la vida se acaba. Los hijos no deben morir antes que los padres. Lo sabemos y no queremos ni imaginar el dolor que ello supone. Pero cuando ocurre, el tiempo se detiene. La vida de los que tienen que continuar viviendo deja de ser vida. Ya nada importa. No hay consuelo. Nos dejan los recuerdos como fotografías polaroid, quietas, inertes, frías e irreales, impidiéndonos ser nosotros mismos.

Nadie puede reaccionar ante la realidad de una muerte inesperada.

El mármol pulido, las lámparas de alabastro, el mobiliario de diseño, las pantallas de televisión. Su universo de lujo le envolvía omo albornoz irreverente ante la irreparable pérdida de Alejandra.

Rompió a llorar en un estado inconsolable. Tambaleándose. Como una marioneta con algunos hilos rotos.

Su móvil volvió a sonar. En la pantalla, la foto de Alejandra.

—Eusebio soy yo. Te llamo desde su móvil porque no tengo tu número privado. Lo siento muchísimo. No sé cómo ha podido pasar. Ayer nos acostamos tarde y estaba bien. No sé qué decirte, estoy destrozado. He estado todo el día trabajando en Madrid y he vuelto hace unas horas y… No me han dejado llamarte hasta ahora.

—¡No voy a hablar contigo cabrón de mierda! Ha sido culpa tuya. Todo es culpa tuya. ¡Te voy a matar! ¡Te voy a hacer lo mismo que le has hecho a mi hija!

—Eusebio, por favor ¡cálmate! se lo ha hecho ella solita. Ha sido una sobredosis. Estas cosas pasan.

—¡A mi hija no! Podrías ser su padre y ni siquiera has sabido controlarla.

—Eusebio no es momento para esto. Sé que estás muy afectado.

—¡Tú no sabes una mierda! Voy a llamar a la policía. Tú le pasabas la droga.

—La Guardia Civil está aquí. Ya me han tomado declaración. No tengo nada que ocultar. La cocaína era suya. Y no me amenaces que ya tienes bastante. No quieras que hable y…

–Ya no tengo nada que perder, me lo has quitado todo, lo único que me importaba en la vida. Si quieres hablar ¡habla lo que te de la gana! No me importa. Lo único que quiero es meterte la misma mierda que a mi hija para que revientes y asegurarme de que te mueres ¿Entiendes? Si no te mata la droga, me encargaré personalmente de que te peguen un tiro.

El afamado bodeguero colgó el teléfono. Cogió su móvil y con las manos temblorosas llamó a uno de sus amigos periodistas. Un respetado profesional de la información con el que sabía podía contar llegado el caso. Le daría los suficientes datos para que pudiera investigar y comprobar todo el rosario de delitos que se habían cometido.

La exclusiva no sería solo la muerte de la única heredera del imperio Ripoll.

Si Don Eusebio quería matarle, antes tendría que pasar por el calvario de un escándalo.

Las irregularidades que conocía sobre la ilegalidad de Valdemar Golf saldrían a la luz. Era el momento de compartir la comprometida información que poseía. Su pasaporte a la vida. ¿Cómo se atrevía a amenazarlo así? Lo sentía por Alejandra, porque había sido una jovencísima compañera de perversiones con la que disfrutar muy buenos ratos pero, no le debía nada a su padre.

Don Eusebio estaba muy alterado, cogió el móvil y llamó a Adela. A los tres tonos le contestó la voz adormilada de su exmujer. Intentó hablar pero solo pudo romper a llorar. No le salían las palabras.

Sentadas en el mismo columpio de sus emociones la ira se alternaba con la pena balanceándose arriba y abajo.

–Dime Sebi, Eusebio, ¿Qué pasa? ¿Le ha pasado algo a la niña? ¿Dónde está?

–Muerta. Está... muerta. Me han llamado desde Valdemar.

Adela colgó el móvil. No podía respirar.

Miles de pequeños presentimientos temerosos se agolparon delante de sus ojos. Tantos como las veces en que había pensado que su hija acabaría mal.

La noche del 17 de septiembre se presentaba larga en Valdemar. El médico forense tenía que hacer su informe previo y el Juez autorizar el levantamiento del cadáver.

Don Eusebio estaba destrozado. Su teléfono recibió la llamada de un número desconocido. El Sargento de la Guardia Civil le daba su más sentido pésame. Pensaba que recibir la noticia por el Director de Seguridad y por su amigo el bodeguero había sido una buena idea. Debía saber qué deseo tenía la familia. Si trasladaban el cuerpo al Instituto Anatómico Forense de Cáceres o al de Madrid. Por eso le llamaba.

La investigación podía seguirse en cualquiera de las dos ciudades. Todas las pruebas recogían un único motivo. La heredera del Grupo Ripoll, sola, supuestamente sin ánimo de suicidarse, se había administrado una dosis más pura o en mayor cantidad de lo que su organismo pudo aguantar. Lo que comúnmente se diagnostica como muerte por sobredosis. La autopsia revelaría las circunstancias reales.

Además tenían la declaración del compañero sentimental de Alejandra. Un testimonio claro, sin contradicciones, que no hacia mas que confirmar lo que los hechos evidenciaban.

Don Eusebio llamó al Viti. Nadie contestó.

Su exmujer le devolvía la llamada aparentemente sere-
na. Él, al escuchar la voz de la madre de su hija, lloraba de
nuevo de forma desconsolada. Necesitaba ver a su princesa. Su filipino le llevaría a Valdemar. Quería acompañar a
Alejandra de vuelta a Madrid hasta el Instituto Anatómico
Forense. Adela intentó tranquilizarle. Ella se ocuparía de
llamar a Alberto porque alguien tenía que decírselo. Cogería un taxi esa misma noche y cuando llegara a Madrid le
volvería a llamar.

Alberto contestó al teléfono sorprendido de leer en la
pantalla el nombre de su suegra. Un mal presentimiento le
pasó por la cabeza.
–Adela ¿Pasa algo? ¿Estás bien?
–Es tarde…Sé que prácticamente estabais separados.
Mi hija ha muerto. Su padre acaba de decírmelo.
–¿Qué me estás diciendo? ¡No puede ser! ¿Donde está?
–En Valdemar. Por favor no me hagas preguntas y déjame hablar. Ha sido una sobredosis. Al menos eso dicen,
aunque… hoy es un día muy señalado. La van a trasladar
a Madrid. Dejan que Eusebio la acompañe en este ultimo
viaje y yo voy a prepararme para reunirme con ellos.
Adela necesitaba decirle a Alberto lo que pensaba. Si
dejaba pasar el tiempo su educación le impediría hablar
con la franqueza que justificaba su dolor.
–Quizás esto te haga pensar porqué consentiste tanto
y si realmente la querías o solo te has querido a ti mismo
todo este tiempo. Ella te amaba. Venía aquí y me contaba
cómo te amaba. Cómo se sentía pequeña a tu lado: ¡El arquitecto!. Mi hija… era una niña, tan adorable como mimada, lo sé. Pero ¿Y tú? ¿Te enamoraste de ella o de lo que
representaba? Buscaba a alguien fuerte a su lado. No tan

comprensivo, ni que la dejara hacer, ni que la justificara.–
Adela tomó aire para terminar su discurso. Sinceramente… creo que nunca has estado a la altura de sus miserias.
Solo por su memoria, ve al entierro y, compórtate como un
verdadero marido. Finge que la amabas. Se lo debes. Nos lo
debes a todos.

Colgó el teléfono.

Alberto Carraira, no era mala persona, simplemente
era. Tibio como una manzanilla abandonada en su taza. O la
tomas caliente o no la tomas. Alejandra siempre esperó ese
calor que su marido no supo darle. Quería estar joven, delgada, estupenda. Tal y como él la conoció. Sometiéndose a
repetidas intervenciones estéticas con el ánimo de recuperar
la atenta e ilusionada mirada de un hombre que maduraba a
su lado alejándola cada vez mas de su vida, entregado únicamente a su trabajo. Superaba cada nueva decepción con
lo único que la consolaba. Envuelta en su manto de lujo su
cadáver al fin descansaba de sus excesos para reunirse con ese
ángel que siempre le rondaba la cabeza.

Alberto llamó a su fiel amigo.

David de Fontfría intentó consolarle. Lo sentía mucho. Era una verdadera pena que alguien que parecía tenerlo todo acabara así. Quizá le faltaba lo único importante.
Sentirse querida. No le preguntó por él. Daba por hecho
que se sentía tan destrozado como aliviado.

Antes de regresar a la Cámara Gonzalo y Mena tenían
que acudir a una cita. Era tarde pero sabían que les estaría
esperando. Durante toda la investigación Don Julián no
dejó de recibir puntualmente "todos" los partes de Mena.
Tanto los que pasarían al informe como los que no.

El salón de un caballero elegante y discreto les recibió.
–¿Queréis tomar algo? ¿Tenéis hambre? ¿Una copa?
–Pues yo sí que me tomaba un whisky con hielo Don Julián, si no es mucho abusar, viendo las horas que son– contestó Mena señalando con el dedo índice de su mano derecha la esfera del reloj de su muñeca izquierda.
–Yo también me pondré uno ¿Tu quieres uno padre?
–Gracias hijo. Os acompaño. Hoy ha sido un día muy largo ¿Cómo está Verónica?
–Está. No sé decirle cómo, pero está. Mis auxiliares la han dejado cenando en el mejicano acompañada por el dueño del restaurante. Parece tranquila.
–¿Y Antonio?
–También está bien. Nos ha dejado hacer– dijo Gonzalo, mientras sacaba de la pequeña nevera del minibar los cubitos y preparaba las bebidas.
–Ese muchacho, Jonás…Ha sido increíble ¡Que puntería!– una amplia sonrisa se dibujaba en el rostro de Don Julián.

Mena se levantó para atender una llamada. De pie, escuchando sin contestar, daba cortos pasos de un lado para otro.

–Tengo que daros una mala noticia–apurando su whisky Mena cortó la llamada– La hija del señor Ripoll ha muerto esta noche por sobredosis en Valdemar Golf. Mi equipo me ha comunicado su fallecimiento. Hay un alboroto tremendo y más que va a haber. Este golpe será el más duro para Don Eusebio. La Guardia Civil hará su trabajo y la ausencia del Viti abrirá una investigación para localizarle. No van a dar con él. Mejor no entro en detalles, solo adelantaros que Jonás cuenta con unos compadres la mar de eficaces.

–Tenéis que ir a la Cámara y visionar todo el día de hoy. Si hay algún registro que delate la más mínima sospecha en la caja 6 1C, destruirlo.

–Don Julián, serán las primeras pruebas que me pide destruir.

–Mena, hasta ahora no habíamos sido cómplices de ningún delito.

–¿Quien dice que lo seamos? He mantenido impecable mis informes. La Cámara no ha grabado nada que haga sospechar de Verónica. Antonio es muy meticuloso. Y tal y como os he dicho, los compadres de Jonás están haciendo muy bien su trabajo.

Dejando su copa en la mesita del café, Don Julián se acercó a su hijo:

–Mañana a primera hora quiero que mandes un discreto equipo a pintar el sótano de Verónica. Que vacíen su gimnasio y que arreglen la ventana y por supuesto quiero su coche libre de pruebas. No vamos a dejar ningún cabo suelto. No voy a consentir que le vuelva a pasar nada malo a una de las mejores personas que tengo en mi vida–y cogiendo la mano de su hijo siguió hablando– Soy mayor Gonzalo, he llevado demasiados casos y mi experiencia me dice que es mejor sobrepasar los límites de la prudencia que confiarse a lo que pueda venir. Seguramente ninguna investigación les llevara hasta nosotros pero debemos evitar cualquier posible implicación.

La coartada de Verónica sigue siendo Antonio y vosotros dos.

–Pero padre, ella… ella no sabe que estamos al corriente de todo.

–Créeme Gonzalo, es muy lista, no tardará en darse cuenta, si no lo ha hecho ya.

–Tu padre tiene razón Gonzalo, ella ya lo sabe.

Don Julián estaba satisfecho por cómo había salido todo.

–He vivido muchos dramas a través de mis clientes. Penas injustas aplicadas sin tener en cuenta las verdaderas circunstancias por falta de pruebas. Penas ridículas impuestas teniendo pruebas abrumadoras en contra. He visto de todo. Sé como la vida de muchas personas buenas se ha destrozado porque un malnacido tuvo la desgracia de cruzarse en su camino. La ruina económica es quizá el menor de los males. La ruina física y mental no es reparable porque cuesta toda una vida intentar recuperarse del azar desafortunado de ser victima de un asesino. Hemos vivido con ella todos estos años de superación y esfuerzo. Le debíamos algo más que palabras de animo y esperanza. Hemos dejado que se vengara. La suerte nos tendió su ayuda con Jonás. También debemos protegerle a él. Oficialmente perdimos al Viti en "Los Vegones" y así se refleja en tu informe. Tenemos el testimonio de Miguel, el chico de la gasolinera.

Verónica extendió los brazos de lado a lado de la cama. Entre los pliegues del edredón de Nic su futuro se dibujaba amable, tranquilo. Necesitaba organizar su cabeza. No quería pensar en la noche anterior. Encima del restaurante, en el espacioso dormitorio de Nícolas, durmió sin tener que buscar los calmantes en su bolso. A Nic el sofá del salón le recibió como tantas otras noches intentando calmar el inquieto cuerpo de su dueño. La luz de la mañana entraba por las ventanas acariciando las guitarras, el piano, la colección de vinilos, las apiladas partituras, el equipo de música…

No quería volver a su casa. La vivienda del numero cuatro de la calle Doctor Olariz, había cumplido su papel. También era la casa de su hermano. Junto a Natalia podrían criar a su futuro hijo, vivir en familia.

Su caso seguiría oficialmente abierto.

Una melodía suave llegaba desde el salón.

Por una cabeza…. El tango de Gardel invadía muy bajito cada una de las estancias.

Nic se había levantado. Ella despertaba de una vida aletargada por la lucha contra el miedo. Se dejó llevar y aceptó la invitación de quedarse a dormir. Solo a dormir. Ese hombre no la interrogaba. Dejaba espacio. Sabía estar cerca sin intimidar. El olor a café, junto con la música del tango, la invitaban a salir de la cama. Desde la puerta entreabierta un acento británico y mejicano preguntaba por ella.

–Did you sleep well? ¿Has dormido bien?

–Muy bien.

–¿Tienes hambre? He preparado un típico desayuno inglés. El colesterol y yo te esperamos en la cocina.

–¡Perfecto! Voy en seguida.

Recogiendo su ropa entró en el baño del dormitorio de Nic. Una fotografía enmarcada sobre la encimera, mostraba a una joven, alta, delgada y atlética. La melena rubia sobresalía bajo una gran pamela sujeta por su mano. El viento pegaba su ropa a una silueta que miraba de perfil al cielo. Cogió la fotografía para verla de cerca. El rostro de una mujer bellísima la miraba sonriendo. Tras ella ¿Un estanque, un pequeño lago? Tomada al aire libre. Le resultaba familiar ¿Los Jardines de Fuente del Berro?

Nic se movía como pez en el agua colocando los cubiertos y los platos en la isla de la cocina que servía como barra para el desayuno. Verónica se sentó en uno de los dos taburetes.

–Gracias Nic. Siento que tuvieras que dormir en el sofá.

–Ya te lo dije, casi nunca consigo dormir en la cama. No tienes que darme las gracias. Creo que los tequilas nos ayudaron a pasar bien la noche ¿Desayunamos?

Comían mirándose a los ojos. No hablaban, solo pequeñas sonrisas de sorprendida complicidad les acompañaban.

Los pensamientos de Verónica saltaban recorriendo como flases fotográficos, de los ojos de Nic a la imagen de la mujer del baño, a los jardines de fuente del Berro, al cuerpo inerte del Viti en su gimnasio, a la cara de Jonás mientras le hablaba… para volver a cruzarse con el azul de la mirada de su acompañante.

Terminaron de desayunar.

–Déjame que te ayude a recoger– propuso Verónica.

–Mañana recoges tú. O el próximo día. Si no tienes prisa espérame en el salón y te invito a un segundo café ¿Quieres?

–Si, si quiero. Y aprovecho para hacer unas llamadas mientras te espero.

Marcó el número 7 de las llamadas automáticas del teléfono. El buzón de voz de Mena saltó junto con la llamada entrante. No le había dado tiempo a contestar. Estaba muy liada. Ya le contaría. Le recomendaba que se tomara unos días de vacaciones. No necesitaba saber mucho más. Don

Julián, Gonzalo y ella misma le pedían encarecidamente que descansara. Sí, Antonio estaba bien. Y sí, sabía perfectamente donde había pasado la noche y con quién estaba.

Nic depositó las tazas de humeante café sobre la mesita del salón cuando Verónica terminó su llamada y se sentó frente a ella.

–Has visto su fotografía ¿No quieres preguntarme nada?
–La verdad es que si. A diferencia de tí, mi curiosidad es inquieta y algo cotilla. Debe llevarlo la profesión. Soy abogado.
–Eso explica que la mía sea mediocre. Soy músico.
–¿Músico además de cocinero?
–No. Soy solo músico y aficionado a la cocina por terapia. Descubrí que concentrándome en la preparación de los platos bloqueaba la mente y no era capaz de pensar en nada más. Sin embargo, componiendo música los recuerdos eran inevitables. Hace más de quince años que se tomó esa fotografía. Es Helen, mi mujer. Está oficialmente desaparecida.
–Lo siento, debe de ser muy duro.
–Es… muy difícil. Tendría que haber pedido la declaración de fallecimiento, pero sigo imaginando que ella puede regresar algún día. En fin, sé que no se fue voluntariamente y, después de todos estos años, es evidente que algo muy malo pasó. Seguimos casados. Soy un viudo casado.
–Nic, no sé que decir. Estas son las cosas malas de la vida. Imaginar que le pudo haber pasado es para volverse loco.
–Loco completamente. Mi madre se ocupó como mejor pudo de mí. Abrimos este restaurante para no tener que irnos de Madrid. Ella me enseñaba a cocinar y yo me

concentraba en cada receta intentando mejorarla, obsesionado por los sabores, las especias, los tiempos de cocción y las salsas. La falta de noticias pasó de ser insoportable a llevadera.

Desapareció mientras pasábamos unos meses de trabajo en Madrid grabando la banda sonora que me habían encargado para una película. Ella es... era actriz. Viajábamos constantemente, a veces juntos, a veces separados. Estábamos felices de coincidir. Helen descansaba de un rodaje y yo estaba inmerso en la grabación. Todos los días se levantaba temprano y salía a correr al parque. En todas las ciudades donde vivimos, trazaba un recorrido para entrenar, buscando las zonas verdes desde las más cercanas hasta las más alejadas...

¡Era tan joven! Ni una sola pista. Nada en todo este tiempo. Algo en tí me recuerda a ella... casi nunca se pintaba, decía que ya tenía suficiente con el maquillaje de los rodajes. Pero el día anterior vino a buscarme al estudio de grabación con ese vestido. Había preparado un picnic y me llevaba a un parque. Le encantaba la comida mejicana que mi madre preparaba cuando íbamos a verlos. Llevaba la típica cesta de mimbre con burritos y cerveza... ¡Estaba tan guapa! Me pidió que le sacara esa foto. Para que la recordara vestida como una lady, no con la ropa deportiva que tanto usaba. Como una chica *bien* española, me dijo.

Verónica le escuchaba en silencio.

–Debería dejar este apartamento, el restaurante y tomarme unas vacaciones... No sé, te debo estar pareciendo un tipo raro, no he parado de hablar.

Un descanso es justo lo que ella debía tomarse.

¿Te irías de vacaciones con una desconocida?

–Con una desconocida no. Contigo si.

–¿Puedes dejar de trabajar mañana? Solo viajar juntos. Sin compromiso.

–No he salido de Madrid desde… que desapareció Helen. Claro que me encantaría viajar. Viajar a Inglaterra. Ir a Clubs de música en directo, comprar viejos discos en los mercadillos, beber cerveza… es lo que más hecho de menos.

Si me acompañaras…

–Hagamos una cosa. Quedemos en el aeropuerto mañana por la mañana. Cafetería de Salidas Internacionales, en la T4, a las once. Cojamos el primer vuelo con destino a Londres. No es una cita. Si no acudimos alguno de los dos, no pasa nada. No nos habremos fallado. Simplemente uno de nosotros se irá de vacaciones solo.

–Mi padre dice que para que un viaje te salga bien, tienes que llevar el doble de dinero y la mitad de equipaje.

–Me gusta la filosofía de tu padre.

–Y a mi me gusta tu plan. Pero no quiero que sea mañana. Quizá si lo pensamos esta tarde haciendo nuestros equipajes y organizando nuestras responsabilidades, nos demos cuenta de que es una locura y nos echemos atrás. Los vuelos a Londres salen cada hora.

Nic se levantó para entrar en su habitación. Apoyado en el marco de la puerta desde el dormitorio enseñaba en la mano su pasaporte a Verónica.

–En regla. No está caducado. Sir Jonathan Mellor, estará encantado de recibirnos en su pequeña mansión a las afueras de la ciudad.

–¿Quién es, me suena mucho, un músico famoso?

–Es una leyenda. Un anciano director de orquesta que se sorprenderá de no tener que ser él el que viaje para verme.

Le daremos una gran alegría. Vive acompañado de su mayordomo y de un servicio tan fiel como la yedra a las piedras húmedas. Además suele tener invitados en casa. No te sentirás incómoda. Eso sí, la casa está siempre llena de música.

–¿Es tu padre?

–Sí, mi anciano y extravagante padre… ¿Quieres acompañarme a casa?

–Solo si primero pasamos por la mía para coger la mitad del equipaje y el doble de dinero, junto con el pasaporte.

–Veo que has adoptado rápidamente los consejos de mi padre, pero he de comunicarte que no puedo llevarte, no tengo coche, me muevo en bici.

–¿Tu padre tiene una mansión y tú tienes una bici?

–Es una *pequeña* mansión y una *gran* bici.

–¡Nic, prepara tu equipaje! Comenzaremos a gastar dinero, iremos en taxi.

Los dos hicieron varias llamadas desde el aeropuerto mientras esperaban la salida de su vuelo.

Alice estaba encantada ¿A Londres? ¿Con el cocinero del restaurante mejicano? No daba crédito, pero se alegraba mucho por ella.

Mena soltó una carcajada que dejaba en evidencia su buen humor ante la noticia del repentino viaje. No quiso comunicarle la muerte de Alejandra. Ya se enteraría por la prensa ¿Investigar una desaparición de hace más de quince años? ¿De una tal Helen Mellor?

Tenía mucho trabajo por delante. El audio interno de la casa de Verónica le había dado una pista. El Viti quería llevarla al parque…

—*Esta vez saldrás conmigo en tu coche y te llevaré al parque ¿Vale?*

Sin duda debía de tratarse de Fuente del Berro ¿Para qué querría llevarla allí? Iba a comprobar cada permiso, cada salida de la cárcel con las desapariciones que coincidieran en el tiempo, iba a averiguar la verdad.

Luis y Natalia se alegraban de que estuviera a punto de volar hacia Londres para tomarse un descanso después de ese caso que la había tenido tan intensamente ocupada. A su regreso brindarían por su paternidad. La propuesta de trasladarse a vivir a la casa familiar les sorprendió gratamente, sería una vivienda perfecta para ver crecer a su futuro hijo.

Gonzalo, asumiría sus casos pendientes. No debería preocuparse por nada.

Don Julián solo le preguntó si era feliz.
Juanito ascendido temporalmente a jefe de cocina, debía organizar los turnos en el restaurante. Le dejaba al mando por tiempo indefinido.

Sir Jonathan Mellor celebró que su hijo fuera a visitarle acompañado de una desconocida. Enviaría un coche a Heathrow para que pudieran llegar a tiempo de la hora del té. Invitados por él, la casa acogía a un cuarteto de músicos españoles ansiosos de piezas que añadir a su escaso repertorio. Quizás Nícolas podría prestarles algo de ayuda.

En el ático de Alberto Carraira, Milagros, la abstemia asistenta, cepillaba los zapatos que el señorito llevaría en el entierro de su joven esposa. Acercaba sus manos a la nariz. Ni el betún conseguía librarla del olor a lejía o de algún potente desinfectante que se había apoderado del cuerpo de su marido. Según él, unos amigos le habían invitado a una matanza la noche anterior y no se le ocurrió otra cosa que lavarse con lo primero que pilló después de dejar al cerdo preparao. Si es que cada vez que visitaba el Poblao le pasaba algo ¡Cristo de los gitanos! ¡Qué cruz de hombre le había tocao!

En la recepción del edificio del Grupo Ripoll. Una joven de largas piernas, María Isabel, Isabel, Isa, Sisi le estaba esperando. Cuando levantó la mano llamando la atención de Jonás, este no daba crédito. Con su nuevo traje de marca falsa aceleró el paso. Por indicación de Don Julián y de su verdadera jefa, la detective Mena, le ofrecían un puesto de trabajo. Tenía que elegir. Ser el guardaespaldas de un hombre poderoso al borde de un declive mediático tras la muerte de su hija o servir como Auxiliar de uno de los mejores Gabinetes de detectives de Madrid.
Jonás, el Jonás, solo le hizo una pregunta:
–¿Aceptarías una cita pa…para salir con un Auxiliar?
–Solo si me enseñas a disparar.

La repetida fotografía en portada de toda la prensa del corazón mostraba a una escultural silueta envuelta en un traje negro con manga francesa y falda a la altura de las rodillas. Katherine lucia de luto, con coleta baja y unas gafas enormes de sol, como un Rolls Royce negro.
Don Eusebio con semblante abatido de la mano de su flamante esposa.
Adela, oculta al objetivo.

El brazo de David de Fontfría reposaba sobre los hombros de su amigo Alberto, el atractivo nuevo viudo.

Y una pregunta inquietante en el pie de foto:

¿Inminente ingreso en prisión de Eusebio Ripoll el magnate del ladrillo?

Nota del autor

Esta novela transcurre en el año 2013.

Todos los días desaparecen personas. Las estadísticas son aterradoras y el sufrimiento de los familiares ante un hecho inexplicable no tiene consuelo.

Marlen Bastida Hernández de Mena, Mena, sigue ejerciendo como Detective Privado. Tras sus investigaciones hallaron en "la casa del terror", expuestos como trofeos, unas gafas de sol, unos walkman y una bicicleta…y los restos óseos apilados de cuatro mujeres en el foso que finalmente se identificaron y a los que se pudo dar sepultura.

"El Palomar" fue derribado.